GÜNTER HUTH
Todwald

GÜNTER HUTH
Todwald

Der Spessart tötet leise

Ein Simon Kerner Thriller

echter

Mainfranken Krimi

Günter Huth wurde 1949 in Würzburg geboren und lebt seitdem in seiner Geburtsstadt. Er kann sich nicht vorstellen, in einer anderen Stadt zu leben. Er war von Beruf Rechtspfleger (Fachjurist), ist verheiratet und hat drei Kinder. Seit 1975 schreibt er in erster Linie Kinder- und Jugendbücher, Sachbücher aus dem Hunde- und Jagdbereich. Außerdem hat er bisher Hunderte Kurzerzählungen veröffentlicht. In den letzten Jahren hat er sich vermehrt dem Genre Krimi zugewandt und in diesem Zusammenhang einige Kriminalerzählungen veröffentlicht. 2003 kam ihm die Idee für einen Würzburger Regionalkrimi. »Der Schoppenfetzer« war geboren. Diese Reihe hat sich mittlerweile als erfolgreiche Serie in Mainfranken und zwischenzeitlich auch im außerbayerischen »Ausland« etabliert. 2013 ist der erste Band der Simon-Kerner-Reihe mit dem Titel »Blutiger Spessart« erschienen. Der Autor ist Mitglied der Kriminalschriftstellervereinigung »Das Syndikat«. Seit 2013 widmet er sich beruflich dem Schreiben.

*»Die Organtransplantationen
schaffen verzwickte theologische Probleme
für den Tag der Auferstehung.«*

Gerard Hartley

Prolog

Er schwebte in absoluter Dunkelheit. Das Bewusstsein der eigenen Existenz kehrte nur sehr langsam zurück. Für eine nicht messbare Zeit empfand er sich in einem angenehmen körperlosen Schwebezustand, der ihm das unbestimmte Gefühl von Wärme und Geborgenheit suggerierte. Zögerlich, fast widerwillig, fand er in die Gegenwart zurück. Sein erstes reales Empfinden war höchst unangenehm und dominierte schlagartig seine übrigen Wahrnehmungen: Seine Zunge war geschwollen und fühlte sich wie ein Fremdkörper an. Er kannte diese sandige Trockenheit und den damit verbundenen ekelhaften Geschmack zur Genüge. Schon viele Male war er nach einem Alkoholexzess so aufgewacht. Er schluckte hart. Es dauerte etwas, bis er so viel Speichel gesammelt hatte, dass das Schlucken einigermaßen schmerzfrei geschah.

Mühsam öffnete er die Augen. Er erschrak zutiefst. Seine Wahrnehmung veränderte sich nicht! Mehrmals hintereinander senkte und hob er die Augenlider, aber die völlige Dunkelheit blieb. War er erblindet? Hastig wollte er sich mit der Hand über die Augen fahren. Aber das war nicht möglich! Es dauerte einige Zeit, bis er begriff. Seine Hände waren fixiert, unverrückbar festgebunden. Jetzt spürte er auch seinen übrigen Körper. Er musste nackt sein, denn seine Haut hatte direkten Kontakt mit der glatten, kühlen, aber nicht harten Unterlage, auf der er festgeschnallt war. Deutlich fühlte er mehrere über seinen Körper gespannte breite Bänder, die so gut wie keine Bewegungen zuließen. Die Arme waren an seiner Seite fixiert. Lediglich den Kopf konnte er etwas hin und her bewegen. Die wohlig warme Geborgenheit verflüchtigte sich. Mit seinen frei beweglichen Fingerspitzen berührte er die nackte Haut seines Oberschenkels. Er war teilweise mit einem Tuch zugedeckt. Langsam kroch Panik in ihm hoch. Was war mit ihm geschehen? Wo befand er sich? Er öffnete den Mund und gab einige krächzende Laute von sich. Das Ergebnis war ein trockener Husten, der seinen Brustkorb erschütterte. Er wollte tief Atem holen, doch das wurde durch den unnachgiebigen Brustgurt erschwert. Für einen Moment hatte er das schlimme Gefühl, ersticken zu müssen.

»Hallo …«, krächzte er kläglich. Dann lauter: »Hallo, ist da jemand?«

Das Geräusch einer sich öffnenden Tür fiel mit dem Aufflammen mehrerer greller Neonlampen zusammen, deren Licht wie Blitze auf seine Netzhaut traf und ihn zwang, geblendet die Augen zu schließen.

Er hörte harte Schritte, die sich ihm näherten. Mit zusammengekniffenen Augen versuchte er den Menschen zu erkennen, der sich jetzt über ihn beugte.

»Bitte … bitte …«, stammelte er. »Was ist …?«

Die blonde Frau, deren Gesicht hinter einer Schutzmaske verborgen war, blieb neben ihm stehen und musterte ihn aus kalten Augen. Jetzt sah er, dass sie einen weißen Kittel trug. War sie eine Ärztin?

»Bitte, wo bin ich? Was geschieht mit mir?« Die trockenen Stimmbänder versagten ihm fast den Dienst. Sein Herz schlug ihm bis zum Hals. Die Angst trieb seinen Blutdruck in die Höhe. Neben ihm begann ein Kontrollgerät im Rhythmus seines rasenden Herzens zu piepsen.

Die Frau zeigte keinerlei Reaktion auf seine Fragen.

Langsam griff sie in ihre Kitteltasche und holte eine aufgezogene Spritze hervor. Ohne ein Wort der Erklärung schob sie das Tuch vom Arm des Gefesselten und trieb die Nadel in einen Zugang, den er an seinem Handrücken erkennen konnte. Gleichmäßig, ohne Hast, drückte die Frau den Kolben herunter und die klare Flüssigkeit in der Spritze gelangte in seinen Blutkreislauf. Alle seine Abwehrversuche wurden von den Fesseln unterbunden. Die Frau blieb stehen und beobachtete über den Monitor des Kontrollgeräts wortlos, wie das Medikament wirkte.

Die Betäubung kam wie eine heftige Welle und schwemmte jegliche Gedanken weg. Das Letzte, was er spürte, war die Rückkehr eines unbestimmten Gefühls von Wärme und Geborgenheit.

1

Dr. Simon Kerner, Direktor des Amtsgerichts Gemünden am Main und in dieser Eigenschaft auch Vorsitzender des Schöffengerichts dieser Behörde, sah leicht verärgert auf seine Armbanduhr. Es war zehn Uhr zwölf. Die Protagonisten des Prozesses gegen Georg Habermann wegen Verdachts des Raubes, der Staatsanwalt, die Schöffen, der Angeklagte und die Zeugen, waren alle versammelt und saßen auf ihren Plätzen. Auch einige Zuschauer dieser öffentlichen Strafsitzung warteten auf den Prozessbeginn. Dieser war für zehn Uhr angesetzt gewesen.

Der Angeklagte, ein eher schmächtiger Mann von achtundzwanzig Jahren, der in seinem billigen grauen Anzug wie verkleidet aussah, saß etwas verloren auf der Anklagebank. Nervös fuhr er sich zum wiederholten Male mit der Hand über sein pomadisiertes Haar. Seine Augen in dem schmalen, blassen Gesicht streiften ständig den Eingang des Sitzungssaals. Sie suchten nach seinem Verteidiger, der als einziger Prozessbeteiligter bisher noch nicht aufgetaucht war.

»Frau Wetterstein, gehen Sie doch bitte mal raus und erkundigen Sie sich bei der Pforte, ob Rechtsanwalt Schnitter bereits im Hause ist. Sollte das nicht der Fall sein, dann rufen Sie bitte in seiner Kanzlei an und fragen Sie nach, wo er bleibt.«

Die angesprochene Protokollführerin nickte und erhob sich von ihrem Platz am Kopf des Richtertisches. Mit fliegender Amtsrobe eilte sie hinaus. Kerner wandte sich an die Menschen im Sitzungssaal.

»Tut mir leid, meine Damen und Herren, aber ich werde den Beginn der Sitzung um fünfzehn Minuten verschieben. Ich möchte diesen Strafprozess, wenn irgend möglich, heute zu Ende bringen. Herr Staatsanwalt, meine Herren Schöffen, wir warten am besten oben in meinem Dienstzimmer. Meine Sekretärin wird Ihnen gerne einen Kaffee anbieten.«

Der Vertreter der Staatsanwaltschaft sowie die beiden Laienrichter und Kerner erhoben sich und verließen den Sitzungssaal. Im Hinausgehen winkte Kerner den Dienst habenden Justizwachtmeister zu sich.

»Herr Nottger, sorgen Sie bitte dafür, dass die Prozessbeteiligten hier vor dem Sitzungssaal bleiben und sich der Angeklagte von den Zeugen fernhält.« Der Justizwachtmeister nickte und baute sich mit verschränkten Armen vor dem Sitzungssaal auf.

Kerner saß mit den beiden Schöffen am Besprechungstisch seines Dienstzimmers und unterhielt sich mit ihnen über den Prozess. Der Staatsanwalt hatte sich entschuldigt. Er war vor das Gerichtsgebäude gegangen, um eine Zigarette zu rauchen. Innerhalb des Hauses herrschte Rauchverbot.

Kurz vor Ablauf der fünfzehn Minuten klopfte es an die Tür des Büros und die Protokollführerin trat ein.

»Tut mir leid, Herr Kerner«, erklärte sie etwas gestresst, »es hat bis jetzt gedauert, bis ich eine telefonische Verbindung mit der Kanzlei Schnitter bekommen habe. Die Leitung war ständig belegt.«

»Und…?«, fragte er ungeduldig.

»In der Kanzlei scheint alles drunter und drüber zu gehen. Wie mir die Bürochefin sagte, ist Rechtsanwalt Schnitter heute nicht dort erschienen. Seine Akten für den heutigen Strafprozess liegen unberührt auf seinem Schreibtisch. Sie versuchen ständig ihn zuhause zu erreichen, aber er geht nicht ans Telefon. Die Mitarbeiterinnen sind ziemlich ratlos.« Sie sah Kerner abwartend an.

Dieser erhob sich und zog ärgerlich seine Robe wieder an. »Die hätten uns ja auch verständigen können! In diesem Fall bleibt mir nichts anderes übrig, als den Termin zu vertagen. Der Angeklagte hat selbstverständlich das Recht auf die Anwesenheit seines Verteidigers. Bin gespannt, welche Erklärung Schnitter für sein Versäumnis hat.« Er sah die wartende Protokollführerin an. »Sagen Sie bitte dem Staatsanwalt Bescheid. Wir gehen schon mal in den Sitzungssaal.«

Zehn Minuten später war der Prozess vertagt und alle Prozessbeteiligten entlassen. In sein Büro zurückgekehrt, legte Kerner das Aktenbündel auf seinen Schreibtisch, hängte seine Robe in den Schrank und zog die weiße Krawatte aus. Langsam setzte er sich in seinen Bürostuhl und kippte die Lehne nach hinten. Das Verhalten von Rechtsanwalt Werner Schnitter verwunderte ihn schon sehr. Der Anwalt war nach seiner Erfahrung ein zuverlässiger Strafverteidiger, der sehr um seine Mandanten bemüht war. Unentschuldigtes Fernbleiben von einem Prozess war bisher noch nie vorgekommen. Bei einer Erkrankung hätte er doch sicher angerufen.

Außerhalb des Gerichtssaals duzten sich Kerner und Schnitter. Sie waren Mitglieder im selben Fitnessclub, hatten schon öfters gegeneinander Squash gespielt und nach der anschließenden Sauna ein Bierchen getrunken. Aus Gesprächen wusste er, dass Schnitter unverheiratet war und keine Kinder hatte. Der Beruf war sein Lebensinhalt, allerdings gönnte er sich jedes Jahr eine längere Reise ins Ausland. Mehr wusste Kerner nicht über den Anwalt.

Simon Kerner hatte für einen Moment ein merkwürdiges Gefühl. Mit einem Kopfschütteln schob er diese Empfindung beiseite. Sicher gab es für den Vorfall eine ganz simple Erklärung. Er beugte sich nach vorne, schlug die Akte Habermann auf und formulierte handschriftlich eine entsprechende Aktennotiz.

2

Der kräftige Mann hinter der dicken Glasscheibe erhob sich und kam sichtlich verärgert aus der Portiersloge.

»Professor, du kennst die Regeln! Wenn du besoffen bist, kommst du hier nicht rein!«

Der mit »Professor« Angesprochene war ein hagerer Mann mittleren Alters, den die Spuren eines Lebens auf der Straße deutlich älter aussehen ließen. Die untere Gesichtshälfte verschwand unter einem ungepflegten Vollbart. Den Rest seiner wettergegerbten Physiognomie schirmte ein breitrandiger Hut ab, dessen Krempe er sich tief in die Stirn gezogen hatte. An den Händen trug er trotz der angenehmen frühsommerlichen Temperaturen fingerlose Wollhandschuhe, die allerdings bereits leicht in Auflösung begriffen waren. Seine übrige Kleidung, planlos zusammengewürfelte Sachen aus einer Kleiderspende, befand sich in ähnlichem Zustand. Der intensive Alkoholgeruch, den sein Atem mit sich trug, überdeckte kaum den unangenehmen, säuerlichen Geruch nach altem Schweiß, der ihn umgab wie eine Aura. Auf dem Rücken trug er einen größeren olivfarbenen, fleckigen Rucksack, dem ein Schlafsack untergeschnallt war.

Er ließ die zwei Plastiktüten in seinen Händen, die einen weiteren Teil seines spärlichen Hab und Guts enthielten, einfach auf den Boden rutschen. Mit wässrigem Blick fixierte er den Leiter der Obdachlosenunterkunft. Mit dem Zeigefinger der rechten Hand deutete er drohend auf dessen Brust.

»Meyer, du Arschloch, lass mich rein, sonst gibt's was auf

die Zwölf!«, stieß er verwaschen hervor. »Ich bin nicht besoffen!«

»… und ich bin der Kaiser von China«, gab Ronald Meyer scharf zurück. Die Beleidigung perlte an ihm ab wie Wasser. Da war er Schlimmeres gewöhnt. Er hatte seine einschlägigen Erfahrungen mit den Übernachtungsgästen, die zur Schlafenszeit in die *Pension Heimkehr* kamen, wie die Würzburger Obdachlosenunterkunft für Männer offiziell hieß. Es gab Stammkunden, aber auch einige, die nur gelegentlich von dem Angebot Gebrauch machten. Sie kamen, um sich wieder einmal satt zu essen, zu duschen und zu schlafen. Viele aber auch deshalb, weil dieser Ort einfach sicherer war als die Straße, wo sie immer der Gefahr ausgesetzt waren, von irgendwelchen Schlägern zum Spaß verprügelt zu werden. Der Professor gehörte zur zweiten Gruppe.

Meyer griff durch das Fenster seiner Portiersloge in einen Karteikasten und zog eine Karte. Nachdem er kurz darauf geschaut hatte, taxierte er den Professor mit einem kalten Blick. Er überlegte. Dann traf er eine Entscheidung. Einen Moment lauschte er ins Haus. Im nächsten Stockwerk hörte man vereinzelte Männerstimmen, ansonsten war Ruhe. Er senkte die Stimme.

»Ausnahmsweise will ich mal nicht so sein, weil wir nicht voll belegt sind. Wenn du dich zusammenreißt und keinen Ärger machst, lass ich dich heute Nacht hier schlafen.«

»Alles klar!«, gab der Professor zurück und schlug Meyer mit der Hand kumpelhaft auf den Rücken. »Bist kein Arschloch!« Er stieß ein raues Lachen aus.

»Mensch, mach nicht solchen Lärm«, zischte der Heimleiter wütend, packte ihn am Arm und drängte ihn durch eine Tür, die in das Parterre des Wohnheims führte. Hier befanden sich der Speisesaal und das Büro Meyers. Daneben gab es noch einen Behandlungsraum für medizinische Notfälle. Dorthinein bugsierte Meyer den Obdachlosen. Seine beiden Plastiktüten hatte er ihm mitgebracht.

»Was soll das ...?«, wollte der Professor protestieren. Er wusste, die Schlafräume lagen im ersten Stock.

»Hier auf der Liege kannst du pennen«, erklärte Meyer. »Ich will nicht, dass die anderen merken, dass ich bei dir eine Ausnahme mache. Morgen früh bist du aber vor den anderen wieder weg. Und mach hier ja keine Sauerei!« Die Liege war mit einer dicken, straffen Kunststofffolie überzogen, so dass sie bei Bedarf leicht desinfiziert werden konnte. Der Professor murmelte etwas Unverständliches. Hier, im Warmen, wurde er schlagartig müde. Mit einer routinierten Bewegung zog er den Rucksack vom Rücken und ließ ihn auf den Boden fallen. Ihm folgten der Mantel und eine untergezogene Jacke.

»Du kannst nebenan meine Toilette benutzen«, erklärte Meyer, der ihn aufmerksam beobachtete. Während der Obdachlose das WC benutzte, blieb der Heimleiter auf dem Flur stehen und wartete. Meyer war nervös. Er musste auf jeden Fall verhindern, dass der Mann mit anderen Übernachtungsgästen zusammentraf. Als er schon nachsehen wollte, wo der Professor so lange blieb, öffnete sich die Tür und er kam heraus, mit ihm ein Schwall schlechter Luft.

Meyer ignorierte sie und schob den maulenden Professor mit Nachdruck in den Behandlungsraum. »So, jetzt Ruhe, sonst fliegst du wieder raus.«

»Ja, ja«, brabbelte der Professor, legte sich in seinen Kleidern nieder und deckte sich mit einer Wolldecke zu, die Meyer ihm gegeben hatte. Als der Heimleiter das Licht löschte und wortlos das Zimmer verließ, begann der Mann auf der Liege bereits zu schnarchen. Das lautlose Drehen des Schlüssels im Schloss bekam er nicht mehr mit.

Angespannt auf seiner Unterlippe kauend ging Meyer zurück in seine Loge. Sofort griff er sich wieder den Karteikasten. Dies war seine persönliche Kundenkartei. Die Daten der Männer, die hier eincheckten, wurden von ihm so weit wie möglich erfasst. Meyer griff bei dem Buchstabenreiter »S« in die Karteikarten. Der Professor hatte ihm bei seinem ersten Besuch der *Heimkehr* einen alten Blutspendeausweis vorlegen können. Ein anderes Ausweisdokument besaß er nicht. Danach hieß er im bürgerlichen Leben Werner Senglitz, war am 12. Mai 1968 geboren und wohnte früher in der Pestalozzistraße 166 in Lohr am Main. Blutgruppe AB, Rhesus negativ. Aus Gesprächen mit ihm hatte Meyer herausgehört, dass er anscheinend über eine akademische Bildung verfügte. Welches Schicksal ihn auf die Straße getrieben hatte, war ihm allerdings unbekannt. Meyer zögerte noch einen Moment, schließlich gab er sich einen Ruck, griff zum Telefon und wählte. Das Gespräch bestand nur aus wenigen Sätzen.

Eine gute Stunde nach Mitternacht vibrierte Meyers lautlos gestelltes Mobiltelefon. Es war der erwartete Anruf. Mit einem knappen »Ja.« meldete er sich. Er lauschte kurz in den Hörer, dann erwiderte er: »Ich komme.«

Meyer verließ sein Büro und eilte zum Hintereingang der *Heimkehr*. Es handelte sich dabei um eine ganz gewöhnliche Haustür, die als Notausgang ausgewiesen war und auch von den wenigen Lieferanten genutzt wurde. Der Ausgang führte in eine schmale, düstere Gasse des Mainviertels, die um diese Uhrzeit menschenleer war. Als Meyer die Straße betrat, hielt bereits ein Rettungswagen des Roten Kreuzes dicht vor der Tür. Meyer warf einen nervösen Blick die

Straße entlang, aber wie erwartet war keine Menschenseele zu sehen. Er nickte den beiden Männern, die im Wagen saßen, zu. Beide stiegen aus. Sie trugen die Kleidung von Rettungssanitätern. Der Beifahrer ging wortlos zum Heck des Fahrzeugs, öffnete die beiden Flügeltüren und zog eine zusammengeklappte Trage heraus. Der Fahrer sah Meyer durchdringend an.

»Alles klar?« Sein schwäbischer Akzent war unüberhörbar.

Meyer nickte. Vor Nervosität war sein Mund so trocken, dass er kaum sprechen konnte. »Kommt mit, aber seid leise!«

Sie folgten dem Heimleiter zu dem Behandlungszimmer, in dem der Professor schlief. Meyer schloss leise auf, öffnete die Tür einen Spalt und lauschte. Die drei Männer hörten lautes Schnarchen. Meyer öffnete die Tür weit und der Lichtschein des Flurs fiel auf die auf dem Bauch liegende Gestalt des schlafenden Obdachlosen. Meyer trat einen Schritt zur Seite. Von jetzt an verlief alles sehr schnell und routiniert. Der Schwabe zog eine fertig aufgezogene Spritze aus der Tasche und entfernte die Schutzhülle von der Nadel. Sein Kollege, der die Trage auf den Boden gelegt hatte, trat an den Schlafenden heran, dann warf er sich mit seinem gesamten Körpergewicht auf den Professor. Mit einer Hand hielt er ihm den Mund zu. Die verschreckten Grunzlaute des Überwältigten wurden erstickt. Da war der andere schon heran, schob die Decke zur Seite und ein Hosenbein in die Höhe. Gelassen jagte er ihm die Nadel in eine Vene der Kniekehle. Der Kolben wurde heruntergedrückt und das schnell wirkende Betäubungsmittel drang in den Blutkreislauf des Obdachlosen ein. Es dauerte nur kurze Zeit, dann entwickelte das starke Narkotikum seine Wirkung. Als der Professor erschlaffte, erhob sich der Angreifer von seinem

Rücken. Sie lauschten einen Moment auf den Atem des Mannes. Er ging leise, aber gleichmäßig. Ohne Zeitversäumnis luden sie den betäubten Mann auf die Trage, deckten ihn zu, schnallten ihn fest und trugen ihn hinaus zu ihrem Fahrzeug. Meyer trug die Kleidungsstücke, den Rucksack und die Plastiktüten hinterher und legte sie dazu. Die Flügeltüren wurden leise geschlossen und die beiden Männer setzten sich in den Wagen. Der Fahrer drückte Meyer aus dem Fenster heraus einen Umschlag in die Hand.

»Bis zum nächsten Mal«, erklärte er knapp, dann startete er den Motor und das Fahrzeug glitt aus der Gasse. Der ganze Vorgang hatte kaum zehn Minuten in Anspruch genommen.

Dem Heimleiter stand der Angstschweiß auf der Stirn. Als er sich zum Haus umdrehte, glaubte er hinter einem der Fenster im oberen Stockwerk eine schemenhafte Bewegung wahrgenommen zu haben. Dort war einer der Schlafräume. War da ein Gesicht gewesen? Er fixierte das Fenster eine ganze Weile. Aber da war nichts. Wahrscheinlich der Vorhang, beruhigte er sich. Unten im Flur blieb er stehen und lauschte nach oben. Nichts. Bekam er langsam schon Wahnvorstellungen? Er wusste, welche Männer dort oben schliefen. Morgen würde er sie scharf beobachten, ob sie irgendwelche auffälligen Reaktionen zeigten.

Langsam ging er in die Pförtnerloge und zog mit zitternden Händen den Karteikasten zu sich heran. Er entnahm die Karte mit dem Namen Werner Senglitz, dann schlurfte er in sein Büro. Mit fahrigen Fingern schaltete er den kleinen Aktenvernichter ein und schob die Karteikarte des Professors in den Aufnahmeschlitz. Mit einem kurzen ratternden Geräusch verwandelte sich Werner Senglitz in kleinste Schnipsel. Meyer holte eine bauchige Flasche aus dem Seitenschrank des Schreibtisches und gönnte sich einen kräftigen

Schluck Weinbrand direkt aus dem Flaschenhals. Brennend lief das hochprozentige Getränk die Kehle hinunter und beseitigte den schalen Geschmack im Mund. Danach fühlte er sich entspannter. Langsam öffnete den Umschlag und entnahm ihm ein Bündel Banknoten. Ein noch viel besseres Mittel, seine Nerven zu beruhigen und sein Gewissen zum Schweigen zu bringen.

In der Szene nannten sie ihn nur den alten Christoph. Sicher eine treffende Bezeichnung, da der alte Stadtstreicher schon so lange in der Würzburger Innenstadt lebte, dass er von dort nicht mehr wegzudenken war. Jeden Tag saß er an verschiedenen Punkten der Stadt und … strickte. Socken, Schals und Topflappen waren die Produkte, die er von Wolle anfertigte, die ihm Frauen schenkten. Mittlerweile hatte sich eine Art kleiner Kundenstamm gebildet, der ihm seine Produkte abnahm. Die Qualität seiner Arbeiten war erstaunlich. Das wenige Geld, das er mit seiner Handarbeit verdiente, gestattete ihm eine sehr bescheidene Existenz. Kaum einer wusste, dass er sich diese Fertigkeit im Knast angeeignet hatte. Vor vielen Jahren war er wegen Körperverletzung mit Todesfolge zu mehreren Jahren Freiheitsentzug verurteilt worden. Als er das Gefängnis wieder verließ, war sein Leben zerstört. Frau und Kinder waren weg, seine berufliche Existenz war verloren mit der Folge, dass er auf der Straße landete, von der er nie mehr loskam.

Allerdings gönnte sich Christoph einen kleinen Hauch von Bürgerlichkeit. Er übernachtete regelmäßig in der *Heimkehr.* Diese Unterkunft gab ihm ein wenig das Gefühl, am Abend nach Hause zu kommen. Duschen und saubere Bettwäsche waren angenehme zivilisatorische Attribute. Alkohol war ihm verpönt.

Auch heute hatte Christoph rechtzeitig eingecheckt. Nach der Dusche suchte er sein Bett auf. Da er Stammkunde war, bekam er immer dasselbe Lager zugewiesen. Nach dem Duschen hatte er seine Socken gewaschen, die er nun über dem metallenen Kopfteil des Bettes zum Trocknen aufhängte. Es dauerte nur wenige Minuten, dann war Christoph eingeschlafen.

Als er erwachte, war es finstere Nacht. Durch das Fenster des Schlafraumes fiel der Lichtschein einer Straßenlaterne. Seine drückende Blase hatte ihn wieder einmal geweckt. Vermutlich die Anzeichen eines beginnenden Prostataleidens. Er seufzte leise. Auch er musste dem Alter Tribut zollen. Außer ihm schliefen noch zwei Gäste im Raum. Die beiden anderen Betten waren unbelegt. Im Sommer war das nicht ungewöhnlich, weil viele Obdachlose lieber im Freien schliefen. Das laute Schnarchen seiner Zimmergenossen störte ihn nicht weiter. Wahrscheinlich gab er im Schlaf ähnliche Geräusche von sich. Er schwang die Beine aus dem Bett, seine Füße berührten den kalten Plattenboden. Hausschuhe besaß er nicht. Barfuß bewegte er sich zur Tür. Die Toilette lag dem Zimmer schräg gegenüber. Kein langer Weg. Nachdem er sich erleichtert hatte, wollte er gerade wieder den Schlafraum betreten, blieb dann aber stehen. Es war ihm, als hätte er aus dem unteren Stockwerk ein Geräusch gehört. Ein Laut, der nicht zu den üblichen Schlafgeräuschen der Gäste der *Heimkehr* gehörte. Neugierig, wie Christoph war, schlich er sich zum Treppenhaus und lauschte nach unten. Es wurde zwar nicht gesprochen, aber da waren eindeutig mehrere Menschen aktiv. Er besaß zwar keine Uhr, aber da sich seine Blase immer ungefähr zur selben Zeit meldete, musste es weit nach Mitternacht sein. Das Knarren der Hintertür war unverkennbar. Wie er wusste, wurde das Haus in der Nacht verschlossen, um unerwünschte Besucher fernzuhalten, also war da etwas Ungewöhnliches im Gange.

Christoph überlegte einen Augenblick, dann huschte er zu seinem Schlafraum zurück. Von dort aus konnte er auf die Gasse hinter dem Haus sehen. Wenn er sich beeilte, bekam er vielleicht noch etwas mit. Leise, um seine Zimmergenossen nicht zu wecken, schloss er die Tür und schlich sich zum Fenster. Vor dem Hinterausgang stand ein Rettungsfahrzeug mit dem Roten Kreuz, dessen Heckklappe weit geöffnet war. Zwei Rettungssanitäter schoben gerade eine Trage hinein, auf der eindeutig eine menschliche Gestalt festgeschnallt war. Anschließend schlossen sie die Hecktür und stiegen ein. Christoph lief ein kalter Schauer den Rücken hinunter. Plötzlich tauchte der Heimleiter in der Szene auf. Der Fahrer reichte Meyer etwas durchs Wagenfenster. Das Auto fuhr los. Meyer verschwand. Offenbar war er zurück ins Haus gegangen. Wenig später lag die Gasse wieder verlassen da.

Christoph starrte noch einen Moment auf den dunklen Asphalt, dann beeilte er sich, wieder ins Bett zu schlüpfen. Obwohl die Zudecke warm war, fror Christoph plötzlich bis ins Mark. Sein auf der Straße entwickelter Instinkt für Gefahren sagte ihm, dass sich hier etwas abgespielt hatte, was das Licht des Tages scheute und nicht für seine Augen bestimmt war. Es ging ihn nichts an, wer oder was da auf der Trage gelegen haben mochte. Er würde das Gesehene schleunigst vergessen. Schließlich wollte er keinen Ärger. Es dauerte allerdings ziemlich lange, bis er schließlich wieder in einen unruhigen Schlummer fiel.

Am nächsten Morgen fiel Christoph auf, dass Meyer sich beim Frühstück längere Zeit im Speiseraum aufhielt und die Anwesenden musterte. Dabei starrte er auch ihn an. Der

Alte ließ sich nichts anmerken, aber innerlich war er total angespannt. Hatte der Heimleiter ihn heute Nacht bemerkt? Nach dem Frühstück checkte der alte Obdachlose aus und verließ die *Heimkehr*. Der kritische Blick Meyers folgte ihm bis zum Schluss.

3

Es war dreiundzwanzig Uhr. Die attraktive blonde Frau im eng sitzenden dunkelblauen Kostüm betrat das großzügig geschnittene Wohnzimmer im Erdgeschoss des kubistisch gestalteten, einstöckigen Hauses am Rande des Frankfurter Ostends. Ihr ganzes Auftreten und ihre Ausstrahlung vermittelten Dynamik, Selbstsicherheit und Kompetenz. Mit einem Blick erfasste sie die hochwertige, in Schwarz-Weiß gehaltene Einrichtung des Raumes, der von verborgenen Leuchten indirekt erhellt wurde. Die späte Besucherin war erwartet worden. Der Hausherr, der ihr geöffnet hatte, wies auf die Frau, die mit ernster Miene auf der schwarzen Couch saß.

»Meine Frau Nadine«, stellte er sie vor.

»Roosen«, nannte die Frau ihren Namen.

Die Hausherrin gab der Frau höflich, aber zurückhaltend die Hand. »Nehmen Sie doch bitte Platz. Kann ich Ihnen etwas anbieten? Vielleicht einen Kaffee oder Tee?«

Die Besucherin lehnte dankend ab. Langsam nahm sie im Sessel gegenüber Platz. Der Mann setzte sich neben seine Frau und legte den Arm hinter ihr auf die Rückenlehne. Von ihrem Platz aus hatte die Besucherin einen guten Blick durch die bis zur Decke reichende Fensterfront auf den mit kleinen LED-Leuchten erhellten, großzügigen Garten und einen nierenförmigen Swimmingpool. Sie wusste, dass das Grundstück von einer Mauer umgeben war und Überwachungskameras jede Bewegung auf dem Areal registrierten.

Die Frau, die sich Roosen nannte, hatte im Vorfeld ihres

Besuches umfassende Informationen erhalten. Der Hausherr war Dr. Reinhold D. Falkeis, Vorstandsvorsitzender der *Bank of Beduin,* gegründet von Ölscheichs in Dubai. Die deutsche Hauptniederlassung war im Frankfurter Bankenviertel angesiedelt. Nach ihren Kenntnissen war Falkeis millionenschwer, sein Einfluss in der Bankenszene beträchtlich – und nicht nur dort. Seine Verbindungen zu gewissen militanten islamistischen Organisationen waren der Grund, weshalb sie heute hier war. Man hatte sie angesprochen und eindringlich »gebeten«, dem Banker ihre Möglichkeiten anzubieten. Die Familie des Bankers hatte ein schwerwiegendes Problem, das sie bisher vor der Öffentlichkeit verstecken konnte.

Der Hausherr fixierte die Besucherin, dann sagte er: »Frau Roosen, man hat mir Ihren Besuch avisiert. Ich bin bereit mit Ihnen zu sprechen, weil man mir die Organisation, die Sie vertreten, empfohlen hat. Nehmen Sie aber zur Kenntnis, dass ich skeptisch bin.«

Roosen musterte das Ehepaar mit durchdringendem Blick, dann kam sie gleich zur Sache: »Herr Dr. Falkeis, nach meinen Informationen haben Sie bedauerlicherweise eine große Sorge, von der ich Sie gerne befreien möchte.«

Sie legte gekonnt eine kurze Pause ein. Die Eheleute musterten sie wortlos.

»Nach meiner Kenntnis ist Ihr neunzehnjähriger Sohn Alexander seit vier Jahren Dialysepatient. Mittlerweile befindet er sich bereits im Niereninsuffizienz-Stadium 5, leidet also bedauerlicherweise unter einer Nierenschwäche im Endstadium.«

Frau Falkeis sah ihren Mann an. Man sah, es fiel ihr schwer, die gezeigte Selbstbeherrschung aufrechtzuerhalten.

»Das ist richtig«, gab der Banker knapp zurück. »Wie Sie

sehen, regt dieses Gespräch meine Frau sehr auf. Kommen Sie also zum Wesentlichen.«

Roosen nickte. »Sehr gerne. Einflussreiche Menschen aus Ihrem geschäftlichen Umfeld sind an unsere Organisation herangetreten und haben uns ersucht, Ihnen unsere Dienstleistungen anzubieten. – Ihrem Sohn geht es zusehends schlechter und es ist Fakt, dass er dringend eine Spenderniere benötigt. Wie man uns informiert hat, haben Sie erfolglos versucht, Einfluss auf die Rangfolge der Warteliste von Euro-Transplant zu nehmen. Sie haben auch Ihre Fühler nach China ausgestreckt, wo man, wie man hört, sehr erfolgreich die Nieren von hingerichteten Straftätern verpflanzt. Aber Ihr Sohn ist für eine so lange Reise bereits zu schwach, das Risiko wäre exorbitant hoch.«

Die Frau des Bankers stieß ein leises Stöhnen aus und in ihre Augen traten Tränen. Ihr Mann zog sie zu sich heran und strich ihr über die Hand. Seine Lippen waren nur noch ein schmaler Strich.

»Das wissen wir alles! Kommen Sie endlich auf den Punkt!«

Frau Roosen ließ sich nicht beirren. »Fakt ist, wir können Ihnen hier in Deutschland helfen. Was für Ihren Sohn ein deutlich minimiertes Risiko bedeuten würde.« Sie ließ ihre Worte wirken, dann fuhr sie fort: »Meine Organisation betreibt eine hocheffiziente Einrichtung für Nierentransplantationen. Unser medizinisches Personal ist ausgezeichnet. Wir haben alle Möglichkeiten, die auch eine öffentliche Klinik hat. Vielleicht noch bessere. Das Wichtigste aber: Unser Fundus an Spendern ist praktisch unbegrenzt.« Sie schwieg.

»Das hätte ich gerne näher erläutert«, forderte Falkeis. »Sie werden verstehen, dass ich misstrauisch bin. Sie kommen in mein Haus und versprechen uns, das Leben unseres Sohnes zu retten. Aber mein Wunderglaube tendiert gegen null.«

Roosen lächelte leicht. »Selbstverständlich kann ich das verstehen. Lassen Sie es mich einmal so sagen: Euro-Transplant ist für das gemeine Volk. Für die Eliten dieser Welt gibt es weitaus bessere und vor allen Dingen schnellere Alternativen … beispielsweise die Organisation, die ich vertrete.«

Der Banker sah die Frau mit zusammengezogenen Augenbrauen an. »Sie sprechen von … illegalen Alternativen?«

Roosen zuckte mit den Schultern. »Legal, illegal, wer bestimmt das? Für Menschen, die es sich leisten können, gibt es in vielen Bereichen des täglichen Lebens für alles Mögliche einen Markt, der Normalsterblichen verschlossen ist. Man nimmt diesen Menschen also nichts weg, falls Sie jetzt in moralischen Kategorien denken. Was mich bei den geschäftlichen Verbindungen Ihres Mannes allerdings verwundern würde, wenn Sie mir diese Bemerkung gestatten.«

Der Banker sprang auf und lief erregt im Raum hin und her. Schließlich wandte er sich an seine Frau. »Nadine, würdest du uns bitte für einen Moment alleine lassen?« Er sah seine Frau auffordernd an.

Frau Falkeis setzte sich kerzengerade auf. Ihr Gesicht bekam einen harten Zug. »Reinhold, ich denke nicht daran, den Raum zu verlassen. Hier geht es um das Leben unseres einzigen Kindes. Frau Roosen hat uns erklärt, dass es einen Ausweg aus der Spendermisere gibt. Dabei ist es mir verdammt noch einmal völlig egal, ob das legal oder illegal ist und was es kostet. Ich will mein Kind nicht verlieren!«

Der Banker sah seine Frau verwundert an. In so einem Ton hatte sie noch nie mit ihm gesprochen. Sie atmete tief durch und bemühte sich um Mäßigung. »Bitte, du weißt, wie es um Alexander steht. Die üblichen Möglichkeiten sind erschöpft. Wir beide kommen nicht als Spender in Frage und die Warteliste ist lang. Frau Roosen zeigt uns einen Weg auf, der mir Hoffnung macht, und wir befinden uns nicht in der Situation, dieses Angebot einfach vom Tisch zu wischen, nur weil dahinter dunkle Kanäle aus deinem geschäftlichen Umfeld stecken. Es geht um das Leben unseres einzigen Sohnes und ich bin bereit dafür alles zu tun!« Sie sprach mit einer Bestimmtheit, die Roosen ihr gar nicht zugetraut hätte. Sie wusste, damit war die Angelegenheit eigentlich schon entschieden.

»Ich sehe, dass Sie noch Abstimmungsbedarf haben«, erklärte sie mit verständnisvollem Unterton, wobei sie nur Nadine Falkeis anblickte. »Ich gebe Ihnen eine Woche Zeit, sich die Angelegenheit zu überlegen. Danach erlischt diese Option und Sie werden nichts mehr von mir hören.«

»Wie können wir mit Ihnen Kontakt aufnehmen?«, fragte Nadine Falkeis. Der Banker stand hinter der Couch und starrte stumm vor sich hin.

»Ich werde Sie kontaktieren«, gab Roosen zurück. »Ich denke, ich muss Sie nicht darauf aufmerksam machen, dass auf jeden Fall absolute Diskretion erwartet wird.« Den letzten Satz sagte sie mit einer solchen Eindringlichkeit, dass er fast schon bedrohlich klang. Sie erhob sich. »Ich finde alleine hinaus.« Festen Schrittes verließ sie das Haus.

Zwei Straßen weiter bestieg sie ein Taxi, das dort auf sie gewartet hatte. Der Fahrer brachte sie zu einem öffentlichen Parkhaus in der Innenstadt. Dort stieg sie in einen Pkw. Nachdem sie hinter dem Steuer Platz genommen hatte, zog sie mit Schwung die blonde Perücke vom Kopf und ließ sie in einer Plastiktüte verschwinden. Mit zwei Handgriffen entfernte sie die beiden Wangenpolster aus dem Mund, die ihrem Gesicht eine etwas andere Form gegeben hatten. Die blauen Kontaktlinsen würde sie zuhause herausnehmen. Danach startete sie den Motor und verließ das Parkhaus. Ein paar Minuten später war sie auf der Autobahn und fuhr in Richtung Main-Spessart. Gut gelaunt summte sie ein Lied aus dem Autoradio mit.

4

Mark T. war seit drei Jahren Frührentner und ein passionierter Angler, der am Wochenende regelmäßig am Main seinem Hobby nachging. Sein Stammplatz lag gute zweihundert Meter oberhalb der Schleuse Himmelstadt am linksmainischen Ufer. Hier führte eine kleine Sandbank sanft in den Fluss, wodurch er nahe am Wasser sitzen konnte. Der Platz war von dichtem Gesträuch umgeben, das sich links und rechts am Ufer entlangzog. Auch heute, am Samstag, war Mark schon kurz nach Sonnenaufgang von Würzburg weggefahren, um rechtzeitig vor Ort zu sein. Mark freute sich, weit und breit war kein anderer Petrijünger zu sehen. Mit Schwung warf er seine beiden Angelruten aus. Mark T. liebte es, am Wasser zu frühstücken. Nachdem seine Ruten ausgelegt waren, griff er zum Rucksack, holte eine Thermoskanne und ein in Alufolie eingepacktes belegtes Brot heraus und goss sich Kaffee in eine Tasse. Aromatisch duftender Dampf stieg in die Morgenkühle des beginnenden Sommertages auf. Vorsichtig nippte er an dem heißen Getränk, dann löste er die Folie vom Brot. Während er genüsslich kaute, wanderte sein Blick über die Böschung des diesseitigen Ufers. Ein Stück flussaufwärts entdeckte er einen Graureiher, der im seichten Gewässer am Rande des Mains stand und wie eine zu Stein erstarrte Statue auf Beute lauerte. Wahrscheinlich ist er erfolgreicher als ich, dachte Mark. Aber das war auch in Ordnung, schließlich musste der Vogel von seinem Fang leben.

Ungefähr dreißig Meter von ihm entfernt wucherte der

Uferbewuchs bis direkt an den Fluss und Zweige hingen über dem Wasser. Vielleicht eine Stelle, wo er seinen Köder auch einmal platzieren konnte. In diesem Augenblick kräuselte sich das Wasser und der Kopf einer schwimmenden Wasserratte war erkennbar. Mark verzog das Gesicht. Er hasste diese Viecher. Sie wurden von dem Unrat angezogen, den manche »Naturliebhaber« bei ihren nächtlichen Sauforgien am Main zurückließen. Mark stellte die Tasse ab, erhob sich von seinem Klappstuhl und trat näher ans Wasser, um den Bereich, in dem er die Ratte gesehen hatte, besser einsehen zu können.

»Hab ich es mir doch gedacht«, murmelte er verärgert. Durch die Zweige des Uferbewuchses schimmerte es blau. Wahrscheinlich ein Plastiksack. Mit einem kurzen Blick überzeugte er sich davon, dass bei den Angelruten alles ruhig war, dann drang er in das Gesträuch ein, hinter dem der blaue Müllsack lag. Wenig später wurde seine Vermutung bestätigt. Im Uferbewuchs steckte ein großer Müllsack fest, der leicht vom Wasser umspült wurde. Wie vermutet, waren die Ratten bereits aktiv gewesen und hatten Löcher in die Folie gefressen. Eine schwache Brise wehte auf den Angler zu und er verzog angeekelt das Gesicht. Es stank massiv nach Fäulnis und Verwesung. Wie es aussah, hatte hier jemand einen Tierkadaver entsorgt. Von Neugierde geplagt, griff Mark sich einen längeren trockenen Ast vom Boden und stocherte in einem der Löcher herum, dabei riss die Folie weiter auf. Plötzlich erstarrte der Mann und die Augen quollen ihm vor Schreck fast aus den Höhlen.

»Oh mein Gott!«, stöhnte er, ließ den Ast fallen, drehte sich um, stützte sich an einem schief gewachsenen Weidenstamm ab und erbrach würgend sein Frühstück in den Ufersand. Keuchend kam er wieder zu Atem. Das Bild eines von

Ratten angefressenen männlichen Geschlechtsteils, das er durch das Loch im Plastiksack erkannt hatte, war ihm ins Gehirn eingebrannt. Er wischte sich den kalten Schweiß von der Stirn und wankte zu seinem Angelplatz. Er kramte nach seinem Handy und tippte mit zitternden Fingern die Notrufnummer ein. Es dauerte einige Zeit, bis er dem Koordinator in der Einsatzzentrale den Grund seines Anrufs erklärt hatte. Der Mann bat ihn, bis zum Eintreffen der Polizei vor Ort zu bleiben. Vollkommen geschockt ließ sich Mark T. auf seinen Hocker sinken. Ihm war immer noch speiübel. Langsam trank er einen Schluck des mittlerweile erkalteten Kaffees. Jetzt erst stellte er fest, dass der Schwimmer an der einen Angel völlig untergetaucht und die Angelschnur straff gespannt war. Offenbar hatte ein Fisch angebissen. Wie in Trance beugte er sich nach vorne und holte die Angel ein. Zappelnd kämpfte ein großer Karpfen gegen den Widerhaken, der sich durch seine Oberlippe gebohrt hatte. Mit routinierten Bewegungen löste der Angler den Fisch vom Haken und entließ ihn wieder in den Fluss. Seine Lust auf Beute war ihm gründlich vergangen. Eilig verschwand der Fisch in der Tiefe seines Elements. Mark T. sah ihm nach. Hier an dieser Stelle würde er sicher nie mehr seine Rute auswerfen.

Vierzig Minuten später sah der vormals so ruhige Angelplatz von Mark T. ganz anders aus. Überall standen Einsatzfahrzeuge und der Fundplatz war von der Feuerwehr vorsichtig von Gesträuch befreit worden, damit die Kriminalpolizei sowie die Spurensicherer an den angeschwemmten Plastiksack herantreten konnten, ohne eventuelle Spuren zu zerstören.

Erster Kriminalhauptkommissar Eberhard Brunner, Leiter des Kommissariats 1 der Mordkommission Würzburg, stand mit blauen Überziehern an den Schuhen und Gummihandschuhen an der Fundstelle. Die Feuerwehrleute hatten, nachdem die Spurensicherer die Auffindesituation mehrfach fotografiert und die Umgebung nach Spuren abgesucht hatten, den Plastiksack vorsichtig aus dem Unterholz befreit und auf eine große Plastikfolie gezogen. Der Gestank, der dem Sack entwich, war unbeschreiblich. Etwas Entlastung brachte die Eukalyptussalbe, die sich die Ermittler unter die Nase geschmiert hatten.

Dr. Samuel Karaokleos, der Rechtsmediziner, schien allerdings gegen diese Ausdünstung des Todes völlig gefeit zu sein. Ebenfalls mit Schuhüberziehern und Gummihandschuhen ausgerüstet, stand er nachdenklich neben dem Sack und wartete, bis der Polizeifotograf mit einem Nicken sein Einverständnis zur Weiterarbeit gab.

Zu Brunner gewandt meinte Dr. Karaokleos: »Ich kann mir nicht vorstellen, dass sich in diesem Plastiksack eine vollständige Leiche befindet. Dafür ist er zu klein.« Er beugte sich mit einem Skalpell in der Hand über den Sack. »Na, dann wollen wir mal sehen, was wir hier Schönes haben.«

Brunner verzog das Gesicht. Der Mann hatte wirklich ein Gemüt wie ein Fleischerhund. Mit einem einzigen fließenden Schnitt schlitzte der Rechtsmediziner den Plastiksack in seiner ganzen Länge auf und klappte die Folie zur Seite. Der Gestank war einfach unbeschreiblich.

»Dachte ich es mir doch«, stellte Dr. Karaokleos zufrieden fest, »ein klassischer Torso!«

Tatsächlich fehlten dem zum Vorschein gekommenen Körper alle Extremitäten und der Kopf.

»Eindeutig männlich, auch wenn die Ratten sich schon bedient haben.« Der Mediziner betastete die durch die Verwesung bereits schwärzlich verfärbte Haut der entstellten Leiche, die sich bei der Berührung leicht löste.

»Eine typische Waschhaut, was dafür spricht, dass er schon einige Zeit im Wasser liegt. Auch der Leib ist entsprechend aufgedunsen. Die Gase haben ihn an die Wasseroberfläche getrieben.«

Karaokleos hob den Torso im Gesäßbereich leicht an. »Sehen Sie hier.« Er deutete auf eine kleine Tätowierung auf der einen Gesäßhälfte, die wegen der farblichen Hautveränderungen allerdings nur schwer zu erkennen war. »Sieht wie zwei ineinander verschlungene Ringe aus. Das hilft Ihnen vielleicht bei der Identifizierung des Toten. Ich werde bei der Leichenöffnung auf jeden Fall detaillierte Fotos hiervon anfertigen lassen.«

Brunner bedankte sich. »Können Sie etwas zum Todeszeitpunkt sagen?«

Karaokleos erhob sich. »Das ist schwer zu sagen. Bei den relativ hohen Wassertemperaturen würde ich meinen, vier bis sechs Tage. Nach der Obduktion kann ich sicher Genaueres sagen.« Er zog seine Gummihandschuhe aus und warf sie auf die Plastikfolie. »Lassen Sie den Torso bitte in dem Plastiksack transportieren, damit keine Spuren verloren gehen. Außerdem würde ich das Ufer absuchen lassen. Womöglich wurden die fehlenden Körperteile irgendwo anders angetrieben.« Er musterte die Schnittstellen der abgetrennten Gliedmaßen am Körper. »Hier war kein Stümper am Werk. So wie der Täter Arme und Beine abgetrennt hat, verfügt er zumindest über gewisse anatomische Grundkenntnisse.«

Der Leiter der Mordkommission sah den Rechtsmediziner fragend an. »Woraus schließen Sie das?«

»Nun, hier hat einer nicht wild gewütet. Die Schnitte sind an der richtigen Stelle gesetzt und die Knochen wurden, wie es scheint, mit einer medizinischen Säge durchtrennt. Das sieht man sehr gut an der Schnittstelle. Die Zahnung ist deutlich feiner als bei einer normalen Fleischsäge. – Aber wie gesagt, bei der Obduktion kann ich das besser beurteilen. Für mich steht auf jeden Fall fest, dass der Täter in Ruhe arbeiten konnte. Die Glieder wurden sicher nicht hier am Main abgetrennt.«

Brunner bedankte sich für den Hinweis, dann winkte er die beiden Männer heran, die in einiger Entfernung an einem Leichenwagen warteten. Sie luden den Torso vorsichtig mitsamt der Folie in einen Kunststoffsarg. Fünf Minuten später war der Wagen in Richtung Würzburg zum Rechtsmedizinischen Institut unterwegs. Dr. Karaokleos beeilte sich, hinterherzukommen, damit er das Ausladen der Leiche überwachen konnte.

»Wenn Sie die fehlenden Gliedmaßen finden, lassen Sie es mich wissen«, rief er dem Kriminalbeamten noch zu, dann schwang er sich hinter das Steuer seines Fahrzeugs und gab Gas. Er pfiff leise vor sich hin. Das schien ein interessanter Fall zu werden. Er liebte seinen Beruf.

Brunner griff zum Mobiltelefon und forderte zusätzliche Einsatzkräfte und Leichenhunde an, da das Mainufer ober- und unterhalb der Fundstelle abgesucht werden musste. Er ahnte, hier stand ihm ein schwieriger Fall ins Haus.

Die angeforderten Einheiten waren eineinhalb Stunden später vor Ort. Brunner wies die Beamten ein, dann schwärmten sie aus. Es dauerte keine halbe Stunde, dann kam die erste Fundmeldung herein. Mainaufwärts hatte der Leichenhund angeschlagen und die Beamten fanden eine weitere Plastiktüte im Gestrüpp, vielleicht zweihundert Meter vom ursprünglichen Fund entfernt. Darin befanden sich zwei Beine und zwei Arme. Sosehr sich der Suchtrupp aber auch abmühte, der Kopf blieb unauffindbar.

Brunner forderte einen weiteren Leichenwagen an und

ließ die abgetrennten Gliedmaßen in die Rechtsmedizin schaffen. Jetzt war es die Sache von Dr. Karaokleos, die abgetrennten Teile wieder so zusammenzusetzen, dass man die Identität des Toten feststellen konnte.

5

Der *Himmel der Lust* lag am Rande von Aschaffenburg in einem Industriegebiet und war ein über die Grenzen der Stadt hinaus bekanntes Etablissement für käufliche Liebe aller Art. Gäste dieses Tempels der körperlichen Freuden kamen aus den angrenzenden Landkreisen, aber auch aus dem Nachbarbundesland Hessen, insbesondere auch aus der Finanzmetropole Frankfurt. Auf diese Kunden war der Betreiber des Hauses, Dimitrij »Stalin« Komarow, besonders stolz. Schließlich gab es in der Hessenmetropole zahllose Konkurrenzbetriebe. Die Tatsache, dass Männer trotz der Entfernung die Fahrt auf sich nahmen, um in sein Haus zu kommen, sprach wohl für die Qualität seiner Damen. Den martialischen Zusatznamen Stalin, der Stählerne, hatte sich Dimitrij nach einer wodkaschwangeren Nacht selbst verliehen, wohl als Ausgleich für seinen wenig beeindruckenden Familiennamen, der so viel wie Stechmücke bedeutete. Dimitrij gab sich auch alle Mühe, seinem Zusatznamen gerecht zu werden. Mit eiserner Faust hatte er seinen Platz im Geschäft mit der Lust behauptet. Mehrmals gab es Versuche, ihm seine Mädchen wegzunehmen und ihn zum Teufel zu jagen. Aber nachdem einige Schläger der Konkurrenz mit blutigen Köpfen abgezogen und zwei auf Nimmerwiedersehen verschwunden waren, wurde er akzeptiert und man ließ ihn in Ruhe.

Im Parterre befand sich die großzügig ausgestattete Bar, in der die Frauen auf ihre Kunden warteten. Im Stockwerk darüber lagen Dimitrijs Büro und die Zimmer der Mädchen.

Dimitrij saß am Schreibtisch und kontrollierte am Laptop die Einnahmen des letzten Monats. Zufrieden grunzend, speicherte er das Ergebnis auf einem USB-Stick. Er zog ihn ab und legte ihn in einen geöffneten Tresor, der hinter dem Aktbild einer sich lasziv räkelnden Schönheit in die Wand eingelassen war.

Komarow rollte mit seinem Bürosessel ein Stück zur Seite, bis er vor der Schmalseite des Raumes zum Stehen kam, die mit einer Holzvertäfelung verkleidet war. Er drückte einen Knopf und mit einem summenden Geräusch verschob sich die Vertäfelung seitlich in die Wand. Dahinter kamen vierzehn Monitore zum Vorschein, die alle eingeschaltet waren und verschiedene Ansichten der Bar und der acht Separees auf seinem Stockwerk zeigten. Eine Kamera war am Eingang und eine am Hinterausgang installiert. Sehr praktisch, um die Annäherung unerwünschter Gäste wie Polizei oder, schlimmer, Vertreter der Konkurrenz rechtzeitig zu bemerken. So war man vor Überraschungen sicher.

Plötzlich kniff Komarow die Augen zusammen und widmete seine Aufmerksamkeit einem bestimmten Monitor. Er gab das Bild eines Separees wieder. Auf ihm war ein Kunde zu sehen, der sich nackt mit einer ebenfalls unbekleideten Frau beschäftigte. Janine, wie er erkannte.

Die Szene hätte Dimitrij grundsätzlich nicht sonderlich interessiert, da sie nur zeigte, dass sich ein Kunde des Hauses mit einem der Mädchen amüsierte. Er hatte sie bei den schwarzen Haaren gepackt und zwang sie vor sich auf die Knie. Seine Erregung war unübersehbar. Komarow konnte sehen, dass Janine sich wehrte und ihm mit den Fäusten gegen den Bauch schlug. Er runzelte die Stirn. War das ein Rollenspiel oder war ihr Widerstand ernst gemeint?

Mit einem Knopfdruck schaltete Komarow den Lautsprecher ein, automatisch startete damit auch die Aufzeichnung des Geschehens. Sofort erfüllte lautes Keuchen der beiden Menschen auf dem Bildschirm das Büro.

»Lass mich los, du Arschloch!«, kam die sich überschlagende Stimme Janines quäkend über den Lautsprecher. »Nimm deine verdammten Griffel von mir!«

»Dir werde ich helfen, du Schlampe!«, fauchte der Mann. Der Kunde verpasste Janine einen schallenden Schlag ins Gesicht, der sie niederstürzen ließ. Sofort lief ihr Blut aus der Nase.

Dimitrij Komarow schüttelte verärgert den Kopf. Eine Ohrfeige war grundsätzlich noch im Bereich des Tolerierbaren. Verletzungen aber nicht. Es konnte nicht angehen, dass Frauen tagelang nicht arbeiten konnten, weil sie am Körper Blutergüsse aufwiesen. Er würde dem Kunden anschließend unter Hinweis auf die Gewalttätigkeit einen ordentlichen Aufpreis abverlangen. In diesem Augenblick eskalierte die Situation auf dem Bildschirm radikal. Da ihr Kunde sie immer massiver bedrängte, wurde Janine immer hysterischer. Sie schrie völlig außer sich, schlug um sich und trat dem Mann schließlich hart in den Unterleib. Mit einem heiseren Aufschrei fiel er zusammengekrümmt auf das Bett.

»Ich bring dich um, du verdammte Drecksnutte!«, stieß er gepresst hervor.

Janine lag auf der Seite und erbrach sich würgend mitten auf den Teppichboden. Komarow hatte genug gesehen. Hier musste eingegriffen werden. Er hob den Telefonhörer ab und drückte einen Knopf.

»Sergej, sofort auf Zimmer 7! Janine dreht durch!«

Sein Gesprächspartner stellte offenbar keine Fragen, denn Dimitrij legte sofort wieder auf. Seine Aufmerksamkeit richtete sich erneut auf den Monitor.

Es vergingen kaum fünfzehn Sekunden, als er das Schlagen der Tür des Separees hörte und Sergej plötzlich im Aufnahmebereich der Kamera erschien. Der ein Meter fünfundneunzig große Kaukasier war kahlköpfig, im Gesicht und am Kopf tätowiert und hatte den muskulösen Körperbau eines Bodybuilders. Mit seinem beeindruckenden Körper füllte er fast das gesamte Kamerabild aus. Komarow wusste, in der Regel reichte sein bloßes Erscheinen, um Streitigkeiten schlagartig zu beenden.

Sergej machte einige Schritte in den Raum, wodurch er wieder das gesamte Bild für seinen Boss freigab. Der Kunde lag noch immer ächzend und fluchend auf dem Bett, schien sich aber langsam zu erholen. Janine musste ihn wirklich voll getroffen haben.

»Ich werde diese verdammte Schlampe umbringen!«, presste er hervor und warf lodernde Blicke in Richtung der Frau, die sich an der Wand aufgesetzt hatte. Ihre Schminke war verschmiert und die Wimperntusche hinterließ auf ihrem Gesicht schwarze Rinnsale. Sie hatte die Beine angezogen und die Arme um die Unterschenkel geschlungen. Sie zitterte am ganzen Körper.

»Hier wird niemand umgebracht!«, kam Sergejs tiefe Stimme aus dem Lautsprecher. »Wir entschuldigen uns für das Verhalten unserer Mitarbeiterin. Selbstverständlich können Sie sofort ein anderes Mädchen haben und sind natürlich für den Rest Ihres Besuches Gast unseres Hauses.«

Während der Mann sich langsam vom Bett erhob, bückte sich Sergej und las die Kleider Janines zusammen. Dann näherte er sich der jungen Prostituierten. Ängstlich sank sie noch mehr in sich zusammen.

»Steh auf!«, befahl Sergej knapp, dabei warf er ihr die Kleidungsstücke zu. »Der Boss will dich sprechen!« Obwohl er seine Stimme nicht gehoben hatte, reagierte Janine sofort. Sie stand auf, raffte ihre Wäsche vor der Brust zusammen und hastete, nackt, wie sie war, auf den Flur. Sie flüchtete ins Umkleidezimmer und zog sich schnell an. Ihr Herz klopfte ihr vor Angst bis zum Hals.

Sergej wandte sich dem Gast zu, der mittlerweile in seine Shorts geschlüpft war. Noch immer trug er eine verbissene Miene zur Schau.

»Sind Sie damit einverstanden, wenn ich Ihnen Natascha hereinschicke? Sie ist eines unserer besten Mädchen. Sie werden nicht enttäuscht sein. Sie wird Sie die Unannehmlichkeiten schnell vergessen lassen. Selbstverständlich lasse ich Ihnen aufs Haus eine Flasche Champagner aufs Zimmer bringen.«

Der Mann brummelte etwas in seinen Bart, dann signalisierte er sein Einverständnis. Einen Moment später klopfte es auch schon an der Tür und unaufgefordert kam eine schlanke, dunkelhäutige Schönheit herein. Für Sergej war klar, Komarow hatte die Szene am Bildschirm verfolgt und Natascha in das Separee geschickt. Sie trug einen spärlichen Bikini, der keine Fragen offen ließ. In den Händen hielt sie eine Flasche Champagner und zwei Gläser.

»Hallo Süßer«, gurrte sie, während sie den Gast lächelnd fixierte. Sergej öffnete die Tür und verschwand diskret.

Janine saß wie ein Häuflein Elend auf der Couch in dem kleinen, spartanisch eingerichteten Umkleideraum, der den Damen auch als Aufenthaltsraum zur Verfügung stand. An der einen Längswand standen mehrere Spinde. Im Augenblick war das Zimmer leer, da alle ihre Kolleginnen arbeiteten. Janine hatte sich einen weißen Bademantel übergeworfen. Trotzdem zitterte sie am ganzen Körper. Komarow stand ihr gegenüber an die Wand gelehnt und fixierte sie mit kaltem Blick.

»Was war das für eine Scheiße?«, fragte er hart.

»Dieser perverse Typ … hat mich … geschlagen«, stieß sie schluchzend hervor. Ihre Schminke war verschmiert.

»Was heißt hier geschlagen? Du hast ihn mit deinem Gezicke wütend gemacht. Du wirst dafür bezahlt, dass du den Wünschen der Gäste entsprichst!« Er kniff die Augen zusammen. »Brauchst du schon wieder einen Schuss?«

»Das Zeug, das mir Sergej besorgt hat, taugt nichts«, gab sie heiser von sich.

In diesem Augenblick ging die Tür auf und Sergej betrat den Raum. Unwillkürlich duckte sich Janine zusammen.

»Sie sagt, der Stoff, den du ihr gegeben hast, sei schlecht?« Komarow sah den Kaukasier prüfend an.

Sergej zuckte mit den Schultern. »Sie hat den gleichen Stoff bekommen wie die anderen, die das Zeug brauchen. Sie will allerdings zwischenzeitlich immer öfter etwas. Sie kann sich den Spaß kaum noch leisten.«

Komarow taxierte die Frau wie ein Händler seine Ware.

Janine wurde unter dem Blick immer kleiner. »Boss, bitte, bitte«, bettelte sie, »es tut mir leid, das wird nicht wieder vorkommen. Bitte …«

Schließlich hatte Komarow eine Entscheidung getroffen. »Sergej, gib ihr einen Schuss, damit sie wieder arbeiten kann. Janine, du wirst die nächsten beiden Gäste kostenlos bedienen. Wenn das noch einmal vorkommt, schicke ich dich zurück. Jetzt geh ins Bad und richte dich wieder her.«

»Danke, Boss … danke«, stammelte sie und wischte sich mit dem Handrücken die Tränen aus dem Gesicht.

»Ich komme gleich wieder«, sagte Sergej und verließ mit Komarow das Zimmer. Janine erhob sich und verschwand im angrenzenden Bad.

Wortlos winkte Dimitrij Komarow Sergej zu sich ins

Büro. Nachdem der Kaukasier die Tür hinter sich geschlossen hatte, sah ihn sein Boss durchdringend an.

»Janine ist fertig?«, fragte er knapp. »Es gab jetzt schon zum dritten Mal Ärger mit ihr.«

Sergej zuckte mit den Schultern. »Lange geht es sicher nicht mehr.«

Komarow ließ sich in seinen Sessel fallen. »Solche Vorfälle wie eben können wir uns nicht leisten. Das spricht sich schnell herum und schadet dem Geschäft.« Er öffnete seine Schreibtischschublade, holte einen Pass heraus und reichte ihn dem Kaukasier. »Sie ist noch jung. Sieh zu, dass du einen ordentlichen Preis herausholst.«

Sergej nahm das Dokument und steckte es in die Brusttasche seines Jacketts. »Wann?«

»Sofort! Ich werde mit Suganow sprechen. Morgen haben wir Ersatz.«

»Wird erledigt.«

Der Kaukasier verließ das Büro seines Chefs und betrat einen Raum am Ende des Flures, in dem er schlief, wenn er einmal hier übernachten musste. Er öffnete die Tür zum angrenzenden Bad, trat an die Toilette und drehte mit einer Münze die Schraube, die den Deckel des Spülkastens für die Toilettenspülung zuhielt. In dem Deckel befand sich eine wasserdichte Dose, die er herausnahm. Sie enthielt kleine Briefchen in zwei verschiedenen Farben. Er entnahm ein hellblaues und steckte es ein. Dann räumte er das Behältnis wieder weg und verschloss das Versteck. Danach öffnete er einen schmalen Schrank und entnahm ihm eine Rolle dicker Plastikfolie. Er entrollte die Folie auf dem Bett, bis es der Länge nach bedeckt war. Wenig später kehrte er in den Aufenthaltsraum zurück, in dem Janine wartete. Sie hatte sich wieder ordentlich geschminkt und sah gut aus. Lediglich ihre offensichtliche Unruhe zeugte davon, dass sie dringend eine Nase voll benötigte.

Sergej legte das blaue Briefchen wortlos auf den Tisch, dann ging er hinaus.

Janine bildete mit dem Inhalt des Briefchens auf einem kleinen Handspiegel hastig zwei Lines und zog sie mit einem gerollten Geldschein in die Nase. Danach ließ sie sich auf die Couch zurückfallen, schloss die Augen und erwartete die schnell eintretende Wirkung.

Wenig später betrat Sergej erneut den Raum. Er hatte der Frau kaum verschnittenen Spitzenstoff gegeben, der sie für einige Zeit außer Gefecht setzen würde. Als er sie mit geschlossenen Augen daliegen sah, nickte er zufrieden. Er hob sie auf die Arme und trug sie in sein Zimmer. Dort legte er sie auf die Plastikfolie auf seinem Bett. Janine lallte leise Worte, die nicht zu verstehen waren.

Sergej holte sein Mobiltelefon aus der Hosentasche und wählte eine Nummer.

»Ich habe eine Lieferung«, sagte er ohne Einleitung. »Sehr gute Qualität. Kostet das Doppelte.«

Er lauschte der Antwort. Schließlich erklärte er: »Abholung in zwei Stunden, um vier Uhr? Dann ist der Laden leer.«

Nachdem die Uhrzeit bestätigt worden war, legte er auf. Er warf Janine einen langen Blick zu. Eigentlich schade. Aber was konnte man machen? Geschäft war Geschäft.

Kurz nach vier waren die beiden Abholer da. Der Ältere musterte die im Kokainrausch schwebende Frau.

»Warum ist sie so zugedröhnt?«, knurrte er. Sein schwäbischer Akzent war unüberhörbar.

»Wir mussten sie ruhigstellen«, gab Sergej zurück.

Der Mann in Schwarz zog eine Spritze aus der Tasche.

»Sie ist ein gottverdammter Junkie. Von wegen gute Qualität. Dafür zahlen wir nur den normalen Preis. Sollte sie nicht zu gebrauchen sein, gibt es gar nichts.« Er trat an Janine heran, packte ihren Arm und drückte ihr die Nadel in die Vene. Die junge Frau lallte einige unverständliche Worte. Als die Spritze zur Hälfte geleert war, hörte er auf.

»Das genügt«, stellte er fest, »sonst geht sie uns noch über den Jordan.« Er gab seinem Kumpel einen Wink. Sie hoben die mittlerweile völlig betäubte Janine mitsamt der Plastikfolie auf die mitgebrachte Trage, schnallten sie fest und transportierten sie aus dem Haus. Sergej sah zu. Nachdem sie in den wartenden Transporter geschoben war, fragte der Kaukasier: »… und die Kohle?«

Der Schwabe sah den Russen durchdringend an. »Erst wenn wir geprüft haben, ob die Ware verwendbar ist, bekommst du dein Geld.«

Sergej wollte erst etwas erwidern, ließ es dann aber sein. Ihm war bekannt, wie gefährlich die beiden Männer waren. Er sah dem Transporter hinterher. Sergej wusste nicht genau, was die beiden mit der jungen Frau vorhatten. Sie hatten ihm nur versichert, dass sie spurlos verschwinden würde. Obwohl Sergej ein kalter, abgebrühter Mensch war, lief ihm bei dem Gedanken ein Schauer den Rücken hinunter. Langsam ging er zurück ins Haus.

6

Wie lange hast du den Professor nicht mehr gesehen?« Johanna Siedler lehnte lässig an der Wand eines Bankgebäudes in der Eichhornstraße, die Hände in den Taschen ihrer weiten Militärjacke vergraben. Eine Basecap gab ihr ein burschikoses Aussehen. Der Tag neigte sich dem Ende entgegen und sie machte mit ihrem Kollegen ihre alltägliche Runde.

Der alte Christoph, der hier seinen Stammplatz hatte, packte gerade sein Strickzeug zusammen und verräumte alles in seinen Rucksack. Wie viele ihrer Probanden duzte sie ihn und umgekehrt die Obdachlosen sie.

Johanna Siedler, zweiunddreißig Jahre alt, schwarzhaarig, schlank, sportlich, war vor zwei Jahren von der Stadt im Rahmen eines Pilotprojekts als Sozialpädagogin eingestellt worden. Zusammen mit ihrem Kollegen Robert Felgler sollten sie als Streetworkergespann die Obdachlosen und Junkies in Würzburg betreuen. Felgler war zwölf Jahre älter als sie, mit schütterem, grau meliertem Haar, hager und einem Vollbart. Er war, entgegen seiner dynamischen Kollegin, ziemlich desillusioniert, was die Sinnhaftigkeit ihrer Arbeit betraf. Johanna steckte dagegen voller Tatkraft und Pläne. Sie war der Meinung, dass man die Lebensumstände einiger Probanden durchaus verbessern konnte. Dazu gehörte auch der alte Christoph, dem wegen seines Alters ihr besonderes Augenmerk galt.

»Ist schon ein paar Tage her«, gab Christoph zurück. Sein Gesicht war fast völlig hinter einem dichten weißen Vollbart verborgen. Während er sprach, konnte sie seine schlechten Zähne sehen. Auf seiner Stirn trug er eine fast zehn Zentimeter lange, wulstige Narbe, die von einem Unfall stammte. Er trug einen weiten olivfarbenen Parka mit Kapuze, unter dem ein Pullover sichtbar war.

Die junge Frau war sicher, er hatte die Siebzig lange überschritten. Der alte Stadtstreicher hatte sie auf den Professor angesprochen. Schon seit längerer Zeit verbreiteten die Streetworker in der Szene die Botschaft, dass man sie verständigen möge, wenn einer der Obdachlosen plötzlich verschwand.

»Und warum glaubst du, dass ihm etwas zugestoßen sein könnte?«

»Wir haben uns unterhalten. Er wollte wieder mal in der *Heimkehr* übernachten. Ihm war nach einer Dusche und einer ordentlichen Mahlzeit. Seitdem habe ich nichts mehr von ihm gehört. Das war vor zwei Tagen. Ich schlafe ja regelmäßig in der *Heimkehr*, da hätte ich ihn doch sehen müssen.«

Robert Felgler, der sich bewusst ein Stück abseits gehalten, aber jedes Wort mitbekommen hatte, trat ein Stück näher.

»Wir wissen beide, dass der Professor ein Trinker ist«, mischte er sich erstmals in das Gespräch ein. »Vielleicht ist er irgendwo versackt? Betrunken hat ihn das Heim bestimmt nicht aufgenommen.«

Christoph, der absolut nicht dem üblichen Obdachlosenklischee entsprach, weil er eine ausgesprochene Abneigung gegen Alkohol hatte, schüttelte den Kopf.

»Stimmt, er hat zwar getrunken, aber irgendwie noch kontrolliert.«

Felgler sah seine Kollegin bedeutungsvoll an. »Alles Gerüchte«, sollte der Blick wohl heißen.

»Wir werden uns mal umhören«, versprach die Street-workerin. »Vielleicht ist er krank und liegt auf einer Krankenstation.«

Christoph bedankte sich mit einem Nicken, dann drehte er sich um und beschäftigte sich mit seinem Rucksack. Nachdenklich sah er beiden hinterher. Er würde auf jeden Fall in der nächsten Zeit nicht mehr in der *Heimkehr* übernachten. Dort ging es nicht mit rechten Dingen zu, das sagte ihm sein Instinkt. Leise ächzend schulterte er seinen Rucksack. Jetzt musste er sich im Freien einen Schlafplatz suchen.

Die beiden Streetworker marschierten weiter in Richtung Mainwiesen. Es gab noch einige Probanden, die sie besuchen wollten.

»Robert«, stellte Johanna nachdenklich fest, »die Sache kommt mir langsam spanisch vor. Das ist jetzt innerhalb von einem Vierteljahr der dritte Fall, dass einer dieser Männer spurlos verschwindet.«

»Das sehe ich nicht so problematisch«, entgegnete Felgler schulterzuckend. »Unsere Kunden führen bekanntermaßen kein standorttreues Leben. Heute hier, morgen dort.«

»Prinzipiell stimmt das schon«, gab sie ihm recht, »aber alle drei lebten schon seit Jahren in Würzburg, wie wir wissen. Nur der Professor hatte ein Alkoholproblem. Die beiden anderen hielten sich diesbezüglich zurück. Vielleicht sollte man doch einmal mit der Polizei sprechen?«

»Kannst du ja mal probieren«, gab Felgler zurück. »Mach dir aber keine Illusionen. Wegen ein paar verschwundenen Pennern reißen die sich kein Bein aus.«

Johanna verkniff sich eine scharfe Antwort. Sie mochte diese abfällige Bezeichnung gar nicht. Hinter jedem Obdachlosen stand ein meist schwieriges menschliches Schicksal.

Eberhard Brunner saß auf der Couch in seinem Wohnzimmer, seine Füße lagen auf einem Sessel. Auf einem kleinen Beistelltisch standen zwei halb gefüllte Gläser mit Rotwein. Auf der Couch, den Kopf in seinem Schoß, lag Johanna Siedler, die Frau, die er vor fünf Wochen anlässlich einer Dienstbesprechung kennengelernt hatte.

Damals ging es um einen Kriminalfall in der Obdachlosenszene. Zwei Männer waren mit dem Messer aufeinander losgegangen. Einer wurde so schwer verletzt, dass er nach zwei Tagen verstarb. Nachdem es sich um ein Tötungsdelikt handelte, war die Mordkommission für den Fall zuständig. Die Streetworkerin konnte zu den näheren Umständen eine Aussage machen. Die engagierte junge Frau war ihm nicht zuletzt wegen ihres ansprechenden Äußeren sehr angenehm aufgefallen. Ihre tiefblauen Augen, die zu ihren schwarzen Haaren kontrastierten, hatten ihn in ihren Bann gezogen. Zwei Tage später lud er sie zu einem Abendessen ein und sie sagte zu. Hatte ihm Johanna schon in ihrer Straßenkleidung gut gefallen, war er hin und weg, als er sie an diesem Abend in einer engen schwarzen Jeans und einer weißen Bluse bewundern durfte, die ihre Weiblichkeit eindrucksvoll zur Geltung brachte. Ihr dezentes Parfüm sprach seine Sinne an. Bei diesem Essen unterhielten sie sich dann so lange, bis der Kellner sie diskret darauf aufmerksam machte, dass das Lokal schließen wollte. Danach saßen sie noch bis zur Morgendämmerung am Mainkai und tauschten sich über ihr Leben aus. Es herrschte gleich eine erstaunliche Vertrautheit, ja fast eine Seelenverwandtschaft zwischen ihnen, als würden sie sich schon lange kennen.

Brunner war, was Beziehungen betraf, ein gebranntes Kind. Schon zweimal waren engere Freundschaften mit einer Frau an den Anforderungen seines Berufes gescheitert.

Die auf eine Trennung folgenden schmerzhaften Phasen wollte er nicht mehr erleben. Daher blieben seine Kontakte zum anderen Geschlecht, wenn sie sich zufällig ergaben, stets im beiderseitigen Einverständnis unverbindlich. Meist waren es ungebundene Kolleginnen, die in der Regel die gleichen Probleme hatten und daher für die Umstände seines Berufs Verständnis hatten. Frauen, die auch nichts anderes wollten als gelegentliches Ausgehen und, wenn es sich ergab, unverbindlichen Sex.

Mit Johanna Siedler schien es anders zu sein, obwohl sie ihm gleich beim ersten Treffen freundlich, aber unmissverständlich klargemacht hatte, sie sei wegen der zeitlich unregelmäßigen beruflichen Einsätze nicht an einer festen Bindung interessiert. Freundschaft, ja. Gute Gespräche, ja. Miteinander Spaß haben, ja. Brunner war voll damit einverstanden. Gleichwohl spürte er, dass da noch etwas anderes war. Ein schwer beschreibbarer Zauber, der in den Stunden ihrer Zweisamkeit spürbar wurde. Brunner erlaubte sich nicht oft, über diese Empfindung weiter nachzudenken.

Plötzlich richtete Johanna sich wieder auf und ergriff die beiden Weingläser. Sie reichte Brunner seines und animierte ihn, mit ihr anzustoßen. Beide nahmen einen Schluck.

»Eberhard, ich habe da ein Problem«, begann sie, während sie das Glas in ihren Händen drehte. Er sah sie aufmerksam an. »Es ist beruflich. Stört es dich, wenn ich jetzt darüber spreche?« Der faszinierenden Wirkung ihrer Augen konnte er sich nur schwer entziehen.

»Nein, nein, rede nur.«

»In den letzten drei, vier Monaten sind einige der von uns betreuten Probanden verschwunden. Wir können uns das nicht erklären.«

»Was verstehst du unter verschwunden?«, fragte Brunner.

»Weg, wie vom Erdboden verschluckt. Viele denken, dass Obdachlose ein zielloses Vagabundenleben führen. Auf eine ganze Anzahl trifft das auch zu. Heute hier, morgen dort und dann wieder anderswo. Ja, viele sind Einzelgänger, schwer sozialisierbar. Aber weil es in der Regel entwurzelte Persönlichkeiten sind, pflegen einige im weitesten Sinne eine gewisse Standorttreue und haben ortsspezifische Gewohnheiten, die ihnen eine gewisse Sicherheit geben. Das heißt, sie suchen immer wieder bestimmte Plätze auf, wo sie auch auf andere Obdachlose stoßen. Das sind keine Freundschaften im landläufigen Sinne. Das Leben auf der Straße ist kein günstiger Nährboden für solche Beziehungen. Der Überlebenskampf ist hart. Aber sie kennen sich und wissen ungefähr, wo sich der eine oder andere gerade aufhält. Das ist für uns eine Möglichkeit, einen ungefähren Überblick über die Anzahl der Menschen zu bekommen, die unserer Hilfe bedürfen. Deshalb ist es uns auch aufgefallen, dass drei der bis jetzt verhältnismäßig standorttreuen Obdachlosen verschwunden sind.«

Sie nahm einen Schluck, dann sah sie ihn fragend an.

»Jetzt willst du wissen, ob uns im Morddezernat unbekannte Leichen gemeldet wurden, die wir nicht zuordnen können?«

Sie nickte.

»Also, tatsächlich liegt uns *ein* Leichenfund vor. Es handelt sich um einen männlichen Torso, den wir gestern aus dem Main gefischt haben.«

Johanna sah ihn verwundert an. »Einen Torso?«

»Ja. Der Leiche wurden sämtliche Extremitäten einschließlich des Kopfes entfernt, dann wurde sie in einem Plastiksack im Main entsorgt. Die Extremitäten haben wir später auch gefunden, genauso verpackt, den Kopf allerdings nicht.

Wir haben schon die Vermisstenanzeigen überprüft. Bis jetzt kein Ergebnis. Aber ich vermute mal, bezüglich der abgängigen Obdachlosen wurden keine Vermisstenanzeigen erstellt.«

Johanna verzog geschockt das Gesicht und schüttelte den Kopf, dann stieß sie hervor: »Wer macht denn so etwas, eine Leiche dermaßen zu verstümmeln?«

Brunner zuckte mit den Schultern. »Keine Ahnung, was den oder die Täter dazu bewogen hat. Wir wissen auch nicht, ob die Extremitäten vor oder nach dem Tod entfernt wurden.«

»Mein Gott, meinst du wirklich, dass jemand in der Lage ist, einen Menschen auf diese entsetzliche Weise zu töten? Das müssen ja unsägliche Qualen sein!« Ihre blauen Augen waren vor Entsetzen weit geöffnet.

»Leider gibt es in unserem Beruf immer wieder Fälle, bei denen man feststellen muss, dass es keine schlimmere Bestie gibt als den Menschen. Wenn er bei der Verstümmelung noch gelebt hat, dann sicher nicht lange. Er wäre dann sehr schnell verblutet. Das Obduktionsprotokoll liegt bis jetzt noch nicht vor.«

Es dauerte einen Moment, ehe Johanna diese Information einigermaßen verdaut hatte. Schließlich ließ sie sich zur Seite sinken und lehnte ihren Kopf gegen seine Schulter. »Eberhard, bitte nimm mich in den Arm. Ich muss irgendwie die schlimmen Bilder von einer verstümmelten Leiche aus meinem Kopf kriegen.«

Eberhard Brunner ließ sich nicht zweimal bitten.

7

Dr. Karaokleos, der Rechtsmediziner, stand im Sektionssaal 2 des Würzburger Instituts für Rechtsmedizin. Fritz Schwarz, der Obduktionsassistent, hatte gerade den Torso der unbekannten Leiche aus dem Main mit einer Rollbahre aus der Kühlkammer geholt. Noch immer lag der Körper auf der Plastikplane. Schwarz stellte die Bahre neben den Sektionstisch, ging auf die andere Seite des Tisches und zog mit Schwung den Leichnam mitsamt der Plane auf die Edelstahlfläche des Tisches.

Schwarz, der absolut abgehärtet war, was Leichen in sämtlichen Verfallsstadien betraf, betrachtete einen Augenblick den gliederlosen Toten.

»Schon merkwürdig, wenn nur so ein zerstückelter Rumpf vor einem liegt.«

Dr. Karaokleos band gerade die Gummischürze zu, die bis hinunter zu seinen Knöcheln reichte. »Das stimmt«, gab er seinem Mitarbeiter recht. »Hoffen wir, dass wir ein paar brauchbare Hinweise finden, damit wir diesem Schlächter auf die Spur kommen.« Er griff nach ein paar Gummihandschuhen und streifte sie sich über. Schwarz kontrollierte zwischenzeitlich die bereitliegenden Skalpelle und Zangen sowie die Knochensäge. Dann schaltete er das Diktiergerät ein, das zwischen den beiden starken OP-Lampen über der Leiche hing. Bedient wurde es von Dr. Karaokleos mittels eines Fußschalters.

»Also, dann wollen wir mal«, erklärte der Rechtsmediziner und trat auf den Kontakt. Zunächst begann er mit der äußeren Besichtigung der Leiche. Er beschrieb ausführlich den Zustand der Haut nach mehrtägigem Aufenthalt im Wasser. Der Leib des Toten war durch die bei der Verwesung entstehenden Fäulnisgase stark aufgedunsen. Zentimeter für Zentimeter suchte der Mediziner den Körper nach irgendwelchen Auffälligkeiten oder Verletzungen ab.

Schließlich untersuchte Dr. Karaokleos die vier Stümpfe und die Schnittfläche am Hals und diktierte die Befunde. Schließlich gab er seinem Assistenten einen Wink.

»Herr Schwarz, bitte fotografieren Sie die Stümpfe möglichst detailliert. So wie es aussieht, war hier ein Fachmann am Werk. Bei den Schnitten wurden sehr scharfe Messer, möglicherweise sogar Skalpelle, benutzt und die Knochen wurden mit Hilfe einer Amputationssäge durchtrennt. Auch die Schnittführung folgt genau den Gelenken und wurde nicht willkürlich angesetzt.«

Schwarz zog seine Gummihandschuhe aus und holte die Kamera. Dabei fragte er: »Sie meinen, der Täter besitzt fachliche Kenntnisse?«

»Ich bin mir sicher, der Bursche hat jedenfalls anatomisches Wissen. Dadurch kommt natürlich trotzdem ein weiter Täterkreis in Frage.«

Nachdem Dr. Karaokleos die Besichtigung der Vorderseite des Torsos beendet hatte, drehten die beiden die Leiche auf den Bauch. Der Rechtsmediziner deutete mit dem Skalpell auf die Tätowierung. »Hiervon bitte ein paar Großaufnahmen!«

Schwarz beeilte sich, dem Wunsch nachzukommen.

Plötzlich stutzte der Rechtsmediziner und beugte sich über den Körper. Wortlos wies er mit der Skalpellspitze auf eine Stelle unterhalb des Ansatzes des letzten Rippenbogens. Schließlich erhob er sich wieder.

»Herr Schwarz, wir unterbrechen die Obduktion. Bitte rufen Sie Herrn Hauptkommissar Brunner an. Er soll sofort hierherkommen. Das sollte er gesehen haben.«

Der Sektionsassistent legte die Kamera zur Seite und eilte zum Telefon, das an der Wand befestigt war. Die Nummer der Mordkommission war gespeichert.

Eine halbe Stunde später betrat Brunner den Sektionssaal 2. Der Leichengeruch, der dem Kommissar entgegenschlug, war so abartig, dass er das Gefühl hatte, gegen eine Mauer zu laufen. Er verzog das Gesicht und kämpfte gegen einen Würgereflex. Brunner war zwar diesbezüglich einiges gewöhnt, sommerliche Wasserleichen übertrafen aber alles Übliche.

Als Dr. Karaokleos Brunners bleiches Gesicht sah, drehte er sich zu Schwarz um. »Herr Schwarz, bitte stellen Sie die Entlüftungsanlage höher, sonst kippt uns der Herr Kommissar noch aus den Schuhen.«

»Hallo Doc«, grüßte Brunner und schüttelte den Kopf, »ich kann einfach nicht verstehen, wie Sie das aushalten.«

Der Rechtsmediziner lachte leise. »Alles Gewohnheit. Dort drüben steht eine Dose mit Eukalyptussalbe. Schmieren Sie sich was unter die Nase.«

Brunner befolgte den Rat, dann stellte er sich neben den Mediziner. Der Anblick des Torsos beeinträchtigte ihn nicht. Da hatte er schon weitaus schlimmere Leichen gesehen.

»Herr Brunner«, begann Dr. Karaokleos und machte eine ausholende Handbewegung, die den gesamten, noch immer auf dem Bauch liegenden Torso einschloss, »was fällt Ihnen an dem Toten auf?«

Eberhard Brunner war klar, der Rechtsmediziner hatte ihn nicht umsonst hierhergebeten. Langsam scannte er mit den Augen die Körperoberfläche der Leiche. Die Tätowierung konnte es nicht sein, denn über die hatten sie schon am

Fundort gesprochen. Plötzlich sah er es. Die kurze Wundnaht war wegen der schwärzlichen Haut nur schwer zu erkennen.

»Was hat das zu bedeuten?«

Dr. Karaokleos nahm ein Skalpell zur Hand. »Das werden wir gleich wissen.« Er setzte das scharfe Messer an und öffnete mit einem Schnitt die Naht, dabei vergrößerte er die Wunde so, dass man sie gut auseinanderziehen konnte. Anschließend gab er Schwarz ein Zeichen und der verstellte die beiden beweglichen OP-Lampen. Jetzt leuchteten sie direkt in die Öffnung. Der Rechtsmediziner griff mit den Fingern hinein und tastete mit angespannter Miene. Schließlich gab er ein zufriedenes Brummen von sich. »Dachte ich es mir doch.«

Eberhard Brunner sah ihn fragend an. »Was ist los?«

»Diesem Herrn wurde zu seinen Lebzeiten operativ eine Niere entfernt!«

Brunner wollte sich vergewissern. »Sie wollen sagen, ein Arzt hat ihm vor seinem Tod eine Niere entnommen?«

Dr. Karaokleos nickte zustimmend. »Ich muss das natürlich noch durch die Untersuchung der inneren Organe bestätigt finden, aber ich denke, da gibt es keinen Zweifel. Eine Entnahme post mortem würde keinen Sinn machen. Innerhalb kürzester Zeit wäre das Organ unbrauchbar. Man musste den Mann also bis zur Entnahme am Leben erhalten. Ob das Opfer bis zur späteren Enthauptung noch lebte, werden weitere Untersuchungen ergeben. Die Gliedmaßen wurden jedenfalls von einem Fachmann entfernt. So viel kann ich jetzt schon sagen.« Karaokleos machte eine Pause. »Das wollte ich Sie auf jeden Fall wissen lassen. Jetzt werde ich mit der Obduktion fortfahren. Sie können natürlich gerne dabeibleiben, wenn Sie Ihr Wissensdurst quält …«

Brunner winkte ab. »Vielen Dank, Doc, den Rest kann ich dann Ihrem Protokoll entnehmen. Er winkte Dr. Karaokleos und seinem Assistenten freundlich zu, dann verließ er zügig den Sektionssaal. Die reine Luft vor dem Institut für Rechtsmedizin empfand er wie einen erfrischenden Trunk. Während der Fahrt ins Büro dachte er darüber nach, was die soeben gewonnene Erkenntnis für seine Ermittlungsarbeit bedeutete.

8

Zwei Tage später, am frühen Nachmittag, saß Kerner an seinem Schreibtisch und diktierte gerade einige Briefe. Er war so in seine Arbeit vertieft, dass er das Klopfen fast überhört hätte.

Auf sein »Herein« streckte seine Sekretärin den Kopf durch die Tür. »Herr Kerner, hier ist Frau Rechtsanwältin Helsing-Wiesmann. Sie hätte sie gerne einen Moment gesprochen, falls dies möglich wäre.«

Simon Kerner trat hinter dem Schreibtisch hervor.

»Ja natürlich«, rief er so laut, dass man es auch im Vorzimmer hören konnte, »bitten Sie die Frau Kollegin doch herein.«

Die Sekretärin öffnete die Türe vollends, und die Besucherin trat ein.

»Grüß Gott, Herr Direktor Kerner«, rief die sehr attraktive Mittdreißigerin und streckte ihm die Hand zum Gruß entgegen. Alles an der rothaarigen, sehr gepflegt wirkenden Frau strahlte Dynamik und Energie aus. Entsprechend war auch ihr Händedruck. Ein figurbetontes Kostüm vermittelte dezente Eleganz.

»Bitte keine Förmlichkeiten«, bat Kerner. »Sie trinken eine Tasse Kaffee mit mir?«

»Sehr gerne«, erwiderte Helsing-Wiesmann und setzte sich auf den angebotenen Stuhl am Besprechungstisch. Elegant schlug sie ihre langen Beine übereinander, wobei der Rocksaum ein Paar wohlproportionierte Oberschenkel erahnen ließ. Sie musterte Kerner unverhohlen von Kopf bis

Fuß. Kerners Sekretärin verdrehte die Augen, dann verließ sie das Büro. Kerner setzte sich der Anwältin gegenüber und warf ihr dabei einen scannenden Blick zu, der ihr keineswegs entging. Sie war sich ihrer Attraktivität durchaus bewusst und unterstrich diese durch ein gekonntes Make-up. Als sie sich bewegte, entströmte ihrem großzügigen Dekolleté ein dezent anregender Duft, dem sich Kerner nicht ganz entziehen konnte. Er kannte allerdings ihren Ruf. In Kollegenkreisen wurde sie nur das *Fallbeil* genannt. Wehe dem Gesprächspartner, der sich von ihrem Auftritt betören ließ und unkonzentriert wurde. Kerner wappnete sich entsprechend.

Helsing-Wiesmann war Fachanwältin für Familienrecht mit einer gut gehenden Kanzlei in Aschaffenburg. In dieser Eigenschaft war sie der Schrecken aller betuchten Ehemänner. Sie vertrat fast ausschließlich scheidungswillige Ehefrauen. Jeden Prozess machte sie zu einem Kreuzzug um Unterhalt und Vermögensübertragung zu Gunsten ihrer Mandantinnen. Helsing-Wiesmann handelte getreu dem Motto »Wenn ich mit einem Ehemann fertig bin, dann ist er wirklich fertig«. Das hatte sich unter den scheidungsfreudigen Ehefrauen herumgesprochen und entsprechend war ihr Zulauf.

Helsing-Wiesmann hatte aber noch eine Berufung. Sie war die gewählte Vorsitzende des Rechtsanwaltsvereins im Bezirk. Diese Institution war so etwas wie die Standesvertretung der Rechtsanwälte. Kerner vermutete, dass sie ihn in dieser Eigenschaft sprechen wollte. Er sah diskret auf seine Armbanduhr. Ihm war bekannt, dass seiner Gesprächspartnerin der Ruf einer begnadeten Kommunikatorin vorauseilte. Höflich ausgedrückt. Wenn er Pech hatte, konnte er den Nachmittag abhaken.

»Lieber Herr Kerner, ich freue mich, Sie wieder einmal

zu sehen. Wie geht es Ihnen?« Ohne ihm die Möglichkeit einer Antwort zu geben, fuhr sie fort: »Ich nehme an, über mangelnde Beschäftigung können Sie nicht klagen. Wie mir meine Kollegen aus Ihrem Gerichtsbezirk berichten, greifen Sie ja unter den bösen Buben in Main-Spessart ordentlich durch. Recht so, kann ich da nur sagen, recht so.« Während sie sprach, flogen ihre Augen durch das Büro und musterten jeden einzelnen Einrichtungsgegenstand.

Kerner nutzte die Chance einer Atempause. »Freut mich auch, Frau Helsing-Wiesmann, Sie wieder einmal zu sehen. Sie werden von Jahr zu Jahr jünger!«

»Sie Schmeichler«, gab sie mit einem koketten Augenaufschlag zurück.

In diesem Augenblick klopfte es und die Sekretärin kam mit einem Tablett herein. Kerner bedankte sich bei seiner Mitarbeiterin und übernahm es selbst, seinem Gast den Kaffee zu servieren. Seine Sekretärin warf der Rechtsanwältin einen schrägen Seitenblick zu, dann verließ sie das Büro. »Was kann ich denn für Sie tun?«, kam Kerner langsam auf den Punkt, während er seinen Kaffee umrührte.

»Die Leiterin der Kanzlei des Kollegen Werner Schnitter hat sich an mich gewandt. Er ist offenbar seit mehreren Tagen nicht mehr im Büro erschienen und man ist dort ziemlich ratlos. Wie man mir sagte, ist auch bei Ihnen ein Strafprozess wegen der Abwesenheit des Kollegen geplatzt?«

»Das ist richtig«, gab Kerner zurück. »Ich habe den Prozess vertagt und mich dann nicht weiter um die Angelegenheit gekümmert. Werner Schnitter und ich sind ganz gut bekannt. Wir besuchen beide denselben Fitnessclub. Übermorgen hätten wir wieder Training.«

Helsing-Wiesmann stellte ihre Tasse ab. »Der Kollege Schnitter ist ein sehr zuverlässiger Mann und ein unentschuldigtes Fernbleiben von einem Gerichtstermin ist in der Tat befremdlich und bei ihm eigentlich nicht vorstellbar. Ich wollte Sie nur davon in Kenntnis setzen, dass der Rechtsanwaltsverein bei der Polizei eine Vermisstenanzeige einreichen wird, nachdem der Kollege offenbar allein stehend ist und auch keine Angehörigen bekannt sind. Wir werden einen Kollegen aus Lohr bitten, bis zur Klärung der Angelegenheit die Vertretung des Kollegen Schnitter zu übernehmen. Seine Mandanten müssen ja weiterhin betreut werden.«

Sie trank ihre Kaffeetasse leer und lehnte dankend ab, als ihr Kerner nachschenken wollte. »Ich habe noch in der Familienabteilung Ihres Hauses zu tun«, erklärte sie und erhob sich. »Dort wartet noch ein untreuer Ehemann mit seinem Anwalt, der denkt, er könne für wenig Unterhalt seine lästige Ehefrau gegen ein jüngeres Modell eintauschen. Da werde ich noch ein wenig die Daumenschrauben anziehen müssen … und in der Causa Schnitter bleiben wir in Verbindung. Sollte es etwas Neues geben, lassen Sie es mich wissen. Ich fand unser Gespräch ausgesprochen anregend.« Sie lächelte Kerner mit einem kaum merklichen Augenzwinkern zu und verließ energischen Schrittes das Dienstzimmer.

Wieder alleine, stieß er vernehmlich die Luft aus. Diese Frau hatte eine bemerkenswerte Präsenz. Seine Gedanken wandten sich Schnitter zu. Hoffentlich steckte nichts Ernstes hinter seinem Verschwinden. Als Strafverteidiger hatte er beruflich immer wieder mit Mandanten zu tun, die mit einer überdurchschnittlichen Gewaltbereitschaft ausgestattet waren. Kerner hoffte zwar, dass seine Überlegungen überzogen waren, aber als ehemaliger Oberstaatsanwalt war er es gewohnt, keine Option von vornherein auszuschließen. Kerner setzte sich an seinen Schreibtisch und griff zum Diktiergerät. Er würde die Angelegenheit zum Anlass nehmen, wieder einmal mit Eberhard Brunner zu telefonieren. Seit ihrem letzten Kontakt waren bestimmt zwei Wochen vergangen. Als Leiter der Mordkommission würde der Freund als Erster davon erfahren, falls Schnitter einer Gewalttat zum Opfer gefallen war.

9

Kurz nach dreiundzwanzig Uhr verließ Kerner mit Steffi die *Hohe Kemenate,* den historischen Lesesaal der Stadtbücherei Karlstadt. Beide hatten die Lesung eines bekannten unterfränkischen Mundartautors besucht. Diese Veranstaltung, die mit einer Weinprobe verknüpft war, hatte ihnen viel Spaß bereitet und sie konnten wieder einmal herzhaft lachen.

»Wir gehen viel zu selten zu solchen kulturellen Veranstaltungen«, stellt Steffi fest und hakte sich bei Kerner unter. »Herzhaftes Lachen ist gut fürs Gemüt.«

Kerner gab ihr Recht. So konnte man wenigstens für ein paar Stunden abschalten. Wenig später saßen sie in einem Taxi, da Kerner seinen Defender heute wegen der Weinprobe in der Garage gelassen hatte.

Wenig später näherten sie sich auf der B 26 der Abzweigung nach Gambach.

»Was ist denn das?«, wunderte sich Kerner, als sie sich einem schnell heller werdenden Lichtschein näherten.

»Da brennt was«, stellte der Taxifahrer fest und wurde langsamer. Tatsächlich stand direkt neben dem Bahndamm ein heftig brennender Kastenwagen.

»Fahren Sie dran vorbei und dann halten Sie bitte dort vorne rechts, da ist eine Parkbucht«, bat Kerner.

»Um Gottes willen, ich glaube, da sitzt noch jemand drin«, rief Steffi entsetzt, als sie das Fahrzeug passierten.

»Scheiße! Sieht wirklich so aus!«, stellte der Fahrer erschrocken fest.

Kerner hatte mittlerweile schon sein Handy gezückt, rief die Notrufzentrale in Würzburg an und meldete das Feuer.

Der zuständige Koordinator alarmierte sofort die freiwillige Feuerwehr von Gemünden am Main sowie Polizei, Notarzt und Rettungswagen.

Als das Taxi hielt, wandte sich Kerner dem Taxifahrer zu, der wie gelähmt hinter dem Steuer sitzen blieb.

»Haben Sie denn keinen Feuerlöscher im Wagen?«, schrie er ihn an. »Wir können doch nicht einfach so zusehen, wie dort ein Mensch verbrennt!«

»Dem hilft keiner mehr«, entgegnete der Taxifahrer und wies auf die mittlerweile hochschlagenden Flammen. »Wahrscheinlich geht jeden Moment der Tank hoch.«

Während Kerner noch mit dem Fahrer herumdiskutierte, der schließlich zugab, keinen Feuerlöscher im Auto zu haben, näherte sich schon aus Richtung Gemünden Sirenengeheul. Die Reaktionszeit der Feuerwehr Gemünden war extrem kurz. Mittlerweile schlugen die dichten orangegelben Flammen so hoch, dass die Blätter an den unteren Ästen einer in der Nähe stehende Buche verkohlten.

Kurz nach Eintreffen der Feuerwehr näherte sich ein Streifenwagen. Die Beamten forderten angesichts der Situation vor Ort Verstärkung an und richteten eine Umleitung des Verkehrs über Gambach ein. Zum Glück fuhren um diese Uhrzeit nur wenige Fahrzeuge auf der Strecke. Notarzt und Rettungswagen, die nur Minuten später eintrafen, parkten in respektvollem Abstand, um die Feuerwehr nicht zu behindern.

Simon Kerner sprach kurz mit dem Streifenführer. Der notierte sich die Angaben und erklärte, sie an die Kripo weitergeben zu wollen. Nachdem Kerner nichts mehr beitragen konnte, bat er den Taxifahrer, weiterzufahren. Bis nach Partenstein war es im Wagen sehr still. Sie dachten an den Menschen, der in dieser Feuerhölle offenbar elend umgekommen war.

Als die Verstärkung der Polizei aus Karlstadt eintraf, erstickte die gerade die letzten Flammen unter einem Teppich aus Löschschaum, der wie Schnee die ganze Fahrbahn rund um die Brandstelle bedeckte. Da das gelöschte Fahrzeug eine immense Hitze abstrahlte, konnte man sich ihm nur auf Distanz nähern. Der Notarzt, der eigentlich die Aufgabe gehabt hätte, den Tod der eingeschlossenen Person amtlich festzustellen, erklärte, dies würde jetzt in die Zuständigkeit der Rechtsmedizin fallen. Danach rückten er und der Rettungswagen wieder ab. Für sie gab es hier nichts mehr zu tun.

Wegen der Leiche im Wagen wurde der KDD, der Kriminaldauerdienst, in Würzburg verständigt. Zufälligerweise hatte Eberhard Brunner Dienst. Dem Leiter der Mordkommission fiel am Fahrzeugwrack sofort das Fehlen der Nummernschilder auf. Mittlerweile war der Wagen abgekühlt. Auf Wunsch der Beamten des KDD brachen die Feuerwehrleute die verglühte Fahrertür mit einer hydraulischen Zange auf, um an die Leiche heranzukommen. Die Beamten der Spurensicherung, die man an ihren weißen Overalls erkannte, stellten sogenannte Leuchtgiraffen auf, die das Fahrzeug und die nähere Umgebung taghell ausleuchteten. Eine Polizeistreife war vor Ort geblieben und regelte soweit erforderlich den Verkehr.

»Hast du die Rechtsmedizin verständigt?«, fragte Brunner Kriminalhauptkommissar Reuther, einen Kollegen vom KDD. Der nickte.

»Karaokleos hat sich über meinen Anruf zu dieser Stunde sehr gefreut. Er kam gerade von einer Familienfeier.«

»Kann ich mir gut vorstellen«, erwiderte Brunner, dabei

zog er sich Gummihandschuhe über und näherte sich der Leiche. Der beißende Geruch verkohlten Fleisches stieg ihm in die Nase. Die Innenverkleidung des Wagens und die Polster der Sitze waren durch das Feuer total verbrannt. Übrig geblieben waren nur Metallskelette. Die durch die Hitzeentwicklung geschrumpfte Leiche saß angelehnt an den Metallstreben des Rückenteils des Fahrersitzes. Der Kopf war nach vorne auf die Reste des Lenkrads gesunken, die Hände lagen im Schoß. Brunner gab dem Polizeifotografen einen Wink und der schoss einige Bilder von der Auffindesituation. Aufgrund des hohen Verbrennungsgrades war nicht feststellbar, ob es sich bei der Leiche um eine Frau oder einen Mann handelte. Dies würde man erst bei der Obduktion feststellen können.

»Ein schrecklicher Tod, so bei lebendigem Leib zu verbrennen«, stellte Reuther fest, der neben Brunner getreten war.

»Ich bin mir ziemlich sicher, dass dieser Mensch entweder schon tot war, als das Feuer ausbrach, oder zumindest stark betäubt. Sieh dir diese geradezu entspannte Haltung an. Jeder Mensch, der bei Bewusstsein einem solchen Feuer ausgesetzt wird, würde Panik bekommen und versuchen, irgendwie aus dem Fahrzeug herauszukommen. Dafür gibt es hier aber keinerlei Anzeichen.«

»Stimmt«, gab Reuther Brunner Recht. »Auch die fehlenden Nummernschilder deuten darauf hin, dass wir es mit einer Straftat zu tun haben.«

»Ich denke, davon kann man ausgehen.« Brunner winkte den Leiter der Spurensicherung zu sich. »Wir werden die Leiche so nicht bergen können. Organisieren Sie bitte einen Transporter, der das gesamte Fahrzeug in die KTU transportiert. Dr. Karaokleos wird dort mit seinen Untersuchungen beginnen müssen und dann Anordnungen treffen, wie der Tote am besten zu bergen ist.«

»Was muss ich?«, ertönte eine laute Stimme aus dem Hintergrund. Brunner hatte gar nicht bemerkt, dass mittlerweile der Rechtsmediziner eingetroffen war.

»Hallo Doc«, begrüßte Brunner den Mediziner, der neben den Kommissar getreten war und die Leiche kritisch musterte. Er hatte sich bereits Gummihandschuhe übergezogen.

»Da ist wirklich nicht mehr viel übrig«, brummelte Karaokleos, während er eine Taschenlampe aus seiner Jacke zog und sich ins Wageninnere beugte, um die Leiche genau betrachten zu können. So verharrte er einen Moment, ohne etwas zu berühren, während sich der Lichtstrahl Stück für Stück über den Toten bewegte. Plötzlich streckte er den Arm nach hinten aus, wackelte auffordernd mit dem Zeigefinger und rief: »Eine lange Pinzette bitte!«

Einer der Spurensicherer reichte dem Mediziner das gewünschte Werkzeug, der daraufhin vorsichtig nach etwas im Bodenraum des Fahrzeugs fischte.

»Na, wer sagt's denn«, brummte er kurz darauf zufrieden, zog sich aus dem Wageninneren zurück und hielt mit der Pinzette ein auf den ersten Blick nicht erkennbares Etwas in die Höhe, das sich auf den zweiten Blick als ovales Metallteil entpuppte, das von der Hitze deformiert war.

»Was ist das?«, wollte Brunner wissen und betrachtete das graue Metallstück.

»Ich würde sagen, dass es sich hierbei um eine spezielle Gürtelschließe handelt. Soweit ich weiß, kommen die aus Amerika und werden Buckle genannt. Sie werden mit einem Dorn in das Loch im Ledergürtel eingehakt. Ich selbst besitze auch so ein Teil.« Er drehte das Metallstück und es war tatsächlich eine Art Haken erkennbar. »Die Schließe lag auf dem Fahrzeugboden direkt unter der Leiche. Wahrscheinlich ist sie während des Feuers, als der Gürtel verbrannte, zwischen den Beinen des Toten durch das Skelett des Sitzes hindurch auf den Boden gefallen. Mit einer gewissen Wahrscheinlichkeit handelt es sich bei der Leiche also um einen Mann.«

»Wie kann das sein, dass sie noch erhalten ist? Bei der Hitze des Feuers?«, wollte Brunner wissen.

Der Beamte der Spurensicherung, der dem Rechtsmediziner die Pinzette gereicht hatte, nahm diese entgegen und betrachtete das Beweisstück genauer.

»Dem Gewicht nach hat diese Schließe vermutlich einen hohen Eisenanteil. Wahrscheinlich war die Hitze am Boden des Fahrzeugs nicht so hoch wie weiter oben im Innenraum. So wurde sie nur verformt. Eisen hat einen sehr hohen Schmelzpunkt, der liegt meines Wissens ungefähr bei 1500 Grad Celsius.« Er zog eine Plastiktüte aus der Tasche seines Overalls und tütete das Fundstück ein.

Dr. Karaokleos war mittlerweile um das Fahrzeug herumgegangen und suchte mit der Taschenlampe durch die geborstene Seitenscheibe hindurch die Leiche von der anderen Seite her ab. Schließlich kam er zu Brunner zurück.

»Ich schätze, der Mann war zum Zeitpunkt des Ausbruchs des Feuers zumindest nicht mehr bewegungsfähig, wenn nicht schon tot. So wie er dasitzt, hat er offenbar keinerlei Versuch unternommen, sich zu befreien.«

»Dies ist auch meine Vermutung«, erwiderte Brunner.

Dr. Karaokleos wandte sich vom Fahrzeug ab. »Ich denke, ich habe für jetzt genug gesehen. Ich bin gespannt, ob die Spezialisten meinen Verdacht bestätigen, dass hier ein Brandbeschleuniger zum Einsatz gekommen ist. Das Fahrzeug ist ziemlich gleichmäßig verbrannt, was ich bei anderen Fahrzeugbränden so nicht beobachten konnte.«

Er sprach den Leiter der Spurensicherer an. »Achten Sie bitte sorgfältig darauf, dass beim Transport die Lage der Leiche nicht verändert wird.« Der Beamte sagte das zu.

»Gut, dann werde ich wieder gehen«, erklärte der Rechtsmediziner. »Bei diesem schwierigen Fall wird es etwas dauern, bis Sie von mir ein Gutachten bekommen.« Er gab Brunner die Hand und ging zu seinem Wagen. Der Kriminalkommissar sah den sich entfernenden Rücklichtern nach.

Der Chef der Spurensicherung betrachtete nachdenklich das Wrack. »Auf jeden Fall war dies hier kein Unfall. Das Fahrzeug ist offenbar mit nichts kollidiert. Und kein Auto beginnt einfach so zu brennen. Da hat jemand nachgeholfen. Aber das werden die weiteren Untersuchungen ergeben.« Er zog sein Telefon heraus. Es musste ein Kranwagen organisiert werden, der das Fahrzeug mitsamt Leiche in die KTU, die Kriminaltechnische Untersuchungsabteilung, brachte.

Brunner betrachtete nachdenklich die Männer der Spurensicherung bei der Arbeit. Er war sich ziemlich sicher, dass sie so gut wie keine verwertbaren Humanspuren finden würden. Das Feuer hatte sicher alles vernichtet. Dies war nach dem unbekannten Torsofund die zweite Leiche, deren Identität nur schwer feststellbar sein dürfte.

10

Die stechenden Augen des vierschrötigen Mannes in dem fensterlosen, nur mit Neonlampen erhellten Büro, musterten die beiden Typen, die in lässiger Haltung vor seinem Schreibtisch standen, mit durchdringendem Blick. John Hale und seine Männer waren die Gruppe fürs Grobe. Die spurlose Entsorgung des Abfalls, der in ihrem Geschäft immer wieder anfiel, war ein wesentlicher Bestandteil des reibungslosen Ablaufs.

»Ihr habt den Auftrag ordnungsgemäß erledigt und ihn ausgezahlt?«

Die beiden nickten unisono.

»Irgendwelche Schwierigkeiten bei der Übergabe des Pakets?«

»Alles in Ordnung, Chef«, gab Konrad, der Ältere des Duos, Auskunft. Er hatte einen deutlich hörbaren schwäbischen Akzent.

Hale rollte ein kleines Stück mit dem Bürostuhl zurück und öffnete eine Schublade seines Schreibtisches. Er nahm zwei Umschläge heraus und drückte jedem der beiden einen in die Hand.

»Ihr könnt jetzt gehen. Wahrscheinlich gibt es morgen oder übermorgen wieder eine Lieferung abzuholen. Lasst also eure Handys eingeschaltet.«

»Alles klar«, gab der Schwabe, offenbar der Wortführer der beiden, zurück. Er legte zwei Finger in einem angedeuteten militärischen Gruß an die Stirn und wandte sich zur Tür. Sein schweigsamer Kollege folgte ihm.

Hale sah ihnen nach. Er war ein harter Bursche, der beim Geschäft keinerlei Skrupel kannte. Dennoch erzeugten diese zwei Kerle bei ihm bei jeder Begegnung einen leisen Schauer. Sie erledigten für die Organisation die Drecksarbeit. Dabei kannten sie keine Grenzen und schon gar kein Erbarmen.

Er hatte sie vor eineinhalb Jahren angeheuert, als der Bedarf entstand, derartige Dienste zu organisieren. Ihre Vita hatte ihn überzeugt. Beide hatten reichlich Erfahrungen als Kämpfer in Syrien und im Irak gemacht. Dort hatten sie als Söldner getötet, hingerichtet und vergewaltigt. Ohne religiöse oder politische Motivation, nur für Geld. Ihm war klar, dass sie auch ihn ohne jegliche Bedenken töten würden, wenn ihnen jemand ein entsprechend lukratives Angebot unterbreiten würde. Die Wahrscheinlichkeit, dass dieser Fall eintreten würde, war aber nicht sehr hoch, denn er bezahlte sie fürstlich. Er erhob sich leicht und zog die durchgeladene Pistole unter seinem Oberschenkel hervor, die er dort griffbereit verborgen hatte. Für alle Eventualitäten! Nachdem er sie gesichert hatte, legte er sie in die Schublade seines Schreibtisches zurück.

Konrad und Thorsten, wie der Schweigsame hieß, bewegten sich über den ebenfalls fensterlosen, mit Neonlampen erhellten Gang im Kellergeschoss des Gebäudes. Die Wände bestanden aus grauem, unverputzten Beton. An der Decke liefen Bündel von Versorgungsleitungen. Über ein Ventilationsrohr wurde Frischluft zugeführt. Eine metallene Seitentür öffnete einen Zugang zur Tiefgarage. Im hinteren Bereich stand ein schwarzer VW Touareg, den der Schwabe mit der Fernbedienung entriegelte.

Einen Augenblick später verließen sie das Gebäude. Ein unbefestigter Forstweg brachte sie zu einer durch den Wald führenden Asphaltstraße. Dort öffneten sie die Fenster und ließen frische Luft in das Fahrzeuginnere. Die beiden waren mit ihrem derzeitigen Job und der daraus resultierenden Einnahmesituation ausgesprochen zufrieden. Er bot kreativen Männern mit ihren Fähigkeiten verschiedene Möglichkeiten, ihre Einnahmen aus unterschiedlichen Quellen zu speisen. Für jede beseitigte Leiche gab es eine Prämie, mit der sie auch den Dienstleister bezahlten, der die endgültige Beseitigung erledigte. Hin und wieder entsorgten sie auch mal selbst eine Leiche in der freien Natur.

So eine spektakuläre Aktion wie die Verbrennung der einen Toten in einem gestohlenen Auto würden sie zukünftig sein lassen. Das erregte zu viel Aufmerksamkeit in den Medien. Sie wussten, dass sie damit ein Risiko eingingen, aber das beunruhigte sie nicht sonderlich. Sie waren ein gefährliches Leben gewohnt und würden ohne Skrupel jeden beseitigen, der sich ihnen in den Weg stellte.

Wenig später betraten sie ihre gemeinsame Wohnung am Rande der Lohrer Innenstadt, eine Dachterrassenwohnung auf einem der höheren Neubauhäuser in der Nähe des Mains. Für den Vermieter waren sie ein schwules Pärchen, das sich diese extravagante Penthousewohnung leisten konnte. Sie ließen die Menschen in der Umgebung in diesem Glauben. In den Augen ihrer Nachbarn waren sie zwei vermögende Männer, die man mit ihrer vermuteten sexuellen Ausrichtung tolerierte. Dies nicht zuletzt deswegen, weil sie freundliche, angenehme Zeitgenossen waren und in den Augen der Öffentlichkeit ein unauffälliges Leben führten.

Niemand in der Nachbarschaft hatte von ihrem Doppelleben eine Ahnung. Ihre durchaus heterogenen sexuellen Neigungen befriedigten sie in weiblicher Gesellschaft in entsprechenden Etablissements in Frankfurt. Innerhalb der Wohnung hatte jeder der beiden ein eigenes großes Zimmer.

Diese waren militärisch spartanisch eingerichtet. Jeder hatte einen gepackten Einsatzrucksack in der Ecke stehen, der alles enthielt, was sie bei einer schnellen Flucht benötigten.

11

Die Dämmerung war bereits fortgeschritten, als Kerner am nächsten Tag den Hochsitz in dem Waldgebiet, das die Bauern seit mehreren Jahren *Todwald* nannten, verließ. Kerner war Pächter des Gemeinschaftsjagdreviers Partenstein. Dieses wunderschöne Revier im Spessart war seinerzeit mit ein Grund gewesen, weshalb er seinen Wohnsitz in Partenstein gewählt hatte.

Kräftig ausschreitend, überquerte er mit geschultertem Gewehr die Wiese, die sich hier über mehr als zwei Hektar erstreckte. Vor wenigen Minuten hatte er mit sauberem Blattschuss einen Rehbock erlegt. Kerner legte sein Gewehr ins Gras und beugte sich über das Reh. Mit einem Griff öffnete er das Maul des Bockes und strich mit dem Finger über die Zähne des Erlegten. Zufrieden brummte der Jäger. Die Zahnreihen des Tieres waren fast völlig abgeschliffen, ein Zeichen für sein hohes Alter, was auch durch das klobige Gehörn bestätigt wurde. Der Bock hätte den nächsten härteren Winter wohl nicht mehr überstanden.

Kerner schleppte das Reh an den Waldrand und brach es im Schein einer Kopflampe auf. Anschließend holte er seinen Defender und lud den Bock ein.

Kerner fand die makabre Bezeichnung *Todwald* zwar etwas befremdlich, aber die Bevölkerung hatte damit keine Probleme. Seit die Gemeinde Partenstein einem Bestattungsunternehmen ein mehrere Hektar großes Grundstück überlassen hatte, auf dem das Unternehmen einen *Ruhehain*, einen Friedhof für Urnenbeisetzungen, geschaffen hatte,

hatte dieses Gebiet seinen Namen weg. Selbst Kerner hatte sie in seinen Sprachgebrauch übernommen. Als Jagdpächter war er über diese Friedhofseinrichtung gar nicht erfreut gewesen, denn das Areal wurde von der Gemeinde aus Kerners Jagdrevier herausgelöst. Zudem war die Jagd dort natürlich untersagt. Den Bock hatte Kerner in zulässiger Entfernung der Grenze zum *Ruhehain* erlegt.

Simon Kerner legte seine Jagdwaffe auf den Rücksitz und fuhr los. Um in der Nacht nicht durch das ganze Revier fahren zu müssen, wählte er eine schmale Forststraße, die ihn am *Ruhehain* vorbei zu einer geteerten Zufahrtsstraße brachte. Diese führte zu der nur knapp zwei Kilometer entfernten *Spessart-Beautyworld,* eine, wie es hieß, recht elitäre Klinik für Schönheitschirurgie und Wellness, die hier vor gut drei Jahren aus dem Boden gestampft worden war. Zu diesem Zweck hatte die Stammfirma *Global Beautyworld Enterprises* aus Denver, Colorado, ein leer stehendes, etwas heruntergekommenes Jagdschloss plus dazugehörendes Gelände des Adelsgeschlechts der Echter von Mespelbrunn aufgekauft. Das Schloss wurde aufwändig restauriert und mit Anbauten erweitert. Simon Kerner ärgerte sich, weil diese Zufahrtsstraße ebenfalls mitten durch sein Jagdrevier führte. Das brachte eine spürbare Beeinträchtigung der Wildtiere mit sich. Kerner wunderte sich noch immer, wie es den Amerikanern gelungen war, die Genehmigung für den Bau der Klinik zu erhalten. *Global Beautyworld Enterprises* war ein Unternehmen, das bereits zahlreiche Niederlassungen in Russland, Asien und Australien besaß, die allesamt nach den anspruchsvollen Standards der Stammfirma ausgerichtet waren. Kerner vermutete, dass die Gewerbesteuer, die alljährlich von dem Unternehmen in die Gemeindekasse von Partenstein floss, alle Bedenken des Gemeinderats wegfegte.

Kaum war er einige hundert Meter gefahren, als er in der Ferne zuckendes Blaulicht mit hoher Geschwindigkeit näher kommen sah. Es gehörte zu einer schwarzen Limousine, der eine weitere Luxuskarosse folgte. Die hier zulässige Höchstgeschwindigkeit von 60 km/h wurde bei Weitem überschritten. Kerner stieß ein ärgerliches Knurren aus. Im Vorüberfahren konnte er einen schnellen Blick auf das Nummernschild werfen. Es handelte sich um ein ausländisches Kennzeichen, das er nicht identifizieren konnte. Er sah jedoch den Stander, der vorne auf dem zweiten Wagen befestigt war. Es handelte sich also offensichtlich um ein Diplomatenfahrzeug. Kaum hatte er den Gedanken zu Ende gedacht, da waren die beiden Wagen auch schon an ihm vorüber. Offenbar war gerade wieder ein besonders wichtiger Mensch auf dem Weg zur Beautyfarm, der anscheinend offiziellen Personenschutz in Anspruch nehmen konne.

Etwas angesäuert bog er wenig später in seine Wohnstraße ein. Über die im Handschuhfach liegende Fernbedienung öffnete Kerner schon aus einiger Entfernung das Tor seiner Garage, sodass er ohne Verzögerung hineinfahren konnte.

Das Auto seiner Lebensgefährtin Steffi, Steffi Burkard, Tochter des Bürgermeisters von Partenstein, war heute nicht da. Kurz nachdem er dieses Haus gekauft hatte, lernte er sie kennen. Schon seit geraumer Zeit wohnte Steffi die meiste Zeit bei ihm, übernachtete allerdings hin und wieder mal in ihrem Elternhaus, weil ihr Vater, der seit Jahren verwitwet war, gelegentlich den Gedankenaustausch mit seiner Tochter brauchte. Bei offiziellen Anlässen, wenn die Anwesenheit einer Dame an der Seite des Bürgermeisters erforderlich war, übernahm sie auch diese Rolle. Steffi war Physiotherapeutin und arbeitete in einer Praxis in Gemünden. Heute war wieder einmal so ein »Vatertag«. Kerner war heute alleine. Er stieg aus, packte den Bock und hängte ihn im Keller in einen Wildkühlschrank. Über der Edelstahlspüle wusch er sich die Hände, dann holte er seine Jagdausrüstung aus dem Defender und betrat auf Socken den Wohnbereich. Sein erster Gang führte ihn in die Küche. Vor der Jagd hatte er keine Gelegenheit mehr gehabt, etwas zu essen, jetzt knurrte sein Magen. Ein schneller Blick in den Kühlschrank verstärkte noch sein Hungergefühl. Es waren noch zwei gebratene Schnitzel vom Vortag vorhanden. Genau das Richtige für einen hungrigen Jäger. Er belegte mit den Schnitzeln zwei Brote, danach goss er sich ein Glas Silvaner ein und setzte sich an den Küchentisch. Während er aß, nahm er den Gedankenfaden wieder auf, den er schon auf dem Hochsitz abgespult hatte und der durch seinen Jagderfolg unterbrochen worden war. Auch heute hatte er keine neuen Informationen über den Verbleib von Rechtsanwalt Schnitter erhalten. Der Mann blieb wie vom Erdboden verschluckt. Den Anruf bei Eberhard Brunner hatte er immer wieder aufgeschoben, weil ihm ständig etwas anderes dazwischengekommen war. Kerner warf einen Blick auf seine Armbanduhr. Sein Freund ging selten vor Mitternacht ins Bett. Was hinderte ihn eigentlich daran, ihn jetzt noch anzurufen? Den letzten Bissen schluckte Kerner mit einem Schluck Wein hinunter, dann holte er sich das Telefon aus dem Flur. Im Wohnzimmer ließ er sich auf die Couch fallen und legte die Füße auf einen der Sessel. Dann drückte er eine Kurzwahltaste. Brunners Telefonnummer war eingespeichert. Nach dem zweiten Läuten nahm er ab.

»Hallo Eberhard, hier Simon, entschuldige bitte, dass ich dich so spät noch störe …«

»Ach, schön, Simon, dich wieder einmal zu hören. Du musst dich nicht entschuldigen, viel früher hättest du mich auch gar nicht erreicht. Ich bin erst vor einer Dreiviertel-stunde aus dem Büro gekommen. Im Übrigen kommst du mir mit deinem Anruf zuvor. Ich hätte dich morgen sowieso kontaktiert. Du warst ja derjenige, der als Erster an dem brennenden Fahrzeug an der B 26 war, wie mir die Polizei-streife vor Ort berichtete. Wir müssten mit dir ein Protokoll aufnehmen.«

»Natürlich, kein Problem. Obwohl ich eigentlich nicht viel aussagen kann. Als Steffi und ich in einem Taxi vorbei-kamen, brannte der Wagen schon lichterloh. Wir konnten für den armen Menschen nichts mehr tun.«

»Ja, das ist eine schlimme Sache. Das mit dem Protokoll hat keine Eile. Das kannst du erledigen, wenn du demnächst wieder einmal nach Würzburg kommst.«

»Wisst ihr schon, wer da umgekommen ist?«

»Nein, leider nicht. Das ist jetzt in den letzten Tagen schon die zweite unbekannte Leiche, die bei mir auf dem Schreibtisch gelandet ist und deren Identifizierung uns ziem-liches Kopfzerbrechen bereitet. Die erste war vor ein paar Tagen ein Torso ohne Kopf und Gliedmaßen. Der Fundort liegt übrigens ebenfalls in deinem Gerichtsbezirk. Sie lag im Main, oberhalb der Schleuse bei Himmelstadt.«

Kerner wurde hellhörig. »Das ist ja grässlich!« Er machte eine kurze Pause, dann fuhr er fort: »Es ist zwar nicht sehr wahrscheinlich, dass das, was ich dir jetzt sage, mit diesem Leichenfund etwas zu tun hat, aber man soll ja immer alle Aspekte in Betracht ziehen.«

»Lass hören«, gab Brunner interessiert zurück.

»In meinem Gerichtsbezirk ist ein gewisser Rechtsanwalt Werner Schnitter seit ein paar Tagen spurlos verschwunden. Wie vom Erdboden verschluckt. Das Ganze ist etwas myste-riös. Vor einigen Tagen ist er zu einem meiner Strafprozesse nicht erschienen. Er war der Verteidiger. Seitdem ist er unauffindbar. Schnitter ist als äußerst zuverlässiger Anwalt bekannt, der niemals seinen Mandanten unentschuldigt im Stich lassen würde. Es sei denn, es gäbe dafür zwingende Gründe. Solche sind aber nicht bekannt.«

»Wurde bereits eine Vermisstenanzeige aufgegeben?«, wollte Brunner wissen.

»Schnitter ist alleinstehend und hat, soweit ich weiß, keine Angehörigen, die ihn vermissen könnten. Wenn er nicht beim Prozess gefehlt hätte und seine Kanzleimitarbeiter nicht Alarm geschlagen hätten, wäre sein Verschwinden wahrscheinlich erst viel später aufgefallen. Angeblich will der Rechtsanwaltsverein eine Vermisstenmeldung einreichen.«

»Wir haben nichts erhalten«, erwiderte Brunner. »Kommt vielleicht ein Suizid in Frage?«

»Schwer zu sagen. Seine Wohnung war auf jeden Fall leer«, gab Kerner zurück. »Dort haben schon seine Mitarbeiter nachgesehen. Hätte man seine Leiche anderweitig gefunden, wäre das ja über deinen Schreibtisch gelaufen. Deshalb hat mich deine Aussage mit dem unbekannten Torso so elektrisiert. Wieso stand darüber eigentlich noch nichts in der Zeitung?«

»Wir haben die Veröffentlichung bisher zurückgehalten, weil das Ergebnis der beiden Obduktionen noch nicht vorliegt. Es gibt da bei beiden Leichen gewisse Merkmale und Anhaltspunkte, die zur Identifizierung beitragen könnten. Ich warte nur noch auf die Sektionsprotokolle, dann werden wir, wenn es bis dahin keine neuen Erkenntnisse gibt, an die Presse gehen und die Bevölkerung zur Mitarbeit auffordern.«

»Was meinst du mit Merkmalen und Anhaltspunkten?«

Brunner überlegte eine Sekunde, dann entgegnete er:

»Dir kann ich es ja sagen. Dr. Karaokleos hat mich während der Obduktion dazugerufen und es mir gezeigt … Dem Torso … ich meine natürlich dem lebenden Menschen, hat man eine Niere entfernt. Fachmännisch, wie Karaokleos meinte. Anschließend waren ihm dann die Gliedmaßen und der Kopf abgetrennt worden. Auch der Täter musste zumindest ansatzweise medizinische Kenntnisse haben.«

»Das ist ja der Hammer«, zeigte sich Kerner betroffen. »Hat man die abgetrennten Körperteile auch gefunden?«

»Ja, wir haben noch am selben Tag das Mainufer in der Nähe des Fundortes abgesucht und auch den Rechen der Schleuse kontrolliert. Beine und Arme wurden ebenfalls in einem Sack angespült. Der Kopf ist nach wie vor verschollen. Allerdings gibt es da ein Merkmal, mit dem man vielleicht etwas anfangen kann. Eine Tätowierung, wenn auch ziemlich verblasst. Es handelt sich dabei um zwei ineinander verschlungene Ringe am Gesäß.«

»Und was ist mit dem Opfer aus dem brennenden Pkw?«

»Noch bescheidener. Das Feuer dürfte wohl alle Spuren beseitigt haben. Wir haben lediglich eine verbogene Gürtelschließe gefunden. Nach Meinung des Rechtsmediziners war der Tote vermutlich schon beim Ausbruch des Feuers nicht mehr am Leben. Die Auffindesituation deutet darauf hin. Er saß in ganz entspannter Haltung hinter dem Steuer, als würde er schlafen. Keinerlei Anzeichen darauf, dass er versucht hat, aus dem Wagen herauszukommen. Im Augenblick hänge ich ohne Obduktionsergebnis völlig in der Luft.«

»Eberhard, es erscheint mir bei Berücksichtigung der von dir geschilderten Fakten nicht sehr wahrscheinlich, dass eine der beiden Leichen Werner Schnitter ist. Trotzdem wäre ich dir dankbar, wenn du mich über das Obduktionsergebnis unterrichten könntest.«

Das sagte Eberhard Brunner zu. Am Ende des Gesprächs waren sie sich einig, dass es dringend wieder einmal Zeit für einen Männerabend sei. Wenn Kerner wegen seiner Aussage zum Fahrzeugbrand nach Würzburg kam, würden sie das mit ein paar Schoppen verbinden.

Nach dem Gespräch griff sich Kerner die Fernbedienung und schaltete den Fernseher ein. Er wählte einen Nachrichtenkanal, weil er sich heute noch nicht auf den neuesten Stand des Weltgeschehens gebracht hatte. Schließlich hatte er von den Katastrophenmeldungen genug und zappte sich in einen alten Schwarz-Weiß-Western hinein.

Nach einer weiteren Stunde und zwei Schoppen fühlte Kerner die nötige Bettschwere und legte sich nieder. Während er so langsam in den Schlaf hinüberdämmerte, gingen ihm Fetzen des Gesprächs mit Eberhard Brunner durch den Kopf. Kurz bevor sich sein Bewusstsein in Morpheus' Arme verabschiedete, hatte er für einen Moment das unbestimmte Gefühl, in dem Gespräch eine Information erhalten zu haben, die an eine vage Erinnerung rührte. Ehe er den Gedanken richtig fassen konnte, wurde er vom Schlaf übermannt.

12

Der Raum lag in völliger Dunkelheit. Er war etwa vierzig Quadratmeter groß, der Fußboden und die Wände bis zur Decke mit weißen Fliesen bedeckt. Der Fußboden hatte eine sanfte Neigung, die in zwei großen Gullys endete, die in der Mitte des Bodens eingelassen waren. Über jedem dieser Abläufe war ein Edelstahltisch installiert. In der Mitte eines jeden Tisches befand sich ein Ablauf, über den Flüssigkeiten über ein Ableitungsrohr in die Öffnungen im Boden abgeleitet wurden. Am Ende eines jeden Tisches stand ein kleiner fahrbarer Wagen, auf dessen Ablage identische medizinische Instrumente sorgfältig geordnet bereitlagen. In einem Regal an der Wand standen zahlreiche Flaschen mit verschiedenen Chemikalien. An der linken Stütze des Regals hingen an einem Haken zwei weiße Gummischürzen, darunter standen ein Paar gleichfarbige Gummistiefel bereit. Der ganze Raum konnte durch zwei Reihen parallel angeordneter Neonleuchten erhellt werden. Zusätzlich war an der Decke über den Tischen jeweils eine über mehrere Gelenke beliebig schwenkbare, leistungsstarke OP-Leuchte befestigt. Die Atmosphäre im Raum war geprägt von Sterilität, ausgelöst von einem dominant riechenden Desinfektionsmittel. In den Winkeln der Decke verliefen die Rohre einer Klimaanlage, die leise summte. Der Raum war kalt. Es gab keine Fenster. Stattdessen befanden sich an der einen Schmalseite zwei Türen, an der gegenüberliegenden Wand ein einzelner Zugang. Diese Tür öffnete sich nun, nachdem das Geräusch eines Schlüssels im Schloss zu hören gewesen war.

Ein schwarz gekleideter Mann mittleren Alters betrat den Raum. Olaf Zwergauer, Besitzer des Beerdigungsinstituts *Ewiger Frieden* in Wiesthal, betätigte beim Eintreten einen Lichtschalter und die Neonleuchten flammten grell auf. Er kniff die Augen etwas zusammen, denn er kam aus dem Dämmerlicht der nur mit Kerzen und gedimmten farblichen Lichtern beleuchteten Aufbahrungskapelle seines Instituts, die über einen Gang mit dieser Räumlichkeit verbunden war.

Gerade hatte die von seinem Institut organisierte Trauerfeier für den vor einigen Tagen verstorbenen Main-Spessarter Unternehmer Edmund R. Rosenbach stattgefunden. Da der Tote zu seinen Lebzeiten konfessionslos gewesen war, hatte die Witwe die Trauerrede bei ihm bestellt. Ein Service, den sein Institut für derartige Fälle anbot und der von Hinterbliebenen immer häufiger in Anspruch genommen wurde. Der Unternehmer war mit siebenundachtzig Jahren in seinem Bett friedlich entschlafen. Seine fast dreißig Jahre jüngere Witwe Lena Rosenbach, die nun sein gesamtes ansehnliches Vermögen erben würde, hatte aus seinem Programm die Luxusversion der angebotenen Trauerfeiern gebucht. Einschließlich eines Sarges aus südamerikanischem Edelholz. Viel zu schade für eine Einäscherung, wie Olaf für sich entschied.

Das letzte Fahrzeug der Trauergäste war vom Hof gerollt. Auch Ludwig, seinen Helfer, hatte er nach Hause geschickt. Was jetzt zu erledigen war, konnten sich die Hinterbliebenen nicht in ihren schwärzesten Träumen ausmalen. Um die zahlreichen Blumengebinde und Trauerkränze, die rund um den Sarg drapiert worden waren, würde er sich später kümmern. In einem Nebenraum hatte er sich umgezogen. Nun trug er wieder seine alte Jeans und ein ausgewaschenes, kariertes Hemd. Er löste die Bremse der fahrbaren

Bahre, auf dem der schwere Sarg stand, und schob sie in den Aufbereitungsraum neben einen der Edelstahltische. Knackend rasteten die Bremsen ein.

Zwergauer zog seine Schuhe aus und schlüpfte in die Gummistiefel, dann legte er sich die lange Gummischürze um. Es folgten starke, säurebeständige Gummihandschuhe. Stück für Stück drehte er nun die kunstvoll gestalteten Schrauben auf, mit dem der Sargdeckel verschlossen war. Er hob den Deckel ab und legte ihn vorsichtig in eine Ecke auf den Boden. Der Kopf des aufgebahrten Industriellen lag mit wachsbleicher Miene auf einem Seidenkissen. Zwergauer beachtete den Toten nicht weiter. Er trat zurück, öffnete die zweite Tür und betrat das Sarglager. Hier standen zahlreiche Särge der verschiedensten Preisklassen. Unter anderem auch Billigsärge, die speziell für Einäscherungen Verwendung fanden. Zwergauer lud einen dieser Särge, die wesentlich leichter als die Hochwertigen waren, auf eine Rollbahre und fuhr ihn in den Aufbereitungsraum direkt neben den anderen Sarg. Mit Schwung zog er von dem aufgebahrten Edmund Rosenbach das Papierleichentuch herunter. Nun lag der Tote mit gefalteten Händen, bekleidet mit seinem besten Anzug, frei da. Ohne zu zögern griff der Leichenbestatter beherzt zu und hob den leichtgewichtigen Leichnam hinüber in den Billigsarg. Dort brachte er ihn wieder in eine geordnete Lage – so viel Pietät musste sein –, dann schob er den nun leeren Edelsarg mit Deckel hinüber in das Sarglager. Mit ein bisschen Aufbereitung konnte man das teure Teil ohne Weiteres wieder als neu verkaufen. Ludwig, sein Mitarbeiter, der in erster Linie die Aufbereitung der Toten erledigte, war darin sehr geschickt. Der Mann machte sich, wie er sicher war, über diese Vorgehensweise keine tiefschürfenden Gedanken und stellte auch keine unangenehmen Fragen.

Zwergauers Meinung nach war Ludwig intellektuell etwas schlicht, arbeitete aber ordentlich und hatte mit den unangenehmen Seiten dieses Berufes keine Probleme. Er erhielt dafür aber auch etwas mehr als den gesetzlichen Mindestlohn.

Der Bestatter schloss die Tür des Lagers wieder ab und öffnete eine der fünf quadratischen Klappen an der Längsseite des Aufbereitungsraumes. Er zog den darin liegenden Toten auf eine weitere Rollbahre und schob ihn neben den Sarg mit dem toten Edmund Rosenbach. Der Bestatter zog die nackte Leiche auf den Tisch. Der Tote hatte einen ungepflegten Bart und befand sich in einem mäßigen Ernährungszustand. Wahrscheinlich wieder einer dieser Penner, die sie ihm schon öfters angeliefert hatten. Die Kühle im Raum hatte sich durch das Öffnen des Leichenfachs nochmals verstärkt. Dem Bestatter fröstelte es. Es half aber alles nichts. Die Arbeit, die er jetzt zu erledigen hatte, war nicht gerade angenehm, brachte ihm aber unter dem Strich erheblich mehr ein als das normale Bestattergeschäft. Er trat an das Wandregal und zog sich einen Mundschutz über. Außerdem setzte er sich eine Schutzbrille auf. Mit einem Fußschalter stellte er die OP-Lampen an der Decke ein, dann griff er sich vom Tischchen das große Skalpell und setzte fachmännisch den ersten großen Schnitt.

13

Simon Kerner erwachte, weil sein rechter Arm völlig abgestorben war. Er hatte das Gefühl, als wäre er nicht mehr vorhanden. Ganz vorsichtig, um Steffi nicht zu wecken, zog er ihn unter ihrem Kopf hervor. Seine Lebensgefährtin, die sich in Seitenlage, mit dem Rücken zu ihm, dicht an ihn kuschelte, gab ein leises Seufzen von sich, dann schlief sie weiter. Langsam kehrte das Gefühl wieder in seinen Arm zurück und erzeugte dabei ein heftiges Kribbeln. Durch das gekippte Schlafzimmerfenster drang der Glockenschlag der Kirchturmuhr der Pfarrkirche von Partenstein. Es war zwei Uhr. Noch vor einer guten Stunde hatten sie sich heftig geliebt und waren danach, nackt, wie sie waren, aneinandergekuschelt eingeschlafen.

Kerner schob sich leise aus dem Bett, weil er zur Toilette musste. Durch die Schlitze der nicht ganz herabgelassenen Jalousien drang das Licht der Straßenlaterne und erleichterte ihm die Orientierung. Seit vor zwei Jahren ein brutaler Killer vor dem Hause Kerners auf sie beide geschossen hatte, bestand Steffi darauf, bei Einbruch der Dämmerung im ganzen Haus die Rollläden zu schließen. Durch ihre Freundschaft mit dem Juristen war sie schon mehrere Male in lebensgefährliche Situationen gekommen, die nur ganz knapp glimpflich ausgegangen waren.

Als er wenig später zurückkam, hatte seine Freundin die Bettdecke weitgehend von sich geschoben und lag jetzt auf dem Bauch. Ihr blondes, langes Haar, das sich auf dem Kissen verteilte, verdeckte einen Teil ihres Gesichts. Das überaus ansprechende Bild, das sich ihm im schwachen Dämmerlicht bot, regte nicht nur seine Fantasie an. Deutlich erkannte er das kleine Tattoo oberhalb ihrer linken Gesäßhälfte, das sie sich vor einigen Jahren aus einer Laune heraus im Urlaub hatte stechen lassen.

Er überlegte kurz, ob er ihren Reizen erliegen sollte, dann dachte er aber daran, dass er am nächsten Morgen einen schwierigen Strafprozess zu bewältigen hatte, und kroch mit einem entsagungsvollen Brummen zurück ins Bett. Er legte sein linkes Bein über ihren begehrenswerten apfelförmigen Hintern und seinen Arm über ihren Rücken, dann verbot er sich schweren Herzens alle erotischen Gedanken und schloss die Augen. Steffi schnurrte leise im Schlaf.

Er erwachte, weil er einen Klaps auf den nackten Hintern bekam.

»Aufstehen, mein Schatz«, rief Steffi, beugte sich über ihn und gab ihm einen Kuss auf die Wange. »Der Kaffee ist fertig.«

Schläfrig öffnete Kerner die Augen. Steffi war schon angekleidet und frisiert und wirkte unangenehm frisch und dynamisch. Schnell warf er einen Blick auf den Wecker. Sieben Uhr fünfzehn.

»Ich komme gleich«, gab er zurück, während er die Bettdecke von sich warf. »Der Teufel soll den Typen holen, der das Aufstehen erfunden hat«, schimpfte er leise und trollte sich ins Bad. Steffi hörte seinen Kommentar aber schon nicht mehr, weil sie in die Küche zurückgeeilt war. Sie musste zu ihrem Leidwesen deutlich früher aus dem Haus als Simon.

Nachdem Steffi das Haus verlassen hatte, schenkte sich Kerner noch einen Kaffee ein und schnappte sich die Tageszeitung. Auf der dritten Seite stach ihm ein Artikel ins Auge: »Die Polizei bittet um Ihre Mithilfe!« Es handelte sich um einen Aufruf an die Bevölkerung, Hinweise hinsichtlich der Identität zweier kürzlich entdeckter, unidentifizierter Leichen zu geben. Auf einem Foto war eine leicht verbogene Gürtelschließe zu sehen, die auf der Oberseite die erhabene Darstellung eines Wolfskopfes zeigte. Auf der anderen Fotografie war die stark vergrößerte Darstellung zweier ineinander verschlungener Kreise zu sehen. Die Bildunterschrift erläuterte, dass es sich um eine Tätowierung handelte. Dann folgte die Telefonnummer der Mordkommission in Würzburg.

Simon Kerner nahm einen Schluck Kaffee. Bei der Betrachtung des Tattoos begann es in seinem Gedächtnis zu rumoren. Das Bild berührte eine Erinnerung, die aber wieder nicht an die Oberfläche kommen wollte. Unwillkürlich dachte er an den kleinen Schmetterling auf Steffis Rücken. Da machte es in seinem Kopf plötzlich Klick! Er hatte diese verschlungenen Ringe schon einmal im Original gesehen! Als ihm die Erkenntnis kam, stellte er klirrend seine Kaffeetasse ab und hastete bleich in den Flur zum Telefon. Einen Augenblick später hatte er Eberhard Brunner am Apparat.

»Du hast bestimmt unseren Zeitungsartikel gelesen«, erklärte Brunner hektisch, ohne seinen Freund zu Wort kommen zu lassen. »Du machst dir keine Vorstellung, was bei uns los ist. Die Telefone glühen. Es ist unglaublich, wie viele Menschen solche Gürtelschnallen tragen.«

Kerner unterbrach ihn. »Eberhard, ich rufe nicht wegen der Gürtelschnalle an. Ich denke, ich weiß, zu wem die Tätowierung gehört.«

In der Leitung war es schlagartig still.

»Rechtsanwalt Schnitter, von dem ich dir erzählt habe, hatte am Gesäß eine solche Tätowierung!«

Brunner verarbeitete kurz diese Information, dann erwiderte er: »Woher weißt du das?«

»Werner Schnitter und ich kannten uns auch aus dem Fitnessclub. Wir haben zusammen trainiert und auch Squash gespielt. Bevor wir dann zum Abschluss ein Bierchen getrunken haben, gingen wir natürlich unter die Dusche. Dabei habe ich dieses Tattoo bemerkt. Ganz beiläufig. Deshalb hat es ja auch einige Zeit gedauert, bis es mir wieder eingefallen ist. Ich vermute mal, dass nicht allzu viele Männer ein derartiges Tattoo tragen.«

Brunner räusperte sich. »Simon, vielen Dank für deinen Hinweis. Wir werden dem natürlich sofort nachgehen. Das Stechen dieser Tätowierung scheint schon ziemlich lange zurückzuliegen, da sie schon merklich verblasst ist. Vielleicht eine Jugendsünde. Wir werden auf jeden Fall eine DNA-Analyse durchführen lassen, ob es sich bei dem Torso tatsächlich um den vermissten Rechtsanwalt handelt. Gib mir doch bitte mal ein paar Kontaktdaten, damit ich mir Vergleichsmaterial besorgen kann. Im Übrigen kann ich dir sagen, laut Rechtsmediziner erfolgte die Nierenentnahme wahrscheinlich unter klinischen Bedingungen. An einer Hand hat Karaokleos den Einstich für einen Zugang gefunden. Bei der Blutuntersuchung stellte sich heraus, dass der Mann mit einem starken Betäubungsmittelcocktail getötet wurde. Als ihm der Kopf und die Gliedmaßen abgetrennt wurden, war er bereits tot.«

»Das ist ja der Hammer! Wer macht denn so etwas Perverses?«

»Keine Ahnung, aber wir werden es sicher herausfinden. Es gibt aber noch eine weitere Erkenntnis. Die Brandleiche wurde ja ebenfalls obduziert. Sie war äußerlich zwar stark verbrannt, aber Dr. Karaokleos konnte trotzdem feststellen, dass dem Toten ebenfalls eine Niere fehlte. Außerdem konnte das gleiche Betäubungsmittel festgestellt werden wie bei dem Torso. Man kann also annehmen, zwischen den beiden besteht ein Sachzusammenhang. Vermutlich derselbe Täterkreis.«

»Du vermutest ein organisiertes Vorgehen?«

»Wie es aussieht, ja. Die Organentnahmen und Tötungen weisen stark auf ein organisiertes Verbrechen hin. Ein derartiger Organraub erfolgt ja nur, um anschließend eine Transplantation durchzuführen. Das geht aber nur unter klinischen Bedingungen. Das größere Problem ist dann die Beseitigung des ausgeschlachteten ›Spenders‹. Nach meinen Erfahrungen ist es für eine einzelne Person schwer, einen Toten spurlos zu beseitigen. Dafür bedarf es einer gewissen Logistik, die ein Einzeltäter kaum leisten kann.«

»Das sind natürlich Argumente«, gab Kerner dem Kriminalbeamten recht. »Die Motive für diese Morde drängen sich nach den Obduktionsergebnissen ja förmlich auf. Wenn ich ehrlich bin, weigert sich aber mein Verstand, das Offensichtliche so einfach zu akzeptieren. Wir sind hier im Landkreis Main-Spessart und nicht in einer Weltmetropole.«

»Wenn du dich da nur nicht täuschst. Möglicherweise denken auch die Täter, dass man in der Provinz ein solches Verbrechen nicht vermutet, und haben ihre Aktivitäten daher aufs Land verlegt. Organhandel ist weltweit ein äußerst lukratives Geschäft mit einer hohen Nachfrage. Die Polizei vieler Staaten ist hinter entsprechenden verbrecherischen Organisationen her, die sich dieses Geschäft nicht entgehen lassen wollen. Allerdings hatten wir bis jetzt in unserem Zuständigkeitsbereich noch keine Anhaltspunkte für derartige Aktivitäten. Die Schwerpunkte lagen bisher immer in der Dritten Welt. In den Slums von Afrika und Südamerika. Dort kauft man im günstigsten Fall den Armen für billiges Geld eine Niere ab. In anderen Fällen tötet man einfach die

Menschen, um an Nieren zu kommen. In den Slums kräht kein Hahn nach einer verschwundenen Person. Auch in China gibt es einen regen Handel. Allerdings schlachtet man dort jetzt keine Hingerichteten mehr aus. Jetzt nimmt man die Armen her und speist sie mit Geld ab. Ich hoffe nicht, dass diese Seuche auch zu uns rübergeschwappt ist.«

»Es ist mir völlig unklar, wie Schnitter in diese Opferkategorie fallen könnte«, gab Kerner zu bedenken.

»Da hast du natürlich recht«, stimmte Brunner ihm zu. »Der Fall ist insgesamt sehr mysteriös.«

»Sorry, Eberhard«, unterbrach ihn Kerner, »aber ich muss jetzt leider Schluss machen. Der Gerichtssaal ruft! Halte mich bitte auf dem Laufenden.«

Der Kommissar sagte das zu, dann verabschiedeten sie sich.

14

Die blonde Frau im schwarzen Sportdress und die beiden ebenfalls dunkel gekleideten Männer stellten ihr Fahrzeug einige Querstraßen von Schnitters Bungalow entfernt auf einen öffentlichen Parkplatz. Die Morgendämmerung war zwar bereits angebrochen, aber es war noch so früh, dass sie nicht mit Passanten rechnen mussten. Wortlos näherten sie sich dem Anwesen. Die Frau zog einen Schlüssel aus der Tasche ihres Jogginganzugs und führte ihn ins Schloss. Er passte. Sie öffnete die Tür und die drei Personen traten schnell ein.

»Beeilt euch«, zischte sie, »ihr wisst, auf was es ankommt … und schaut euch auch nach einem Safe um«, dann ging sie auf den altmodischen Eichenschreibtisch zu und untersuchte die unverschlossenen Schubladen und Türen. Systematisch sichtete sie die zahlreichen Unterlagen und Dokumente, die hier verwahrt waren. Unterdessen filzten die beiden Männer systematisch jedes Zimmer und jedes Möbelstück. Sie sahen auch hinter die Bilder an den Wänden, ein Tresor war allerdings nicht zu finden. Schließlich schlitzten sie mit Teppichmessern die Polstermöbel auf und durchwühlten die Füllstoffe. Das, was sie zu finden hofften, war aber offenbar nicht da. Nach einer Stunde gab die Frau enttäuscht und wütend das Zeichen zum Aufbruch. Es wurde Zeit, dass sie verschwanden.

Agnes Konzelmann, die Kanzleileiterin der Rechtsanwaltskanzlei Schnitter, hatte ein ausgesprochen ungutes Gefühl.

Bereits zum zweiten Mal in wenigen Tagen öffnete sie mit dem Ersatzschlüssel die Wohnung ihres Chefs. Beim ersten Mal hatte sie ja nur nachgesehen, ob der Rechtsanwalt etwa krank in der Wohnung lag. Als sie ihn nicht angetroffen hatte, war sie sofort wieder gegangen. Jetzt, da unklar war, wie lange Schnitter abwesend sein würde, ging es darum, nach anwaltlichen Akten zu sehen. Der Vertreter benötigte die Unterlagen. Obwohl sie sicher war, der Chef hätte gegen ihr Vorgehen nichts einzuwenden gehabt, fühlte sie sich als Eindringling. Kaum hatte sie das Apartment betreten, verschlug es ihr die Sprache. In den Räumen sah es aus, als hätte eine Horde Wandalen gehaust. Die Türen der Möbel standen offen, Schubladen waren herausgerissen und der Inhalt wild auf dem Boden verstreut. Bei den aufgeschnittenen Polstermöbeln quollen die Innereien heraus. Ein gleiches Bild bot das Schlafzimmer. Die aufgeschlitzten Matratzen des Doppelbetts waren offenbar genauso durchwühlt worden wie der große Kleiderschrank, dessen Inhalt auf einem Haufen davorlag. In der Küche waren ebenfalls alle Schränke ausgeleert und durchsucht, sogar der Inhalt von Kühl- und Gefrierschrank lag auf dem Boden.

Hier hatte jemand eine ganz systematische Durchsuchung vorgenommen. Frau Konzelmann war geschockt. Eine Weile stand sie regungslos in dem Chaos und starrte wie gelähmt auf das Durcheinander. Schließlich griff sie mit zitternden Fingern nach ihrem Mobiltelefon und wählte die Notrufnummer. Bis zum Eintreffen der Polizeistreife blieb sie wie angewurzelt stehen. Sie wusste, sie durfte nichts anfassen, um keine Spuren zu verwischen.

Für die Spezialisten des Einbruchdezernats der Würzburger Kripo war sofort klar, der oder die Täter waren nicht mit Gewalt in die Wohnung eingedrungen. Das Türschloss war mit einem Schlüssel ordnungsgemäß geöffnet worden. Das Motiv für den Einbruch war nicht zu ermitteln. Wertgegenstände waren es auf jeden Fall nicht. Die Beamten fanden knapp tausend Euro Bargeld, mehrere wertvolle Armbanduhren und diverse Gemälde, die beim Hehler auch einiges gebracht hätten. Auf dem Schreibtisch lagen drei Akten, die sich Schnitter offensichtlich mit nach Hause genommen hatte, um zu arbeiten. Frau Konzelmann nahm sie an sich. Es war nicht ersichtlich, wonach die Täter suchten, und schon gar nicht, ob sie etwas mitgenommen hatten.

Die Kripo nahm alle Spuren auf, dann versiegelten sie die Wohnung, da der Aufenthalt Schnitters unbekannt war.

15

Der *alte Christoph* schlurfte über die Friedensbrücke. Er war ausgesprochen schlecht gelaunt. Ihm taten alle Knochen weh. Das Übernachten im Freien, im Schlafsack, auf hartem Boden, war er einfach nicht mehr gewöhnt. Dafür war er einfach zu alt. Auf der anderen Seite trieb ihn die Angst um, wenn er an die Szene hinter der *Heimkehr* dachte. Zwischenzeitlich war er sich fast sicher, Meyer hatte mitbekommen, dass jemand den Abtransport beobachtet hatte. Vermutlich hatte er ihn aber nicht erkannt, sonst hätte er längst etwas gesagt. Auf der anderen Seite war der Kreis derer, die dafür in Frage kamen, durch die Übernachtungsgäste begrenzt. Früher oder später kam er bestimmt dahinter.

Christoph marschierte in Richtung Alter Kranen. Seinen »Arbeitsplatz« in der Eichhornstraße würde er erst später aufsuchen. Durch dieses Erlebnis war er ziemlich aufgewühlt. Er fühlte sich gefährdet und wusste nicht, wie er sich verhalten sollte. Da er noch nicht gefrühstückt hatte, betrat er das Café Brandstetter und kaufte sich einen Becher Kaffee und ein Brötchen. Draußen stellte er sich an einen Bistrotisch, den Rucksack gegen seine Füße gelehnt. Während er aß, sah er am Nebentisch eine liegen gebliebene Tageszeitung. Er griff sie sich und begann zu lesen.

Die Überschrift »Die Polizei bittet um Ihre Mithilfe« stach ihm sofort ins Auge. Interessiert studierte er den Artikel, dann musterte er die beiden Fotos. Beim Betrachten der Gürtelschnalle fuhr ihm ein gehöriger Schrecken durch die Glieder. Die Darstellung war zwar nicht sonderlich deutlich,

aber trotzdem war ihm klar, diese Gürtelschnalle kannte er!
Es gab für ihn keinen Zweifel, diese Schnalle gehörte dem
Professor!

Der Alte ließ die Zeitung sinken und starrte betroffen vor
sich hin. Das war für ihn die Bestätigung seines Verdachts!
Wieder lief die Szene hinter der *Heimkehr* vor seinem geistigen Auge ab. Bestimmt war der Professor Opfer eines Verbrechens geworden … und er hatte es beobachtet! Am unteren Rand des Textes stand der Hinweis, dass die Polizei Hinweise entgegennehmen würde. Den Alten quälten zwiespäl-
tige Gefühle. Einerseits wollte er gerne dazu beitragen, den
Professor zu identifizieren. Auf der anderen Seite scheute er
die Polizei wie der Teufel das Weihwasser. Nicht, dass er etwas zu verbergen gehabt hätte, aber erfahrungsgemäß bedeuteten für seinesgleichen Kontakte mit der Staatsmacht
immer Ärger. Außerdem brachte er sich doch selbst in Gefahr, wenn er über seine Beobachtung sprach. Die Polizei
würde deswegen sofort den Heimleiter befragen. Sicher
würde der herausbekommen, wer ihn da angeschwärzt hatte.
Christoph schulterte seinen Rucksack, dann trank er den
Kaffee aus. Für ihn gab es nur eine Person, die er wegen der
Angelegenheit ansprechen konnte.

Johanna Siedler zuckte leicht zusammen, als aus der un-
durchsichtigen Finsternis des Pfeilers der Friedensbrücke
unvermutet eine dunkle Gestalt auf sie zuschritt. Dann erkannte sie ihn. Der alte Christoph stand mit geschultertem
Rucksack vor ihr. Er wirkte irgendwie verloren. Sie war heute alleine auf ihrer Runde, weil ihr Kollege mit einer *Angina*
das Bett hüten musste. Eigentlich war es nicht üblich, ohne
Begleitung den Dienst auszuüben, aber sie wollte ihre Probanden nicht im Stich lassen.

»Christoph«, rief sie erleichtert, »du hast mich aber erschreckt. Warum bist du heute nicht in der Stadt?«

Der Mann sah sich vorsichtig um. Er war eindeutig sehr nervös.

»Johanna, ich muss dir etwas zeigen«, erklärte er und zog unter seiner Jacke eine Zeitung hervor. Er kam näher und wies auf den Artikel.

»Diese Gürtelschließe, die sie da fotografiert haben, gehört dem Professor!«, stieß er erregt hervor.

Johanna, die den Artikel natürlich schon gelesen hatte, betrachtete im Schein der Lampe das Bild.

»Du bist sicher? Von diesen Dingern gibt es bestimmt jede Menge.«

»Ich bin hundertprozentig sicher. Diese Schnalle hat der Professor irgendwo gefunden, hat er mir mal erzählt. Der Wolfskopf hat ihm gut gefallen. An einer Stelle war eine kleine Ecke herausgebrochen. Wie hier.« Sein Finger markierte die Stelle auf dem Papier.

Die Streetworkerin runzelte die Stirn. »Christoph, das musst du unbedingt der Polizei sagen«, erklärte sie schließlich eindringlich.

Der Obdachlose schüttelte heftig den Kopf.

»Mit denen will ich nichts zu tun haben«, brummte er. »Die anderen denken dann, dass ich ein Spitzel bin. Die stoßen mich aus!«

Die junge Frau dachte einen Augenblick nach, dann meinte sie: »Christoph, ich kenne den Polizeibeamten, der für diesen Fall verantwortlich ist, recht gut. Man kann sagen, wir sind befreundet. Wenn ich mit ihm spreche, wirst du sicher keine Scherereien bekommen, das verspreche ich dir.« Sie machte eine kleine Pause, dann fuhr sie fort: »Wenn das zutrifft, was du gesagt hast, dann ist der Professor womöglich einer Gewalttat zum Opfer gefallen. Du willst doch sicher auch, dass die Verbrecher, die das gemacht haben, zur Rechenschaft gezogen werden.«

Man konnte sehen, wie der Obdachlose mit sich kämpfte. Sie hatte ja keine Ahnung, dass es noch viel schwerwiegendere Informationen gab, die ihm auf der Seele brannten.

»Wie es aussieht, sind auch andere Menschen, die auf der Straße leben, verschwunden«, legte Johanna nach. »Sollte da wirklich jemand unterwegs sein, der es auf euch abgesehen hat, muss die Polizei informiert werden, damit sie etwas unternehmen kann.«

Der Alte gab sich einen Ruck. »Also gut, Johanna, ich vertraue dir. Ich werde mit deinem Freund sprechen, aber ich gehe nicht auf eine Polizeistation. Wenn er was will, muss er sich hier irgendwo mit mir treffen.«

Johanna atmete erleichtert auf. Sie wusste, wie schwer dem Mann diese Entscheidung fiel.

»Ich werde mit ihm reden. Das macht er sicher. Im Übrigen solltest du weiterhin in der *Heimkehr* schlafen. Dort kann dir nichts passieren.«

Christoph schüttelte entschieden den Kopf. Die Frau hatte ja keine Ahnung!

»Nein, nein, ich weiß schon, wo ich mich verkriechen muss.«

Johanna seufzte leise. Die plötzliche Abneigung des alten Mannes gegen die Unterkunft, die er sonst regelmäßig aufgesucht hatte, musste doch einen Grund haben. Sie wollte aber nicht nachbohren, um den Alten nicht zu vergraulen. Mit einem etwas unguten Gefühl verabschiedete sie sich von ihm. Sie verabredeten, dass Christoph morgen früh um sechs Uhr wieder hier an der Friedensbrücke warten würde.

Der Obdachlose drehte sich um und verschwand in der Nacht. Die Gedanken der Streetworkerin kamen nicht zur Ruhe. Christoph war kein Schwätzer. Entschlossen beendete sie ihre Tour und rief Eberhard Brunner an. Sie erreichte ihn sofort. Als sie ihm erklärte, sie würde gerne nach der Arbeit bei ihm vorbeikommen, um ihm etwas Wichtiges zu sagen, zeigte er sich hocherfreut.

Kurz nach dreiundzwanzig Uhr drückte Johanna den Klingelknopf an Eberhard Brunners Wohnung. Das Läuten war kaum verhallt, als auch schon der Türöffner summte.

»Hallo, Johanna«, begrüßte Brunner die junge Frau, nahm sie noch unter der Tür in den Arm und gab ihr einen Kuss auf die Wange. »Welch schöne Überraschung. Komm doch rein.« Er trat zur Seite und schloss die Wohnungstür hinter ihr. Er nahm ihr die Jacke ab und hängte sie an die Garderobe. Brunner hatte es sich bequem gemacht. Er trug eine ausgewaschene Jeans und ein lockeres T-Shirt mit dem Aufdruck »s.Oliver Baskets« und lief barfuß.

Sie folgte ihm ins Wohnzimmer. Der Fernseher lief und auf dem Tisch standen eine angebrochene Flasche Rotwein und ein gefülltes Glas.

»Setz dich. Du trinkst doch ein Glas mit?« Er war schon auf dem Weg zur Glasvitrine.

Johanna nickte und ließ sich in die Couch fallen. Mit einer schnellen Bewegung streifte sie sich ihre Schuhe von den Füßen und zog einen Fuß unter den Oberschenkel. Brunner schenkte ihr ein, dann ließ er sich neben ihr nieder, hob sein Glas und stieß mit ihr an. Nachdem sie einen Schluck genommen hatten, beugte sich der Kommissar zu ihr hinüber und gab ihr einen Kuss, dann stellte er beide Gläser ab und sah sie fragend an.

»Du wolltest mir etwas Wichtiges erzählen?«

Johanna rutschte angespannt nach vorne, dann berichtete sie ihm von ihrem Gespräch mit dem Obdachlosen. Brunner reagierte wie elektrisiert.

»Er muss unbedingt ins Dezernat kommen und eine Aussage machen!«, stellte er kategorisch fest. »Das ist unter den ganzen Hinweisen, die wir erhalten haben, die erste vernünftige Spur. Kannst du das mit ihm besprechen?«

»Glaub mir, das wird er nicht machen«, widersprach Johanna kategorisch. »Wenn du darauf bestehst, wird er spurlos verschwinden. Sei sicher, wenn das alte Schlitzohr nicht will, dass man ihn findet, habt ihr keine Chance. Er wäre allerdings mit einem Treffen in freier Natur einverstanden. Mich will er dabeihaben. Er vertraut mir.«

Der Leiter der Mordkommission überlegte einen Augenblick, dann gab er nach. »Also gut, gehen wir gleich?«

Die Streetworkerin schüttelte den Kopf. »Das hat jetzt keinen Sinn. Ich habe ihm gesagt, er soll sich unsichtbar machen, weil auf der Straße Gefahr droht. Wir müssen bis morgen früh warten. Um sechs Uhr wird er an der Friedensbrücke auf uns warten.«

Eberhard Brunner stieß die Luft aus. »Sechs Uhr? Das ist ja mitten in der Nacht!«

Johanna knuffte ihn in die Seite. »Jetzt stell dich nicht so an. Es schadet deinem laschen Beamtenkörper nicht, wenn du deinen Hintern mal etwas früher aus dem Bett schwingst.« Sie machte eine kleine Pause, dann fuhr sie mit einem schelmischen Seitenblick fort: »Wenn du willst, helfe ich dir dabei … Allerdings müssten wir dann langsam ins Bett gehen, damit du morgen auch hochkommst.« Sie sah ihm offen in die Augen. Ihr Blick hatte eine fast hypnotische Wirkung.

Es dauerte eine Sekunde, bis bei Brunner der Groschen fiel.

»Ja … ja klar, natürlich!« Er sprang auf die Füße, griff nach seinem Glas und trank es in einem Zug leer.

Johanna folgte seinem Beispiel, dann meinte sie: »Da gibt es allerdings ein kleines Problem …«

Er sah sie fragend an.

»Hättest du vielleicht eine Zahnbürste für mich?«

Brunner lachte. »Das ist wirklich kein Problem. Ich habe immer einen kleinen Vorrat im Haus. Du kannst auch einen Pyjama von mir haben.«

Johanna sah ihn gespielt betroffen an. »Meine Güte, wo bin ich hier bloß hingeraten. Du bist also immer auf weibliche Übernachtungsgäste vorbereitet? – Im Übrigen schlafe ich grundsätzlich nackt! Ich hoffe, das stört dich nicht?« Ihre Augen waren einfach berauschend.

Brunner beeilte sich hastig, das zu verneinen, dann eilte er ins Bad, um Johanna ein Handtuch herauszulegen. Er kam sich vor wie ein Pubertierender bei seiner ersten Verabredung.

Als am nächsten Morgen der Wecker um fünf Uhr dreißig sein unerfreuliches Programm startete, hatten die beiden Liebenden vielleicht gerade mal drei Stunden geschlafen. Brunner gab ein verschlafenes »Scheiße« von sich und schlug mit der Hand auf den Aus-Schalter. Da aber die Weckwiederholung eingestellt war, gewann er damit nur eine dreiminütige Gnadenfrist. Plötzlich tauchte neben ihm aus dem Untergrund ein schwarzer Schopf auf, dem ein verschlafenes Gesicht mit zwei intensiv blauen Augen folgte, die ihn ernst musterten.

»Hallo, Kommissar«, flüsterte sie leise. »Meine gestrige Bemerkung über den laschen Beamtenbody nehme ich vollinhaltlich zurück.« Sie kroch nach oben und gab ihm einen Kuss. »Ich bin ziemlich fertig, wenn ich das sagen darf. Was gäbe ich drum, jetzt liegen bleiben zu können.«

»Es hilft alles nichts. Wenn wir diesen Christoph treffen wollen, müssen wir wohl los.« Er widerstand der Versuchung, ihren schlafwarmen Körper an sich zu drücken, weil er befürchtete, wieder auf dumme Gedanken zu kommen. Stattdessen warf er die Bettdecke zurück und gab ihr einen Klatsch auf den nackten Hintern, den sie mit einem lauten Fauchen beantwortete. Ehe sie zurückschlagen konnte, war er aus dem Bett und eilte ins Bad.

Zwanzig Minuten später lenkte Brunner seinen Pkw unter die Friedensbrücke. Johanna stieg aus, aber der alte Christoph war nicht da.

Eine Stunde später setzte Brunner Johanna vor ihrer Haustür ab. Sie verabschiedeten sich mit einem Kuss, dann fuhr Brunner weiter. Eine halbe Stunde später traf er sich mit seinen Mitarbeitern im Besprechungsraum.

16

Simon Kerner legte den Telefonhörer auf den Apparat. Gerade hatte er ein kurzes, aber bedeutungsvolles Gespräch mit seinem Förderer und Mentor, dem Leitenden Oberstaatsanwalt der Staatsanwaltschaft Würzburg, Armin Rothemund, geführt. Rothemund hatte ihm damals, nach dem Desaster mit dem Kronzeugen in dem Prozess gegen die Spessart-Mafia, empfohlen, zunächst einige Jahre als Behördenchef an ein Amtsgericht zu gehen, bis etwas Gras über die Angelegenheit gewachsen war. Daraufhin war Kerner nach Gemünden gegangen. Rothemund machte keinen Hehl daraus, dass er Kerner gerne als seinen Nachfolger gesehen hätte. Gerade eben hatte er ihm angeboten, sich mit ihm in Würzburg außerhalb der Behörde auf einen Schoppen zu treffen. Kerner konnte sich vorstellen, worüber Rothemund mit ihm sprechen wollte. Simon Kerner sah zu einem der Fenster hinaus, sodass er die Erhebungen der grünen Spessarthänge jenseits des Mains vor Augen hatte. Er liebte mittlerweile diese Landschaft mit ihren rauen, aber herzlichen Menschen, die Natur, die zu jeder Jahreszeit ihren eigenen Charme ausstrahlte, und dieses Amtsgericht, in dem jeder jeden kannte und das in der Bevölkerung Respekt und Anerkennung genoss.

Das neuerliche Schrillen des Apparats riss ihn aus seinen Gedanken. Eberhard Brunner war in der Leitung. Nach einer kurzen Begrüßung kam er gleich zur Sache.

»Simon, wir hatten uns ja in der Kanzlei von Rechtsanwalt Schnitter Vergleichsmaterial beschafft. Ich wollte dich nur informieren, dass es sich nach den DNA-Untersuchungen bei dem gefundenen Torso tatsächlich um Rechtsanwalt Werner Schnitter handelt. Jetzt haben wir zwar die Identität, stochern aber, was das Motiv der Tötung betrifft, völlig im Nebel.«

Kerner brauchte eine Sekunde, um die Nachricht zu verinnerlichen. »Das muss ich erst verarbeiten. Insgeheim hatte ich gehofft, der Tote sei jemand anders.«

In der Leitung blieb es einen Augenblick still, dann erwiderte Brunner: »Simon, tut mir leid.« Nach kurzer Pause fuhr er fort: »Es gibt ja auch noch den zweiten Toten. Wir haben ihn wahrscheinlich auch identifiziert. Ein Obdachloser, dem ebenfalls eine Niere entnommen wurde, bevor man ihn verbrannte. Im Übrigen hatten beide eine tödliche Konzentration eines starken Narkosemittels im Blut.«

Kerner schwieg. Das war ziemlich viel auf einmal.

»Ich wollte dich nur informieren«, fuhr Brunner fort. »Das sind zwei Fälle, die uns noch gehörige Kopfschmerzen bereiten werden.« Brunner räusperte sich. »Bei Schnitter kommt noch etwas dazu, was darauf hindeutet, dass er einer gezielten Gewalttat zum Opfer gefallen ist.«

Kerner war wieder voller Aufmerksamkeit. »Was ist das?«

»Wir haben vom Einbruchsdezernat die Mitteilung erhalten, im Bereich Main-Spessart sei in die Privatwohnung Schnitters eingebrochen worden. Nach den Akten wurde die gesamte Einrichtung durchwühlt. Die Täter suchten offenbar nach etwas Bestimmtem. Bargeld oder Wertgegenstände können es nicht gewesen sein, denn diesbezüglich wurde nichts entwendet. Eine höchst undurchsichtige Angelegenheit. Wir stehen auch noch völlig am Anfang unserer Ermittlungen. Wenn ich neue Erkenntnisse habe, werde ich dich informieren.«

Kerner bedankte sich und legte auf. Nachdenklich starrte er zum Fenster hinaus. Nachdem nun feststand, dass Schnitter Opfer einer Gewalttat geworden war, musste der Nachlass gesichert werden. Kerner war auch der Vorgesetzte des Nachlassgerichts, das für derartige Aufgaben zuständig war. Er griff erneut zum Hörer und rief einen der Rechtspfleger des Nachlassgerichts an, der nach dem Organisationsplan des Gerichts für den Sterbefall Schnitter zuständig war. Kerner schilderte ihm den Sachverhalt und bat ihn, die Sicherung des Nachlasses durchzuführen, bis die Erben des Rechtsanwalts ermittelt werden konnten. Er wies den Beamten darauf hin, auch die Büroräume des Anwalts in seine Sicherungsmaßnahme mit einzubeziehen, und bat darum, ihn nach Erledigung kurz zu informieren.

Einen Moment später wurde er aus seinen Gedanken gerissen, weil es klopfte. Seine Sekretärin steckte den Kopf herein und sagte: »Herr Kerner, denken Sie an den Empfang in der *Spessart-Beautyworld*? Wenn Sie pünktlich sein wollen, müssten Sie langsam losfahren.«

Kerner nickte und lächelte sie an. »Vielen Dank für die Erinnerung. Vermutlich werde ich nach der Veranstaltung nicht mehr ins Büro kommen. Mein Vertreter weiß Bescheid.« Er erhob sich, schloss dabei die Akte, die er gerade bearbeitete, und legte sie auf einen Stapel.

Kerner hatte vor einigen Wochen in seiner Eigenschaft als Behördenleiter des Amtsgerichts eine Einladung zur Feier des dreijährigen Bestehens der *Spessart-Beautyworld-Klinik* erhalten. Seine Sekretärin wusste, dass ihr Chef derartige offizielle Empfänge, bei denen jede Menge langweilige Reden geschwungen und diverse Schnittchen mit Sekt gereicht wurden, nur notgedrungen besuchte. Aber als Direktor des Gerichts hatte er nun mal auch gewisse repräsentative Aufgaben zu erfüllen. Simon Kerner würde sicher nicht der einzige Behördenchef sein, der eingeladen war. Daraus resultierte auch ein positiver Aspekt: Man fand am Rande der Feier Gelegenheit zu einem Gedankenaustausch.

Während der ganzen Fahrt ging Kerner das Gespräch mit Brunner nicht aus dem Kopf. Als er einige Zeit später über die Zufahrtsstraße auf sein Ziel zusteuerte, konnte er schon aus einiger Entfernung zwischen den Bäumen die Konturen des ehemaligen Jagdschlosses erkennen. Er kannte das Gebäude ja aus der Zeit vor der Restaurierung. Was *Beautyworld* aus dem heruntergekommenen historischen Bau gemacht hatte, war wirklich anerkennenswert. Man hatte die Bausubstanz vollständig erhalten und im Übrigen die Eingriffe äußerst sensibel gestaltet. Das Jagdschloss selbst war praktisch der Eingang zur Klinik. Durch ein breites Tor gelangte man auf das Grundstück. Dahinter waren moderne Gebäude angebaut, die architektonisch und farblich so angelegt waren, dass sie den Charakter des Schlosses nicht beeinträchtigten. Rund um den Historienbau waren Scheinwerfer angeordnet, die ihn in der Nacht anstrahlten, wodurch die eigentlichen nachgeordneten Klinikgebäude in den Hintergrund traten. Den Baumbestand hatte man auf dem gesamten Areal sehr behutsam reduziert. In den höheren Bäumen konnte man Überwachungskameras erkennen. Vermutlich ein Zugeständnis an das Sicherheitsbedürfnis der prominenten elitären Patienten der Einrichtung.

Er parkte seinen sich neben den verschiedenen Edelkarossen ziemlich rustikal ausnehmenden Defender auf dem großzügigen Parkplatz vor dem Schloss. Auch rund um den Platz waren Überwachungskameras installiert.

Kerner seufzte leise und stieg aus. »Bringen wir es hinter uns«, murmelte er, schloss das Jackett und marschierte zum

Haupteingang im Jagdschloss. Dabei konnte Kerner erkennen, dass die modernen Anbauten zum historischen Schloss in stumpfen Winkeln ausgerichtet waren. Aus der Vogelperspektive würde es wie ein V wirken. Insgesamt betrug das Gelände etwa die Größe dreier Fußballfelder. Die Anbauten waren mit dem Jagdschloss und untereinander durch gläserne Gänge verbunden. Der gesamte Außenbereich der Klinik war sehr ansprechend als lockerer Park angelegt.

Simon Kerner durchschritt das Eingangsportal des Jagdschlosses, wobei er aus den Augenwinkeln wahrnahm, dass ihm das Objektiv einer beweglichen Überwachungskamera folgte. Wie es aussah, konnte man hier keinen Schritt tun, ohne dabei beobachtet zu werden. Eine unangenehme Vorstellung.

Nun betrat er ein lichtdurchflutetes Atrium, in dessen Mitte ein Brunnen plätscherte. Kaum hatte Kerner die Eingangshalle betreten, kam eine gut aussehende junge, dunkelhaarige Frau in einem eng anliegenden schwarzen Kostüm auf ihn zu und lächelte ihn freundlich an.

»Guten Tag, Herr Direktor Dr. Kerner, ich darf Sie hier bei uns in der *Spessart-Beautyworld* im Namen der Geschäftsleitung ganz herzlich willkommen heißen.«

Simon Kerner bedankte sich. Die Außenkamera hatte ihn also schon angemeldet. Sie setzte auf einer Liste, die sie auf einem Klemmbrett in der Hand hielt, einen Haken. Dabei konnte Kerner zu seinem Erstaunen erkennen, dass neben seinem Namen ein Bild von ihm abgedruckt war. Hier überließ man anscheinend nichts dem Zufall.

»Herr Direktor, wenn ich Sie bitten dürfte, dort hinten links durch die offene Tür zu gehen. Dort findet der Empfang statt.«

Kerner amüsierte sich etwas, weil er es nicht gewohnt

war, mit seiner Amtsbezeichnung angesprochen zu werden, ging aber darüber hinweg. Die Empfangsdame wollte nur höflich sein und hatte sicher ihre entsprechenden Anweisungen. Verwundert nahm er bei ihr einen durch ihre Frisur fast verdeckten Ohrstöpsel zur Kenntnis, von dem ein fast unsichtbares, dünnes Spiralkabel am Nacken in den Kragen ihrer Bluse führte. Dies bestätigte, auch in Verbindung mit den Überwachungskameras, seinen Verdacht, dass es in der Klinik offenbar eine gut organisierte Security gab. Er schob den Gedanken zur Seite und widmete sich der innenarchitektonischen Gestaltung der Empfangshalle. Die großzügige Fläche des offenen Raums wurde durch drei verschiedenfarbige Sitzgruppen gegliedert, die asymmetrisch um den großen Brunnen im Zentrum des Atriums zum Sitzen einluden. Die Wasser speiende Mitte des Brunnens bildete eine filigrane Marmorsäule. An den Wänden hingen, wie in einer Gemäldegalerie, einige überdimensionale Fotografien ideal geformter weiblicher Gesichter und Brüste. Sehr ansprechend, stellte Kerner fest, und sicher geeignet, das Wunschdenken weiblicher Patienten anzuregen. Kerner wusste aber auch von einer Abteilung für rekonstruktive plastische Chirurgie, die beispielsweise Menschen, die durch Unfälle entstellt waren, wieder ein Gesicht gab. Das dritte Standbein der Einrichtung war ein anspruchsvolles Spa, eine Wellnessabteilung mit kleinem Hotel, die auch die Wünsche verwöhnter Gäste befriedigen konnte. Im hinteren Bereich des Atriums befand sich ein Empfangstresen, der jedem guten Hotel zur Ehre gereicht hätte.

Als er sich dem genannten Eingang näherte, hörte er Stimmengewirr. Kaum hatte er die Schwelle überschritten, als erneut eine junge Frau auf ihn zutrat. Sie war das Pendant der Empfangsdame von eben, nur in Blond.

»Willkommen, Herr Direktor Dr. Kerner«, begrüßte sie ihn mit strahlendem Lächeln, »ich darf Sie zu Frau Dr. Steinbrenner, unserer Klinikchefin, bringen.« Sie machte eine grazile Handbewegung in den Raum hinein.

Simon Kerner bedankte sich und folgte ihr. Auch sie trug einen Knopf im Ohr. Auf diese Art und Weise hatte ihr sicher die Kollegin am Haupteingang mitgeteilt, wer als Nächster den Saal betreten würde. Alles super organisiert, stellte Kerner beeindruckt fest. Auf dem Weg in den Raum hinein kam eine junge, freundlich lächelnde Servicekraft mit einem Tablett auf ihn zu und bot ihm ein Glas Sekt an. Kerner bediente sich dankend, dann folgte er weiter seiner Führerin.

Frau Dr. Steinbrenner, eine schlanke, modisch gekleidete Blondine, stand in einer Ansammlung geladener Gäste und unterhielt sich angeregt. Wie erwartet, sah er im Rund auf Anhieb mehrere bekannte Gesichter. Aus der angesteuerten Gruppe winkte ihm der Landrat grüßend zu und der Direktor des Finanzamtes nickte freundlich. Der Leiter der Polizeiinspektion Lohr trug, wie üblich, Uniform, der Chef des Vermessungsamtes war eifrig ins Gespräch mit dem Chefarzt des Bezirkskrankenhauses. In einer Ecke sah er mehrere Bürgermeister umliegender Gemeinden mit zwei Landtagsabgeordneten zusammenstehen. Da war ja die gesamte Landkreisprominenz versammelt!

Frau Dr. Steinbrenner hatte den neuen Gast sofort entdeckt. Sie entschuldigte sich bei ihrem Gesprächspartner und kam mit ausgestreckter Hand freundlich lächelnd auf Simon Kerner zu. Ihre ganze Erscheinung strahlte Energie und Dynamik aus. Die Ebenmäßigkeit ihrer Gesichtszüge konnte problemlos als Werbung für die Klinik dienen. Ihr Händedruck war fest und trocken, ihr Blick offen und direkt.

»Lieber Herr Kerner, schön, dass Sie es einrichten konnten. Herzlich willkommen in unserem Reich der Schönheit, Gesundheit und Erholung. Wie ich sehe, hat man Sie schon mit einem Getränk versorgt.« Sie legte Kerner in einer einnehmenden Geste die Hand leicht auf den Rücken, dann drehte sie sich um und zeigte in die Runde. »Ich vermute mal, die Herren kennen sich?«

Allgemeines Nicken im Kreis der Gäste. Mit einem Blick in Richtung Saaleingang stellte die Klinikchefin fest, dass ein weiterer Gast eingetroffen war.

»Meine Herren, Sie entschuldigen mich bitte. Gerade ist der Festredner, Herr Professor Albert D. Rosenklang, eingetroffen. Er ist eigens zum heutigen Anlass aus Colorado eingeflogen.«

Sie wandte sich ab und eilte in Richtung Eingang. Kerner warf einen flüchtigen Blick auf den Neuankömmling, einen großen, schlanken Mann, dessen lange weiße, ungebändigte Intellektuellenmähne sofort ins Auge stach.

»Na, mein lieber Kerner, auch wieder mal in Sachen Repräsentation unterwegs?« Landrat Zwiebel war ein stets aufgeräumter, jovialer Mann, der, ähnlich wie Kerner, keinen gesteigerten Wert auf Förmlichkeiten legte. Er kam her und drückte Kerner die Hand. »Ich muss schon sagen, die haben hier wirklich etwas Großartiges auf die Beine gestellt.« Er machte eine umfassende Handbewegung in den Raum. »Das ist für den gesamten Landkreis und natürlich auch für die Gemeinde Partenstein ein ausgesprochener Glücksfall, dass sich *Beautyworld* bei uns niedergelassen hat.«

»Hatten Sie bei der Baugenehmigung nicht etwas Bauchweh?«, wollte Kerner augenzwinkernd wissen. »Immerhin steht die Klinik direkt im Grenzbereich zwischen dem Stadtwald von Lohr und dem Gemeindewald Partenstein. Als

Pächter des Jagdreviers kann ich von den Störungen im Wald ein Lied singen.«

Zwiebel winkte ab. »Wo ein Wille, da auch eine Baugenehmigung, lieber Herr Kerner. *Spessart-Beautyworld* ist eine Privatklinik, die zahlreiche Arbeitsplätze sichert und ordentlich Steuern in die leeren Kassen spült. Da muss man als Politiker nach pragmatischen Lösungen suchen.«

Sie wechselten noch ein paar Worte, dann schlenderten sie weiter, jeder in eine andere Richtung.

Da fühlte Kerner eine leichte Berührung an seinem Arm. Er dreht sich um und sah in das lächelnde Gesicht von Rechtsanwältin Helsing-Wiesmann.

»Mein lieber Dr. Kerner, schön, dass wir uns nach so kurzer Zeit wiedersehen.« Sie gab ihm die Hand. »Wenn man so viel Schönheit um sich herum sieht, könnte man ja regelrecht Minderwertigkeitskomplexe bekommen.« Sie wies mit der Hand auf die Fotos, die auch hier die Wände schmückten. »Nur erstaunlich, dass hier ausschließlich weibliche Körper zu sehen sind. Man könnte zu dem Schluss kommen, dass Männer immer über Idealfiguren verfügen. Was natürlich ein Trugschluss wäre.« Sie warf Kerner einen schrägen Blick zu, dann fuhr sie fort: »Anwesende selbstverständlich ausgenommen.«

Kerner grinste. »Liebe Frau Kollegin, Sie in Verbindung mit dem Begriff Minderwertigkeitskomplex zu bringen, wäre wirklich vermessen. Im Übrigen wissen Sie selbst, dass Sie eine äußerst attraktive Figur haben.«

»Dr. Kerner, Dr. Kerner, flirten Sie etwa gerade mit mir?« Sie hob die Augenbrauen.

Kerner schmunzelte. »Wie käme ich dazu. Sie wissen, wir Juristen halten uns immer nur an Fakten. Reine Fakten!«

Sie hob ihr Glas, dann wechselte sie ziemlich abrupt das

Thema, wobei sie ihre Stimme senkte. »Wie ich erfahren habe, ist Kollege Schnitter auf äußerst grausame Weise gewaltsam ums Leben gekommen. Sie haben sicher davon gehört! In seine Wohnung soll auch eingebrochen worden sein.«

Kerner sah sie betroffen an. »Woher wissen Sie das? Ich selbst habe es auch erst vor zwei Stunden erfahren.«

»Auch unsereins hat seine Quellen«, erwiderte sie ausweichend.

Kerner bohrte nicht weiter nach, da Helsing-Wiesmann, wenn sie nicht wollte, ihm mit Sicherheit ihren Informanten nicht nennen würde. Da er nicht wusste, wie umfassend ihr Kenntnisstand war, hielt er sich bedeckt.

»Ja, ganz schlimme Sache. Ich kann mir überhaupt nicht vorstellen, welche Motive hinter dieser Gewalttat stecken könnten.«

Die Rechtsanwältin sah Kerner von der Seite her an. »Auf den ersten Blick war Kollege Schnitter ein äußerst zuverlässiger und seriöser Anwalt. Aber wer weiß, vielleicht hatte er eine dunkle Seite, die uns allen verschlossen geblieben ist. Wer kann schon in einen Menschen hineinsehen?«

Simon Kerner sah sie durchdringend an. Wusste die Frau etwas, was sie ihm mit dieser Formulierung andeuten wollte? Oder wollte sie nur Informationen aus ihm herauslocken. Kerner wusste aus beruflicher Erfahrung, dass Helsing-Wiesmann ein Kontrollfreak war. Sie würde sicher auch in einer lockeren Unterhaltung nichts Unüberlegtes von sich geben.

Sie lächelte. »Lieber Dr. Kerner, sehen Sie mich nicht so an. Von dem schrecklichen Schicksal des Kollegen habe ich über einen guten Bekannten bei der Polizei erfahren. Als ich heute mit der Kanzleileiterin Schnitters telefonierte, um mit ihr die Vertretung des Kollegen zu besprechen, berichtete sie mir über den Einbruch. Zufrieden?«

In diesem Augenblick schallte die Stimme der Klinikleiterin aus den Lautsprechern und forderte die Aufmerksamkeit der Anwesenden. Langsam schlenderten die Gäste mit den Gläsern in der Hand zu den Sitzreihen, die vor einer Art Bühne angeordnet waren.

»Wir sollten uns gelegentlich noch einmal darüber unterhalten«, gab Kerner zurück und bewegte sich ebenfalls nach vorne. »In meinem Gericht wird die Nachlasssache bearbeitet. Sollten Sie im Rahmen der Kanzleivertretung irgendwelche sachdienlichen Informationen erhalten, geben Sie diese bitte an uns weiter.«

Helsing-Wiesmann sah ihn durchdringend an. »Vielleicht haben wir wieder einmal die Gelegenheit, zusammen einen Kaffee zu trinken …«

Kerner ging nicht mehr darauf ein, da er den für ihn reservierten Stuhl gefunden hatte.

Nachdem alle saßen, ergriff Dr. Steinbrenner das Wort. Als die Klinikleiterin damit begann, die prominenten Gäste namentlich zu begrüßen, unterdrückte Kerner nur mühsam ein Gähnen. Das konnte dauern. Schließlich war sie durch und kam dazu, den Festredner anzukündigen. Mit klangvollen Worten schilderte sie fast fünf Minuten lang die Verdienste und die Stellung von Professor Dr. Albert D. Rosenklang im Unternehmen *Beautyworld Enterprises.* Als der Festredner endlich ans Mikrofon trat, hatten die meisten Zuhörer bereits jenen starren Gesichtsausdruck angenommen, der konzentriertes Zuhören demonstrieren sollte, in Wirklichkeit aber eine Art Agonie war. Kerner registrierte noch den starken amerikanischen Akzent Rosenklangs, dann verabschiedete er sich gedanklich in Überlegungen, die sich um die Frage rankten, warum Werner Schnitter auf diese brutale Weise aus dem Leben scheiden musste. Hatte der Mann tatsächlich ein dunkles Geheimnis?

Nach guten zwanzig Minuten schreckte Kerner leicht auf, weil rings um ihn herum freundlicher Applaus gespendet wurde. Kerner beeilte sich, ebenfalls zu klatschen. Professor Rosenklang bedankte sich. Die Klinikchefin kam mit einem Präsentkorb auf die Bühne und überreichte ihn mit wohl formulierten Worten an den Redner. Anschließend verkündete Frau Dr. Steinbrenner, dass nun für Interessierte eine Klinikführung in drei Gruppen angeboten werde, die natürlich wegen der gebotenen Diskretion nur in den patientenfernen Bereichen der Klinik durchgeführt werden konnte.

»Na, dann wollen wir mal sehen, wo man sich einen Schmerbauch in einen Sixpack umbauen lassen kann«, witzelte Landrat Zwiebel und legte jovial seine Rechte auf Kerners Schulter. Dabei sah er nach hinten zum Ausgang, wo sich drei wirklich äußerst hübsche Damen aufgestellt hatten, die offensichtlich als Führerinnen fungieren sollten. Kurz entschlossen gesellten sie sich zu der linken Dame. Zufällig befand sich auch Helsing-Wiesmann in dieser Gruppe.

Wenig später betraten sie über einen der gläsernen Korridore den linken Flügel der Klinik, der, wie die Führerin erläuterte, der Schönheits- und plastischen Chirurgie vorbehalten war. Kerner musste neidlos anerkennen, dass *Beautyworld* hier hervorragende architektonische Arbeit geleistet hatte.

Was Kerner auffiel, waren die Securityleute, die sich zwar diskret im Hintergrund hielten, aber überall dort zu sehen waren, wo Türen in Bereiche abgingen, die die Führung nicht umfasste.

Nach fünfzehn Minuten hatten sie neben der Klinikküche, die jedem Vier-Sterne-Restaurant hätte Konkurrenz machen können, auch einen durch eine Glaswand abgetrennten OP-Saal und ein komfortables Mustergästezimmer gesehen. Alles höchstes Niveau.

Danach wurde auch noch der Wellnessbereich im anderen Flügel präsentiert. War man gerade noch in einem klinischen Ambiente unterwegs gewesen, befand man sich plötzlich in einer beeindruckenden luxuriösen Umgebung, die erholungsbedürftigen Menschen Freude und Entspannung versprach.

Nach der Führung brachte sie ihre Hostess wieder in den Saal zurück. Inzwischen waren hier die Stuhlreihen entfernt und stattdessen ein kleines Buffet aufgebaut worden. Zahlreiche Bistrotische boten den Gästen die Möglichkeit, sich in Gruppen zusammenzustellen.

Es sollte wohl zufällig wirken, war es aber nach Kerners Einschätzung nicht. Helsing-Wiesmann stand plötzlich, bewaffnet mit einem kleinen Teller mit Kanapees und einem Glas, neben ihm. Sie suchte offensichtlich seine Nähe.

»Ist bei Ihnen noch Platz?«, fragte sie. Außer Kerner stand niemand an dem Tisch.

»Ja, bitte«, gab Kerner zurück und stellte sein Glas ab.

»Keinen Appetit?«, wollte sie wissen, weil Kerner sich noch nicht am Buffet bedient hatte.

»Ach, wissen Sie, ich mache mir nicht so viel aus diesen Sachen. Ich werde jetzt noch mein Glas austrinken und mich dann verabschieden. Damit dürfte der Höflichkeit Genüge getan sein.«

Ohne darauf einzugehen, fuhr sie fort: »Haben Sie die vielen Sicherheitsleute gesehen? Irgendwie schon ein bisschen irritierend.«

Kerner zuckte mit den Schultern. »Ich vermute mal, dass sich hier auch die schutzbedürftigen Gattinnen einiger ausländischer Diplomaten verschönern lassen. Sicher für Paparazzi ein gefundenes Fressen.«

»... oder die teuren Gespielinnen gewisser betuchter Herren«, ergänzte sie.

»Auch möglich.«

Helsing-Wiesmann merkte an Kerners Wortknappheit, dass ihn dies offensichtlich wenig interessierte. Sie nippte an ihrem Glas, dann sah sie sich um, ob auch niemand in Hörweite war, beugte sich zu Kerner hinüber und erklärte mit gedämpfter Stimme: »Um noch einmal auf Werner Schnitter zurückzukommen. Ich habe mir die ganze Zeit überlegt, ob ich mit Ihnen darüber sprechen soll, aber nachdem Ihr Haus das Nachlassverfahren betreibt, sollten Sie dies vielleicht wissen.« Sie legte eine Kunstpause ein, dann fuhr sie fort: »Es ist nur ein Gerücht in Kollegenkreisen ... aber Schnitter soll sich hier in dieser Einrichtung engagiert und dabei ziemlich viel Geld gemacht haben.«

Simon Kerner sah sie erstaunt an. »Meinen Sie als Justiziar?«

»Nun, nicht direkt im Unternehmen *Beautyworld*«, erwiderte sie zögernd, »mehr im Umfeld.« Sie holte tief Luft. »Wie man hört, wird und wurde hier auch schon die eine oder andere Freundin oder Ehefrau eines russischen Oligarchen rundernuert. Diese Herren machen bekanntermaßen gerne lukrative Geschäfte. Da kann ein guter Anwalt, der mit allen Wassern gewaschen ist, gutes Geld verdienen. Sicher deutlich mehr, als die Gebührentabelle für Rechtsanwälte üblicherweise hergibt. Aber wie gesagt, das ist nur ein Gerücht. Hätte ja sein können, dass Sie im Rahmen des Nachlassverfahrens auf Gelder gestoßen sind, die sich aus der anwaltlichen Tätigkeit des Kollegen vernünftigerweise nicht erklären lassen.«

Kerner sah sie prüfend an. »Wollen Sie damit andeuten, dass Schnitter Gelder an der Steuer vorbeigeschleust hat?«

Sie hob abwehrend die Hand. »Das ist alles Hörensagen. Aber unter den gegebenen besonderen Umständen dachte ich, Sie sollten das wissen.«

Kerner sah grübelnd in sein Glas. »… und Sie denken, diese mögliche Verbindung zu zwielichtigen Kreisen könnte der Grund sein, weshalb man ihn in seine Einzelteile zerlegt hat?«

Helsing-Wiesmann sah ihn durchdringend an. »Alles hypothetisch. Es könnte ja sein, dass er bei diesen Geschäften jemandem auf den Schlips getreten ist, der das nicht vertragen konnte. Diese Herrschaften haben, wie man hört, gelegentlich äußerst unfreundliche Umgangsformen.«

Kerner sah sie unauffällig von der Seite her an. Was wollte ihm die Frau sagen? Helsing-Wiesmann war eine gewiefte Anwältin, die nicht einfach so inhaltlose Vermutungen äußerte. Er konnte ihr Verhalten nicht einordnen. Kerner beschloss, das Gespräch zu beenden. Er trank sein Glas leer, dann meinte er: »Liebe Frau Kollegin, ich danke Ihnen für Ihre Hinweise. Wir werden ja sehen, was das Nachlassverfahren für Erkenntnisse an den Tag bringt und ob sich die Gerüchte bestätigen. Wenn Sie einverstanden sind, werde ich gegenüber der Kripo eine Andeutung machen. Der Leiter der Mordkommission ist mein Freund.

Sie entschuldigen mich jetzt bitte? Ich mache mich auf den Weg. Wir sehen uns.«

Sie gab ihm die Hand, wobei sie ihm so nahe kam, dass er wieder ihr Parfüm registrierte. Kerner wandte sich ab und verabschiedete sich von der Klinikchefin, die etwas abseits stand und sich mit dem Gastredner in englischer Sprache unterhielt. Als er den Saal verließ, folgten ihm zwei wachsame Augenpaare.

Im Hinausgehen kam Kerner an einem Ständer vorbei, der mit verschiedenen Hochglanzprospekten bestückt war, in denen das Angebot der Klinik ansprechend beschrieben war. Kerner überlegte einen Augenblick. In ein paar Tagen hatte Steffi Geburtstag und er hatte noch kein Geschenk. So ein verlängertes Wellnesswochenende hier im Haus wäre doch eine Superidee! Kurz entschlossen steckte Kerner die entsprechende Broschüre ein. Damit war das Geschenkproblem gelöst. Natürlich würde er Steffi zu diesem Wochenende begleiten. Nicht gerade sein Wunschtraum, aber da konnte er sich nicht verweigern. Als er den Ausgang passierte, streifte sein Blick ein Plakat, das eine große Blutspendeaktion in der Klinik ankündigte. Kerner hatte als Soldat Blut gespendet, dies in den letzten Jahren aber vernachlässigt. Er prägte sich den Termin ein.

Wenig später saß Kerner in seinem Defender und lenkte den Geländewagen vom Parkplatz. Wieder folgten ihm lautlos und unbeirrbar die Objektive verschiedener Überwachungskameras, bis er das Tor in der Mauer passierte. Als ihn nach einigen Metern der Blätterbaldachin des Waldes aufnahm, atmete er unwillkürlich befreit auf. Ein rascher Blick auf die Uhr in seinem Armaturenbrett zeigte ihm, dass ihm noch Zeit blieb, auf die Jagd zugehen.

17

Eine gute Stunde später saß Kerner auf einer Kanzel in der Nähe des *Todwalds*, etwa fünfhundert Meter entfernt vom *Ruhehain* am Rande einer Waldwiese, die in der vorherigen Nacht von einer Rotte Wildschweine umgewühlt worden war. Kerner sinnierte über die Bemerkungen von Helsing-Wiesmann nach. Hatte Schnitter wirklich Verbindungen zu kriminellen Kreisen? Er konnte sich das bei dem zuverlässigen Anwalt gar nicht vorstellen. Aber in seiner juristischen Laufbahn hatte er schon häufig feststellen müssen, dass man sich da gewaltig täuschen konnte. Der Gesetzesbrecher im Gewand des Biedermanns war eine häufige Erscheinung. Morgen würde er seinem Freund Eberhard das Gespräch mit Helsing-Wiesmann weitergeben.

Langsam kam die Dämmerung und durch das Blätterdach des Hochwaldes war die Scheibe des Mondes zu erkennen. In zwei Tagen würde Vollmond sein. Aber das Büchsenlicht reichte auch heute schon, um einen gezielten Schuss anzubringen. Dazu mussten die Schwarzkittel aber erst einmal kommen.

Kerner schreckte hoch. Er wusste nicht genau, was ihn aus seinem Schlummer aufgeschreckt hatte, aber er musste im Unterbewusstsein irgendein Geräusch wahrgenommen haben. Sein Blick glitt über die Grasfläche. Die Wiese lag mittlerweile im hellen Mondschein. Die Gräser schimmerten im fahlen Licht silbrig. Er hob sein Fernglas und suchte die gesamte Fläche ab. Da war aber kein Wildschwein zu entdecken. Plötzlich hörte er das Geräusch wieder. Es war unverkennbar der Klang eines Dieselmotors, der durch den Wald schallte. Wenn er genau hinsah, konnte er entfernt durch die Baumstämme einen Lichtschimmer erkennen.

»Verdammt, welcher Idiot fährt denn mitten in der Nacht durch den Wald?« Kerner war stinksauer. Den Ansitz konnte er vergessen. Bei dem Lärm würde mit Sicherheit kein Wild auf die Wiese austreten. Zornig packte er seine Utensilien in den Rucksack, schnappte sich sein Gewehr und stieg ab. Während er zu seinem Defender stapfte, überlegte er, was das für ein Fahrzeug gewesen sein könnte. Was gab es dort, wo er den Lichtschein gesehen hatte, für Wege? Kurz entschlossen schaltete Kerner seine Kopflampe ein, bog ab und marschierte quer durch den Baumbestand in die Richtung, in der nach seiner Vermutung das Fahrzeug unterwegs gewesen sein musste. Nachdem er ein ganzes Stück zurückgelegt hatte, stieß er unvermittelt auf einen breiteren Waldweg. Der Lichtstrahl seiner Kopflampe richtete sich auf die Fahrspur, die man mit einer Schicht grobem Schotter befestigt hatte. Kerner überlegte. Er kannte sein Revier wie seine Westentasche. Hier war noch nie ein befestigter Weg gewesen. Simon Kerner folgte dem Weg ein Stück, bis er auf eine Stelle traf, wo der Schotter nicht ganz flächendeckend aufgetragen worden war und der Waldboden hervorsah. Zischend sog er die Luft durch die Lippen. Deutlich zeichneten sich im feuchten Erdreich die Spuren von Reifen ab. Normales Straßenprofil, wie es bei Pkws üblich war. Der Abdruck war ganz frisch. Hier musste also das Fahrzeug, dessen Scheinwerferlicht er gesehen hatte, vorbeigefahren sein. Gab es in seinem Revier etwa Wilderer? Eine Überlegung, die gar nicht so abwegig war. Im Spessart gab es schon immer Wilderer, auch in der heutigen Zeit. In manchen Spessartdörfern gab es diesbezüglich sich hartnäckig haltende Traditionen.

Kerner überlegte kurz, dann entschied er sich, jetzt in der Nacht der Spur nicht weiter zu folgen. Morgen, bei Helligkeit, würde er sich den Verlauf des Weges mal genauer ansehen. Er drehte sich um und marschierte zu seinem Defender zurück.

Am nächsten Morgen hatte Kerner in seinem Büro einen Besprechungstermin mit einem Verteidiger, der ihn in der Strafsache seines Mandanten um ein Gespräch gebeten hatte. Kaum war der Anwalt gegangen, öffnete sich die Bürotür und seine Sekretärin sah herein.

»Herr Behlhammer hätte Sie gerne in der Nachlasssache Schnitter gesprochen. Geht das?«

»Ja, schicken Sie ihn herein«, erwiderte Kerner und erhob sich, um den Mitarbeiter zu begrüßen. Behlhammer war der zuständige Rechtspfleger, der in Sachen Schnitter die Nachlasssicherung durchgeführt hatte.

Kerner bot dem Rechtspfleger einen Platz am Besprechungstisch an.

»Herr Kerner, wir haben uns ja über die Nachlassangelegenheit Schnitter schon unterhalten. Jedenfalls habe ich gestern die Wohnung besichtigt und auch einen Besuch in seiner Kanzlei getätigt. In der Wohnung muss nach dem Einbruch erst mal aufgeräumt werden, bevor man mit einer Katalogisierung beginnen kann. Interessant ist Folgendes: In der Kanzlei fand ich im Schreibtisch des Erblassers Papiere, die darauf hindeuten, dass der Verstorbene ein Boot besaß. Es muss an einem Liegeplatz bei Harrbach am Main festgemacht sein. Ein Schlüssel lag auch dabei.«

»Haben Sie sich das Boot schon mal angesehen?«, wollte Kerner wissen.

Der Rechtspfleger schüttelte den Kopf.

»Haben Sie sonst irgendwelche Hinweise darauf gefunden, dass Schnitter irgendwo ein Vermögen versteckt hat? Es gibt diesbezügliche Gerüchte.«

Der Beamte hob verwundert die Augenbrauen und verneinte.

Kerner erhob sich. »Dann schlage ich vor, wir beide fahren jetzt nach Harrbach und sehen uns das Schiff an. Können Sie das einrichten?« Der Rechtspfleger war einverstanden und sie machten sich auf den Weg.

Kerner parkte seinen Defender am Mainufer des kleinen Ortes. In eine breite Altwasserbucht war eine Mole hineingebaut, an der zehn Motorboote unterschiedlicher Größe und Preisklasse vertäut waren. Schnitters Boot mit Namen *Möwe* war schnell gefunden. Eigentlich war es eher eine Jacht, die wegen ihrer Größe deutlich aus den anderen Booten herausragte. Sie betraten das schwankende Deck und der Rechtspfleger öffnete die Kajüte. Der Innenraum war großzügig geschnitten und aufwendig ausgestattet.

Kerner pfiff leise durch die Zähne. »Man gönnt sich ja sonst nichts! Nicht ganz billig, dieser Kahn.«

Sie öffneten verschiedene Schränke und Schubladen. Da waren alle möglichen Utensilien, aber Papiere fanden sie nicht. Als der Beamte hinter eines der Gemälde an der Wand blickte, entdeckte er einen Wandsafe, der mit einem elektronischen Nummernschloss gesichert war.

»Da muss wohl ein Spezialist ran«, stellte Kerner fest. »Würden Sie bitte veranlassen, dass der Schrank noch heute geöffnet wird? Beim Öffnen würde ich gerne dabei sein.«

»Ich werde Sie umgehend informieren, wenn der Fachmann vor Ort ist«, erklärte Behlhammer. Wenig später versiegelte der Rechtspfleger die Kajüte und sie verließen das Schiff.

Es war kurz nach fünfzehn Uhr, als Kerners Telefon läutete. Behlhammer war am Apparat und teilte ihm mit, dass der Experte einer Würzburger Tresorfirma bis fünfzehn Uhr vierzig an der Jacht eintreffen würde.

Pünktlich trafen sie sich am Steg. Der Mann besah sich den Safe, dann nickte er: »Es wird kein allzu großes Problem sein, das Ding zu knacken.«

»Machen Sie«, verlangte Kerner, »es geht um die Sicherung eines Nachlasses. Der Bootseigner ist verstorben.«

Der Mann verband das Zahlenschloss per Funk mit einem elektronischen Gerät, gab dort einige Kommandos ein und starrte dann auf das Display. Kerner konnte sehen, dass in Windeseile Zahlenkolonnen darüberhuschten, bis sie bei einer bestimmten, einstelligen Zahl stehen blieben. Der Spezialist wiederholte den Vorgang viermal und erhielt schließlich als Endergebnis die Zahlenreihe 1 1 2 6 6.

»Sieht ganz nach einem Geburtsdatum aus«, brummelte er und gab die Zahlen auf der Tastatur des Zahlenschlosses ein. Es knackte leise, dann konnte er ohne Probleme den Riegel des Safes öffnen. »Bitte schön«, sagte er lächelnd. »Die Rechnung geht an das Amtsgericht Gemünden?«

Der Rechtspfleger nickte und der Mann verließ das Schiff.

Behlhammer ärgerte sich etwas. »Wenn ich die Akten richtig im Kopf habe, hat der Mann recht. Die Kombination ist Schnitters Geburtstag. Darauf hätte ich auch kommen können.«

Kerner beschäftigte sich bereits mit dem Inhalt des Safes. Plötzlich stieß er einen leisen Pfiff aus. Auf einem dünnen Stapel von Papieren und einem Ordner lag eine Pistole.

»Schau einer an«, brummelte Kerner und überprüfte die Waffe. Es handelte sich tatsächlich um eine scharfe, durchgeladene Waffe. Er entfernte das Magazin und repetierte auch die Patrone aus dem Patronenlager. »Ob der Verstorbene hierfür einen Waffenschein hatte?« Er drückte die Waffe dem Rechtspfleger in die Hand. »Bitte prüfen Sie das nach. Bis dahin nehmen Sie sie bitte in Verwahrung.«

Behlhammer steckte die Pistole nebst Zubehör in seine Aktentasche. Kerner blätterte weiter die Papiere durch. »Hier sind Unterlagen über das Boot.« Er legte die Blätter zur Seite. Im Ordner befanden sich mehrere Verträge in englischer und russischer Sprache. Es handelte sich offenbar um Kopien. Kerner blätterte sie kurz durch.

»Ich kann das nicht lesen. Lassen Sie die Unterlagen bitte übersetzen. Soweit ersichtlich, geht es darin um sehr hohe Summen.«

Behlhammer nickte, dann legte er den Kopf schief und blickte noch einmal in den Tresor. »Dahinten liegt noch etwas«, stellte er fest und griff hinein. Er brachte einen kleinen Ordner zum Vorschein und schlug ihn auf. »Das sind ganz offensichtlich Kontoauszüge.«

Er gab Kerner die Unterlagen, der gespannt darin blätterte.

»Verdammt«, entfuhr es ihm, als er den Guthabensbetrag des jüngsten Auszugs registrierte. »Schauen Sie sich das an, fast 1,4 Millionen US-Dollar.«

Er suchte nach dem ältesten Auszug, der knapp zwei Jahre zurücklag, und blätterte von dort nach vorne. »Jeden Monat wurden rund 60.000 US-Dollar gutgeschrieben. Kein Hinweis, wer das Geld überwiesen hat. Sehen Sie sich den Namen der Bank an: *Bank of Northern Cayman Islands*, also eine Offshore-Bank. Da haben wir keine Chance, irgendwelche Auskünfte zu bekommen.« Er legte den Ordner zur Seite. »Ich frage mich, was ein Rechtsanwalt tun muss, um monatlich solche Beträge zu verdienen! Wie es aussieht, hatte unser seriöser Rechtsanwalt Schnitter ein Doppelleben, von dem wir keine Ahnung hatten.« Kerner übergab die ganzen Unterlagen Behlhammer. »Wir nehmen das alles in gerichtliche Verwahrung.«

Der Rechtspfleger verstaute alles in seinem Aktenkoffer. Wenig später verließen sie die wiederum versiegelte Jacht. Kerner hatte das ungute Gefühl, hier auf etwas Dunkles, Bedrohliches gestoßen zu sein, ohne dies näher definieren zu können.

Wieder im Büro zurück, griff er zum Telefon und wählte die Nummer von Eberhard Brunner. Der Leiter der Mordkommission war im Büro und nahm gleich ab. Nach einer kurzen Begrüßung kam Kerner auf den Punkt und berichtete dem Freund die neuesten Erkenntnisse in der Nachlasssache Schnitter.

»… und dann stießen wir in der Jacht auf Hinweise, dass Schnitter an irgendwelchen dubiosen Geschäften beteiligt gewesen sein musste. Das Guthaben, das er den gefundenen Kontoauszügen nach auf einer Offshore-Bank angehäuft hat, kann er nicht reell erworben haben. Diese Unterlagen waren meiner Meinung nach auch der Grund, weshalb seine Wohnung durchsucht wurde. Man wollte nicht, dass wir sie finden. Von dem Boot hatten die Täter vermutlich keine Ahnung. Die entsprechenden Papiere lagen nicht in seiner Wohnung, sondern in seiner Kanzlei. Vielleicht kommt man hinter sein Geheimnis, wenn man der Spur des Geldes folgt.«

Brunner hatte Kerner aufmerksam zugehört. »Kannst du mir bitte von allen Unterlagen, die ihr gefunden habt, Kopien zukommen lassen? Wir werden diese Geschäftsverbindungen Schnitters einmal etwas genauer unter die Lupe nehmen. Mit Offshore-Konten ist das allerdings fast aussichtslos.«

»Dann kannst du auch gleich die Pistole kriminaltechnisch untersuchen lassen, die wir im Safe auf dem Boot gefunden haben«, ergänzte Kerner. »Einen Waffenschein haben wir jedenfalls bis jetzt in seinem Nachlass nicht gefunden.«

»Machen wir. Simon, jedenfalls herzlichen Dank für die Informationen. Wir werden den Spuren nachgehen.«

Die beiden sagten einander zu, jederzeit Neuigkeiten in der Sache auszutauschen.

18

Johanna Siedler saß in der kleinen Küche ihrer Zweizimmerwohnung am Würzburger Peterplatz und trank versonnen eine Tasse Kaffee. Die Eindrücke der mit Eberhard Brunner verbrachten ersten gemeinsamen Nacht klangen heftig in ihr nach. Sie wusste nicht, wie sie mit diesen unerwartet starken Gefühlen umgehen sollte. Irgendwie fühlte sie sich von ihren eigenen Empfindungen regelrecht überrumpelt. Natürlich hatte sie ihm gleich bei ihrem ersten Date mehr oder weniger deutlich klargemacht, im Augenblick nicht an einer festen Beziehung interessiert zu sein. Brunner hatte ihr versichert, dass er ebenso dachte. Das Problem war nur, ihre augenblicklichen Gefühle kümmerten sich einen Teufel um ihre vom Verstand geprägte Einstellung. Sie spürte, dass ihr Herz klammheimlich versuchte, ihr rationales Denken zu dominieren. Zwischen Eberhard und ihr stimmte einfach die Chemie. Sie musste sich eingestehen, dass sie Eberhard Brunner im wahrsten Sinne des Wortes gut riechen konnte. Etwas, was ihr schon seit Jahren nicht mehr begegnet war. Wenn er nur nicht so zärtlich gewesen wäre! Andererseits war sie glücklich darüber. War sie wirklich bereit, die Mauer, die sie um ihre Gefühlswelt herum aufgebaut hatte, zu öffnen? Was, wenn sie sich auf Brunner einließ und er sie zurückstieß, weil er nur Unverbindlichkeit wollte? Das hätte sie nach den Erfahrungen zweier gescheiterter Beziehungen nicht verkraftet.

»Johanna, du bist eine dumme Kuh!«, schimpfte sie sich im Selbstgespräch und zwang sich, diese Gedanken zur Seite zu schieben. Sie würde Brunner unauffällig, aber trotzdem genau beobachten, um seine Signale richtig einzuordnen. Irgendwie musste sie sich schützen, weil sie nicht verletzt werden wollte. Zu frisch war noch die Narbe, die von ihrer letzten heftigen Trennung zurückgeblieben war.

Energisch zwang sie sich, an die vermissten Obdachlosen zu denken. Die Tatsache, dass sie Christoph auch am Abend des gestrigen Tages nicht an dem verabredeten Platz angefunden hatte, bereitete ihr ziemliche Sorgen. Nur weil ein Mensch obdachlos war, war er nicht zwangsläufig unzuverlässig. Wenn Christoph etwas sagte, konnte man sich gewöhnlich darauf verlassen. Sie warf einen Blick auf ihre Armbanduhr. Neun Uhr. Um diese Zeit hatten die Übernachtungsgäste die *Heimkehr* für gewöhnlich verlassen. Sie hatte sich vorgenommen, hinzugehen und dort nach dem *alten Christoph* zu fragen. Vielleicht hatte er doch wieder dort übernachtet. Bei der Gelegenheit konnte sie sich auch einmal nach dem Professor erkundigen. Da sie im Rahmen ihrer Tätigkeit immer wieder mal dort vorbeisah, würde ihr der Heimleiter wahrscheinlich offener Auskunft geben, als wenn Eberhard dort mit seinem Dienstausweis auftauchte. Sie erhob sich und schnappte sich ihre Jeansjacke. Zu Fuß waren es nur gut fünfzehn Minuten bis zur *Heimkehr*.

Wer die Obdachlosenunterkunft betreten wollte, musste läuten. Sie drückte den Klingelknopf und winkte kurz zur Überwachungskamera hinauf, die den Eingang im Blick hatte. Der Türsummer öffnete ihr. Ronald Meyer stand im Flur und sah ihr entgegen. Irgendwie schien er schlecht gelaunt.

»Hallo Ronald«, grüßte sie und gab ihm die Hand. »Viel zu tun?«

»Na ja, der übliche Papierkram. Das wird auch jedes Jahr mehr. Scheiß Bürokratie!«

Johanna nickte beipflichtend. Sie betraten sein Büro.

»Was kann ich für dich tun?«, fragte Meyer. »Falls du jemand Bestimmtes antreffen wolltest, bist du leider zu spät. Unsere Kundschaft hat schon das Haus verlassen.«

»Weiß ich«, gab die Streetworkerin zurück und setzte sich unaufgefordert auf einen einfachen Holzstuhl, der an der Wand stand. »Sag mal, hat der alte Christoph heute Nacht hier geschlafen? Er ist doch hier Stammgast.«

Meyer sah sie kurz an, dann entgegnete er: »Ja, der Alte schläft fast immer hier. Heute Nacht war er allerdings nicht da. Hat mich schon gewundert.«

»Ich mache mir etwas Sorgen um ihn. Er ist ja wirklich nicht mehr der Jüngste und das Leben im Freien, in dem Alter …«

»Stimmt«, stellte Meyer lakonisch fest. Wieso fragte die Tante ausgerechnet heute nach dem Alten? Die vermeintliche Bewegung am Fenster bei der Abholung des Professors bereitete ihm Kopfzerbrechen. Die ganze Zeit hatte er sich damit beruhigt, sich getäuscht zu haben. Aber hinter dem betreffenden Fenster lag der Raum, in dem auch der Alte genächtigt hatte. Und heute Nacht hatte er nicht hier geschlafen! Hatte er vielleicht doch etwas gesehen? Das wäre eine Katastrophe! Er musste das unbedingt herausfinden! Es fiel ihm schwer, sich auf die Streetworkerin zu konzentrieren. Da redete sie auch schon weiter: »Sag mal, der Professor war hier doch auch öfters Gast?«

Meyer legte seinen Kugelschreiber aus der Hand. »Ja, er schläft schon hin und wieder bei uns – wenn er nüchtern ist.« In seinen Blick schlich sich eine gewisse Vorsicht. »Warum, war … gibt es Ärger mit ihm?«

Aus seiner Reaktion schloss die Streetworkerin, dass er offenbar den Presseaufruf der Polizei noch nicht kannte.

»Hast du es nicht in der Zeitung gelesen? Die Polizei hat zwei unbekannte Leichen gefunden und mittels eines Aufrufs um Hinweise gebeten. Einer der Toten, der in einem Auto verbrannt ist, hatte eine nicht alltägliche Gürtelschließe, die weitgehend erhalten geblieben ist. Ich habe von einem Probanden einen Hinweis bekommen, dass es sich um die Gürtelschließe des Professors handeln könnte.«

»Das ist das Erste, was ich höre«, entgegnete Meyer, der seine Betroffenheit nicht spielen musste. »Ich muss gestehen, dass ich in der letzten Zeit keine Zeitung gelesen habe. Ich habe einfach zu viel um die Ohren.« Er wischte sich eine Haarsträhne aus der Stirn. Ihm war klar, er musste unbedingt herausfinden, wer ihr diesen Hinweis gegeben hatte. »Und dein Informant meint wirklich, dass die Schließe unserem Professor gehört? Ist es jemand aus dem Milieu?«

»Ja.« Die Streetworkerin zeigte sich plötzlich zugeknöpft.

»Verbrannt?«, fuhr Meyer fort. »Das ist echt krass! Wie kommt der denn zu einem Auto?«

Johanna zuckte mit den Schultern. »Keine Ahnung. Wann war er denn das letzte Mal hier?« Ihre blauen Augen fokussierten Meyer, der plötzlich unruhig wirkte und seinen Blick auf die Schreibtischplatte senkte. Innerlich schrillten bei Meyer alle Alarmglocken. Diese Fragerei nach dem Professor machte ihn mehr als nervös. Verdammt noch mal, wer war dieser Informant? Wusste die Frau mehr, als sie zugab, oder klopfte sie nur auf den Busch? Es musste doch einen Grund geben, weswegen sie so gezielt hier herumschnüffelte! Hinzu kam, dass er nicht verstehen konnte, wieso der Professor verbrannt sein sollte. Das hätte eigentlich nicht sein dürfen! Er riss sich zusammen. Am besten er blieb bei seiner Antwort so nahe wie möglich an der Wahrheit.

»Vor ein paar Tagen war er hier und wollte einchecken. Ich habe ihn dann aber rausgeschmissen, weil er total besoffen war. Richtig hackedicht. Du kennst unsere Regeln. Er ist dann wieder abgedampft, seitdem habe ich von ihm weder was gesehen noch gehört.«

»Konntest du auch nicht mehr, wahrscheinlich war er nicht lange danach tot. Wirklich eine tragische Angelegenheit.«

Meyer nickte mit gespieltem Mitgefühl. Er spürte, wie ihm der Schweiß den Rücken hinunterlief. Wenn die Streetworkerin sich nur endlich erheben und gehen würde. Sie blieb aber sitzen, als hätte sie Pech am Hintern.

Endlich erhob sie sich. »Okay, dann werde ich mal weitermachen. Ich muss jetzt erst mal ins Büro zu einer Dienstbesprechung.« Sie gab Meyer die Hand. »Ach ja, wenn ich schon mal hier bin, werfe ich wie immer einen Blick in deine Kartei. Ich will mal sehen, ob es neue Kunden gibt, von denen ich noch nichts weiß.«

Der Heimleiter musste sich sehr zusammennehmen, dass er nicht hektisch aufsprang. Eine Ablehnung des Wunsches hätte sie misstrauisch gemacht. Ihre Bitte war allerdings nicht ungewöhnlich. Auf seinen Karteikarten notierte er neben dem Spitznamen auch den vollständigen Namen und andere persönliche Daten der Übernachtungsgäste, soweit er sie in Erfahrung bringen konnte. Bei ihren Besuchen warf die Streetworkerin meist auch einen Blick auf die Kartei, weil manche frisch nach Würzburg zugewanderte Obdachlose oftmals zuerst die *Heimkehr* aufsuchten.

»Kein Problem«, gab er gezwungen lässig zurück, »du weißt ja, wo der Kasten steht.« Innerlich verfluchte er seinen Übereifer, mit dem er die Karte des Professors bereits aus dem Bestand herausgeschmissen hatte. Hoffentlich fiel das der Siedler nicht auf! In Gedanken arbeitete er hektisch an einer einigermaßen plausiblen Ausrede. Meyer hörte durch die offene Bürotür, wie sie die Portiersloge betrat. Danach war einige Zeit angespannte Ruhe. Ein paar Minuten später rief sie: »Vielen Dank! Schönen Tag noch!«

Aufatmend erwiderte der Heimleiter den Wunsch, dann endlich hörte er die Eingangstür ins Schloss fallen. Sein erster Impuls war, die bewusste Handynummer anzurufen und seinen »Geschäftspartnern« vom Besuch der Streetworkerin zu berichten. Wie konnte es sein, dass der Professor in einem Auto verbrannte? Bisher hatte es nie Probleme gegeben. Nach der Abholung waren die Lieferungen nie mehr aufgetaucht.

Er steckte das Mobiltelefon in die Tasche zurück. Weiß der Geier, wie die Kerle auf die Ereignisse reagieren, dachte er. Es war sein Fehler gewesen, die Karteikarte des Professors gleich zu schreddern. Womöglich würde er sich mit diesem Anruf sein ganzes Nebengeschäft kaputt machen, wenn nicht noch Schlimmeres geschah. Mit den Kerlen war nicht zu spaßen.

Langsam beruhigte er sich wieder. Die Siedler hatte offenbar nichts bemerkt, sonst hätte sie doch sicher nachgefragt. Trotzdem blieb ein Rest von Unsicherheit, der ihm als Risiko schon zu hoch war. Spontan erhob er sich, griff sich seine Lederjacke vom Haken und verließ die *Heimkehr*. Er musste unbedingt etwas unternehmen. Im Moment fühlte er sich, als säße er auf einem Pulverfass. Nachdem er abgeschlossen hatte, sah er links und rechts die Straße entlang. Er konnte die Streetworkerin gerade noch um die Ecke verschwinden sehen. Er stieß innerlich einen Fluch aus. Wenn sie, wie sie ihm gesagt hatte, zu ihrer Dienststelle im Rathaus gewollt hätte, hätte sie genau die entgegengesetzte Richtung einschlagen müssen. Warum belog sie ihn? Er bohrte seine Fäuste in die Jackentaschen und eilte ihr hinterher. Vielleicht traf sie sich mit dem unbekannten Informanten.

Meyers Instinkt trog ihn nicht. Johanna hatte natürlich sofort bemerkt, dass die Karteikarte des Professors nicht mehr eingestellt war. Zuerst wollte sie Meyer darauf ansprechen, unterließ es dann aber, weil sie ein ganz komisches Gefühl hatte. Sein Verhalten hatte ihrer Empfindung nach eine merkwürdige Qualität. Es war mehr als bloße Betroffenheit über den Tod eines Menschen, den er zwar gekannt, der ihm aber sicher nicht sonderlich nahegestanden hatte. Die plötzlich angespannte, um nicht zu sagen verkrampfte Körperhaltung des Heimleiters während ihres Gesprächs war ihr nicht entgangen. Ihre Dienststelle konnte noch warten. Zunächst musste sie sich erst mal um den alten Christoph kümmern. Die beste Chance, etwas zu erfahren, hatte sie in der Szene. Die Obdachlosen kannten Schlafplätze, wo sie keiner aufstöbern konnte – auch sie nicht. Schon das ungeklärte Verschwinden einiger anderer Obdachloser bereitete ihr permanentes Unbehagen. Sicher war es nicht so ungewöhnlich, dass der eine oder andere ihrer Probanden Würzburg verließ und in eine andere Stadt zog, aber die Vermissten waren eigentlich schon Jahre standorttreu gewesen. Jetzt kamen der gewalttätige Tod des Professors und das Verschwinden Christophs dazu. Sie war extrem beunruhigt. Johanna beschloss, zum Bahnhof zu laufen und sich umzusehen. Auf dem Vorplatz waren immer wieder Probanden von ihr anzutreffen. Vielleicht suchte der alte Obdachlose die Gesellschaft anderer, weil er sich dann sicherer fühlte?

In ihre Gedanken versunken, bemerkte sie ihren Verfolger nicht.

19

Der Bahnhofsvorplatz war, wie immer um diese Uhrzeit, stark bevölkert. Angekommene Reisende strebten der Stadt zu, Abfahrende hatten die Bahnhofshalle als Ziel. Dazwischen erkannte Johanna Siedler eine Gruppe von mehreren Punkern, die mit einigen Hunden vor den Verkaufspavillons herumsaßen und hin und wieder die Passanten um Geld anbettelten. Die jungen Leute verhielten sich dabei durchaus höflich und nicht aggressiv. Johanna kannte die meisten. Sie waren eigentlich nicht obdachlos, hatten aber keine geregelte Arbeit und verbrachten hier ihre Tage. Mitten in der Gruppe saß der *Spieß*. Seinen Namen verdankte er dem Gerücht, in jungen Jahren in der Fremdenlegion gedient zu haben. Außerdem war er nur in Camouflageklamotten anzutreffen und seine Stimme hatte die Lautstärke und Rauheit eines Bundeswehrfeldwebels. Der Spieß gehörte schon seit Jahren zu Johannas Probanden. Er war ortstreu und bei vielen Bürgern bekannt. Seine Besitztümer trug er in einem großen Militärrucksack mit sich herum. Auch sein wettergegerbtes Gesicht, sein zum Pferdeschwanz gebundenes Haar und der lange, ungepflegte graue Bart zeugten von einem Leben außerhalb bürgerlicher Normen.

Als die Gruppe die Streetworkerin auf sich zukommen sah, begrüßten sie Johanna mit frotzelnden Bemerkungen. Sie nahm ihnen das nicht übel, wusste sie doch, dass in diesen Äußerungen auch ein gutes Stück Anerkennung für ihre Arbeit steckte. In gewisser Weise vertrauten sie ihr.

»Hallo, Leute«, rief sie und winkte ihnen zu. Dass hier

am frühen Vormittag schon einige Bierflaschen die Runde machten, störte sie nicht. Was Alkoholkonsum betraf, durfte man in der Szene nicht zimperlich sein. Sie beugte sich herunter und streichelte die Hunde, die sich neugierig an sie drängten. Alle die wildesten Mischungen. Dabei näherte sie sich dem Spieß. Er saß auf einem niedrigen Mauerabsatz und kreuzte die Beine im Schneidersitz. Sie ging neben ihm in die Hocke.

»Servus, Johanna«, grüßte er, wobei seine Stimme heute besonders knarrend klang, und zwinkerte ihr spitzbübisch zu. »Auch schon ausgeschlafen? Heiße Nacht gehabt?« Er lachte verschleimt, dann setzte er die Bierflasche an, die er mit beiden Händen umfasst hielt, und trank einen Schluck.

»Guten Morgen, Spieß«, erwiderte Johanna, »du bist heute ja wieder besonders gut drauf.«

»Ja, mir geht's auch gut. Schönes Wetter, nette Menschen um mich herum«, er machte eine halbkreisförmige Bewegung mit der Flasche, »und dann auch noch liebenswerter Damenbesuch. Was will man mehr?«

Johanna lachte ebenfalls, dann wurde sie wieder ernst. »Sag mal, du kennst doch fast jeden in der Szene. Hast du gestern oder heute den alten Christoph gesehen? Ich hätte was mit ihm zu besprechen.«

Der Spieß legte den Kopf schief, kniff ein Auge zu und sah sie schräg von der Seite an. »Hat er Ärger mit der Behörde?«

»Nein, keine Sorge. Ehrlich nicht.«

»Lass mich mal nachdenken.« Er nahm erneut einen Schluck Bier, stieß vernehmlich auf, dann schüttelte er nachdrücklich den Kopf. »Also, wenn ich mir das recht überlege, den Alten habe ich schon seit drei Tagen nicht mehr gesehen. Ich muss allerdings auch dazu sagen, dass ich zurzeit kaum an seinem Platz in der Eichhornstraße vorbeikomme. Bis vor kurzem hatte ich eine private Alternative ... und jetzt penne ich wieder am Main. Ich war der Dame zu anstrengend.« Er zwinkerte ihr zu und lachte scheppernd.

»Andere Frage«, fuhr Johanna fort und wurde ernst. »Kannst du mir sagen, wann du den Professor zum letzten Mal gesehen hast?«

»Das sind heute aber viele Fragen«, knarrte der Spieß und sah sie durchdringend an.

»Ich weiß«, erwiderte die Streetworkerin, »aber das hat seinen Grund. Die Polizei hat vor ein paar Tagen eine verbrannte Leiche aus einem ausgebrannten Autowrack herausgeholt. Es gibt Hinweise darauf, dass es sich um den Professor handelt.«

Der Spieß riss die Augen auf und schüttelte den Kopf. »Das kann ich mir nicht vorstellen! Vor gut einer Woche habe ich ihn zufällig unten am Main getroffen. Er war ziemlich besoffen ... also ging es ihm gut. Er hat was erzählt, dass er von Würzburg weggehen will. Aber der Professor hat schon viel erzählt, wenn der Tag lang war. Seitdem habe ich ihn nicht mehr getroffen.« Er schwieg nachdenklich.

Johanna erhob sich langsam.

»Hast du bei der Gelegenheit eine Gürtelschließe mit einem Wolfkopf darauf bei ihm gesehen?«

»Keine Ahnung«, erwiderte der Spieß, »er hatte, soweit ich mich erinnern kann, eine dicke Jacke an. Ich schau den Leuten nicht auf die Klamotten.«

Sie schwieg einen Augenblick, dann fragte sie: »Bei dir ist sonst alles im grünen Bereich?«

Der Spieß nickte geistesabwesend. Seine Betroffenheit war echt. »Bei mir ist alles bestens, Mädel, wirklich alles bestens«, sagte er leise. Schließlich riss er sich aus seinen Gedanken. »Haben die Bullen schon eine Ahnung, wer das gemacht hat?«

Sie schüttelte den Kopf. »Die Polizei steht noch völlig am Anfang ihrer Ermittlungen.«

»Der Professor war ganz in Ordnung. Diesen Tod hat er jedenfalls nicht verdient. Sei mir nicht böse, Mädel, aber ich glaube, du lässt mich jetzt erst mal in Ruhe, das muss ich erst verdauen.«

Johanna erhob sich. »Auch du solltest vielleicht mal darüber nachdenken, öfter in der *Heimkehr* zu übernachten, auch wenn dir das zuwider ist. Die Straßen sind nicht mehr so sicher, wie sie mal waren. In der letzten Zeit sind einige Leute aus der Szene verschwunden.«

Der Spieß winkte verächtlich ab. Dabei blickte er sichernd nach links und rechts, dann öffnete er seine Militärjacke und gestattete Johanna einen Blick auf seinen Gürtel. Beklommen erkannte sie ein langes feststehendes Messer, das er dort in einer Scheide trug.

»Mein scharfer Freund hier passt schon auf mich auf«, ergänzte er und schloss die Jacke wieder.

»Mach bloß keinen Unsinn«, sagte sie leise, »ich habe das Messer nicht gesehen. Wenn die Polizei dich damit erwischt, gibt es Ärger, das weißt du.«

»Keine Sorge«, knarrte er, dann hob er zum Abschied die Hand. Sie winkte knapp zurück, dann entfernte sie sich wieder in Richtung Kaiserstraße. Sie musste jetzt tatsächlich ins Büro. Obwohl sie ziemlich frei arbeiten konnte, kam sie um die Einhaltung gewisser dienstlicher Verpflichtungen nicht herum.

Ronald Meyer, der sich hinter dem Kiliansbrunnen versteckt hatte, konnte Johanna von dieser Stelle aus gut beobachten.

Natürlich verstand er nicht, was sie sagte. Für ihn war aber klar, sie setzte ihr Vorhaben, in der Szene nach dem alten Obdachlosen zu forschen, in die Tat um. Oder war womöglich der Spieß der Informant? Die beiden unterhielten sich auf jeden Fall sehr intensiv. Meyer wollte sich Gewissheit verschaffen! In seiner speziellen Situation musste er jegliches Risiko für sich ausschalten, weil seine »Geschäftspartner« keine Fehler verziehen. Bei dem Gedanken an die möglichen Folgen für ihn zog es ihm die Kopfhaut zusammen. Wie kam er an den Spieß ran, um herauszufinden, was die Siedler mit ihm besprochen hatte? Eine schwierige Aufgabe. Der Typ war ein Sonderling und für ihn nicht leicht zu fassen, weil er nie in der *Heimkehr* übernachtete.

Drüben bei der Gruppe gab es ein kurzes, lautes Palaver mit den Punkern, dann warf der Spieß sich seinen Rucksack über und marschierte flotten Schrittes in Richtung Innenstadt. Ohne zu zögern, löste sich Meyer aus dem Schatten des Brunnens und folgte ihm auf der anderen Seite des Bahnhofsvorplatzes in Richtung Bahnhofstraße. Da der Spieß eine markante äußere Erscheinung war, die unter den Passanten der Kaiserstraße hervorstach, bestand keine Gefahr, ihn aus den Augen zu verlieren. Ohne Probleme folgte er ihm auf dem gegenüberliegenden Gehsteig. Plötzlich begann der Obdachlose laut zu singen. Seine knarrende Stimme trug weit und einzelne Fußgänger wichen befremdet auf die andere Straßenseite aus. Zwischendurch machte sich der Spieß einen Spaß daraus, im Vorübergehen junge Frauen mit einem munteren »Hallo, schöne Frau« oder »Na, wie wär's mit uns zwei?« anzusprechen, was meist erschrockene Reaktionen auslöste. Was wiederum den Obdachlosen zu einem knarrenden Lachen animierte. So erreichten er und sein Verfolger gute zehn Minuten später den dicht bevölkerten Oberen

Markt, den der Obdachlose überquerte. Plötzlich blieb er stehen und beugte sich über einen Abfallkorb. Einen Moment später hielt er einen benutzten Getränkebecher in der Hand. Er ging weiter. Am Obelisken auf dem Unteren Markt blieb er stehen, setzte seinen Rucksack ab und ließ sich auf den Stufen des Denkmals nieder. Auch hier wimmelte es von Bürgern und Touristen. Er stellte den Trinkbecher vor sich auf den Boden, dann zog er eine Mundharmonika aus einer Seitentasche seines Rucksacks und begann zu spielen. Seine Absicht war eindeutig. Obwohl Meyer für solche Gedanken keinen Raum hatte, musste er zugeben, dass der Spieß das Harmonikaspiel ganz gut beherrschte. Es dauerte nicht lange, dann fielen die ersten Geldstücke in den Trinkbecher. Wie zu erwarten gewesen war, näherten sich bald zwei schwarz gekleidete Gestalten, ein Mann und eine Frau, in der Uniform des städtischen Ordnungsdienstes. Der Spieß musste sie auch schon entdeckt haben, denn er griff blitzschnell nach vorne und leerte den Inhalt seines Bechers in die hohle Hand, dann stellte er ihn neben sich. Die Münzen ließ er ganz gemächlich in seiner Jackentasche verschwinden.

Die beiden Ordnungshüter blieben vor dem Obdachlosen stehen und sahen ihn an.

»Ist schon gut«, hörte Meyer den Spieß sagen, »ich hör ja schon auf. Wollte doch nur ein wenig Musik machen. So zum Spaß, nur für mich.« Er steckte seine Mundharmonika weg.

»Das können Sie Ihrer alten Oma erzählen. Sie wissen genau, dass Betteln in der Öffentlichkeit verboten ist«, erklärte die Frau. »Wir haben Ihnen das schon bei mehreren Gelegenheiten gesagt.«

»Kein Mensch hat hier gebettelt«, gab der Obdachlose gespielt beleidigt zurück.

»Und was ist mit dem Trinkbecher da?«, wollte der Mann wissen.

Der Spieß drehte sich erstaunt zur Seite und musterte den Becher, als wäre er gerade wie durch ein Wunder vom Himmel gefallen.

»Man soll es nicht glauben«, stellte er knarrend fest, »wo die Menschen überall ihren Müll entsorgen. Dabei gibt es hier doch so viele schöne Abfalleimer.«

»Wenn Sie denken, Sie können uns hier auf der Nase herumtanzen, dann haben Sie sich geschnitten«, erklärte die Frau leicht verärgert. Mittlerweile hatte sich eine interessierte Menschentraube um die drei Personen gebildet. Es gab die ersten Kommentare, die alle zugunsten des Obdachlosen ausfielen. Die beiden Ordnungshüter merkten natürlich, dass sich die Stimmung im Umfeld gegen sie wendete.

Der Mann sah sich kurz um, dann erklärte er knapp: »Sie wissen Bescheid. Ich spreche gegen Sie für heute ein Platzverbot aus. Bitte verlassen Sie auf der Stelle den Marktplatz. Sollten Sie heute noch einmal hier angetroffen werden, müssen wir leider die Polizei verständigen.«

Der Spieß brummelte etwas in seinen Bart, das man zwar nicht verstehen konnte, aber sicher keine Freundlichkeit war. »Ich weiche der brutalen Staatsgewalt!«, stieß er schließlich hervor, stand auf, warf sich den Rucksack über und trottete davon. Während er sich durch die Menschen zwängte, wurden ihm von mehreren Personen diskret Geldstücke in die Hand gedrückt.

Meyer, der die Szene beobachtet hatte, sah den Obdachlosen durch die Schustergasse verschwinden. Der Heimleiter beeilte sich, ihm zu folgen. Als er die Gasse verließ, sah er den Spieß gegenüber auf einer der Metallbänke auf dem Sternplatz. Er hatte sich dort niedergelassen und war gerade dabei, sich eine Zigarette zu drehen. Meyer überquerte die Straße und näherte sich der Bank von der Seite. Er war schon fast daran vorbei, als er plötzlich stehen blieb und so tat, als würde er den Obdachlosen gerade erst bemerken. Er trat einige Schritte näher und rief: »Ach, der Spieß, lange nicht mehr gesehen! Was dagegen, wenn ich mich kurz setze?«

Der Spieß musterte ihn mit zusammengekniffenen Augen. Der Typ hatte ihm gerade noch gefehlt. Eigentlich wollte er seine Ruhe haben. Laut knarrte er: »Wir leben in einem freien Land.« Mit einem Gasfeuerzeug brannte er den dünnen Stängel an. Nach einem tiefen Lungenzug stieß er eine Wolke bläulichen Rauches aus.

»Was willst du? Wenn du mich überreden willst, in deiner Absteige zu nächtigen, dann muss ich dich enttäuschen. Ich brauche frische Luft und den Himmel über mir. Wenn du verstehst, was ich meine.«

»Jeder, wie er will. Wie du schon sagtest, wir leben in einem freien Land. – Aber was anderes. Weil ich dich gerade sehe, hast du zufällig in den letzten Tagen mal den alten Christoph gesehen? Normalerweise übernachtet er immer in der *Heimkehr*. Heute Nacht war er nicht da. Ich mache mir ein wenig Sorgen um den alten Mann.«

Der Spieß sah Meyer von der Seite her an. »Du meinst den alten Strickstrumpf aus der Eichhornstraße?«

Meyer nickte.

»Muss ich mal nachdenken.« Er legte seine Stirn in Falten, als müsse er massive Denkarbeit leisten, dann erklärte er: »Sorry, schon lange nicht mehr gesehen.«

»War ja nur ne Frage«, erwiderte der Heimleiter, »… und gibt es sonst was Neues?«

Der Spieß sah ihn schräg an. »Ja, ich habe im Lotto gewonnen und lebe nur noch zum Spaß auf der Straße.«

Meyer merkte, dass der Mann ihn los sein wollte. »Na, dann herzlichen Glückwunsch. Ich will nicht weiter stören.« Er erhob sich und marschierte davon.

Der Obdachlose sah Meyer misstrauisch hinterher. Er konnte diesen schleimigen Typen einfach nicht ausstehen. Die angebliche Sorge um Christoph nahm er ihm einfach nicht ab. Der Spieß spuckte verächtlich auf die Straße, was einige Passanten zu einer angeekelten Grimasse veranlasste. Ihm war das egal. Obwohl er nach außen gelassen wirkte, hatte ihn der Bericht der Streetworkerin über den Tod des Professors ziemlich aufgewühlt.

Meyer war nun noch beunruhigter. Er hatte das Gefühl, als würde das berühmte Damoklesschwert über seinem Kopf schweben. Da war etwas im Busch! Er musste unbedingt nachdenken. Meyer betrat das *Martinelli*, eine kleine, gemütliche Kaffeebar in der Schustergasse, in der er sich einen Cappuccino bestellte. Er setzte sich auf einen Hocker und starrte hinaus auf die Gasse, in der die Menschen geschäftig vorbeihasteten. Was sollte er als nächsten Schritt unternehmen? Wenn er die dunklen Geister rief, waren sie nicht mehr aufzuhalten. Er hatte wirklich keine Lust, wie der Professor zu enden. Andererseits, wenn er nichts sagte und dann eine Katastrophe eintrat, würde er auf jeden Fall dran glauben müssen.

Nach einer Viertelstunde hatte er sich entschieden. Um den Anruf kam er nicht herum. Wahrscheinlich waren eventuelle Probleme jetzt noch im Keim zu ersticken. Meyer eilte in die *Heimkehr* zurück, um dort ungestört zu telefonieren. In seinem Büro wählte er die Nummer, die er in sein Handy eingespeichert hatte.

Bereits nach dem ersten Läuten kam ein harsches »Ja« aus dem Lautsprecher.

»Hier Meyer«, gab er sich zu erkennen. »Es gibt da womöglich ein ziemliches Problem.«

In der Leitung war kurzfristig Schweigen, dann kam die knappe Anweisung: »Nicht am Telefon! In einer Stunde auf dem Parkplatz am Bahnhof von Retzbach.« Der Gesprächspartner legte auf.

Ronald Meyer stand der Schweiß auf der Stirn, plötzlich verspürte er regelrechte Todesangst. Hoffentlich hatte er nicht gerade seinen eigenen Henker gerufen. Aber es half alles nichts. Jetzt hatte er die Maschinerie in Gang gesetzt. Das war nicht mehr rückgängig zu machen. Er verließ die *Heimkehr*, um sein Auto zu holen, das er in einer nahe gelegenen Tiefgarage geparkt hatte. Zehn Minuten später war er unterwegs. Fünf Minuten vor der vereinbarten Zeit traf er am Bahnhof Retzbach ein. Der Treffpunkt war günstig gewählt, denn der Parkplatz befand sich unter dem Brückenbogen einer Unterführung und konnte von der Straße aus nicht eingesehen werden.

Es vergingen gute zehn Minuten, in denen Meyer Blut und Wasser schwitzte, dann rollte ein VW Touareg auf den Parkplatz. Die Scheiben waren getönt, so dass man niemanden erkennen konnte. Meyer wartete neben seinem Auto. Er musste sich anlehnen, weil seine Knie weich zu werden drohten. Mit laufendem Motor blieb der große Wagen stehen. Nichts tat sich. Warum stieg keiner aus? Der Heimleiter spürte, wie ihm der Schweiß den Rücken hinunterlief. Vermutlich beobachteten sie erst die Umgebung. Schließlich wurde die Beifahrertür geöffnet und einer der ihm bekannten Männer stieg halb aus und winkte Meyer zu sich.

Der Heimleiter musste all seine Kräfte zusammennehmen, um die wenigen Meter bis zu dem Auto zurückzulegen.

»Hinten einsteigen!«, befahl der Mann, schloss die Beifahrertür und setzte sich selbst neben ihn. Kaum saß er, fuhr der Touareg los. Schweigend rollten sie vom Parkplatz, dann lenkte der Fahrer den Wagen in Richtung Retzstadt. Bei der ersten Gelegenheit bog er in die Weinberge ab. Auf einem Weinbergsweg, von dem aus man die ganze Gegend übersehen konnte, bremste er das Fahrzeug ab und hielt an. Der Motor erlosch. Der Fahrer drehte sich nach hinten um.

»Was gibt es für Probleme?«

Zuerst stotternd, dann immer flüssiger, berichtete Ronald Meyer, was er wusste. Die beiden Männer, die ihn nicht aus den Augen ließen, unterbrachen ihn nicht. Als Meyer von den Nachforschungen der Streetworkerin berichtete, zog der Fahrer ärgerlich die Brauen zusammen, sagte aber noch immer nichts. Dabei verschwieg der Heimleiter wohlweislich, dass er die Karteikarte des Professors voreilig beseitigt hatte.

»Ich habe euch wirklich so schnell wie möglich verständigt«, schloss Meyer, dabei huschten seine Augen ängstlich zwischen den beiden Männern hin und her.

Der Fahrer, der Anführer der beiden, senkte den Kopf und dachte nach. Schließlich fixierte er Meyer mit durchdringendem Blick.

»Gut, dass du uns so schnell informiert hast. Wir werden die Angelegenheit gründlich bereinigen. Du besorgst uns die Adresse der Streetworkerin und findest heraus, wo diese Penner, dieser Christoph und der Spieß sich herumtreiben. Um mehr musst du dich nicht kümmern. – In der nächsten Zeit gibt es auf jeden Fall keine Lieferungen mehr. Wenn wir wieder Bedarf haben, rühren wir uns.« Er machte eine Pause. »Im Übrigen hältst du die Klappe. Ein falsches Wort und …« Er machte mit dem Daumen eine halbkreisförmige Bewegung an seinem Kehlkopf vorbei.

Meyer beeilte sich ihm zu versichern, dass er schweigen würde wie ein Grab. Wobei er sich bei dieser Formulierung am liebsten auf die Zunge gebissen hätte. Der Mann am Steuer verzog sein Gesicht zu einem harten Grinsen. »Da bin ich absolut sicher«, gab er zurück. Er startete den Motor und wendete den Wagen. Fünf Minuten später stieg Meyer am Bahnhof aus dem Touareg. Er hatte das Gefühl, als wäre er gerade vom Schafott gestiegen. Bevor er wieder zurück nach Würzburg fuhr, blieb er erst noch zehn Minuten sitzen, bis sein Zittern abgeklungen war.

Auf der Heimfahrt machte er sich klar, dass er den beiden Dunkelmännern schnellstens die gewünschte Information liefern musste. Aufgrund der Gespräche seiner Kundschaft, die er im Laufe der Zeit mitbekommen hatte, waren ihm zwar einige Stellen bekannt, wo Obdachlose üblicherweise nächtigten, aber beileibe nicht alle. So geschwätzig die Obdachlosen teilweise auch waren, wenn es darum ging Informationen über andere weiterzugeben, waren sie doch meistens total verschlossen. Es gab allerdings ein, zwei Typen, die, wenn er einen Fünfziger springen ließ, ihm die nötigen Informationen geben würden.

20

Nadine Falkeis war schrecklich nervös. Die Woche Bedenkzeit, die ihnen diese Frau Roosen für eine Entscheidung gelassen hatte, war praktisch vorüber. Nach dem ersten Besuch der Frau hatte sie mit ihrem Mann eine schreckliche Auseinandersetzung gehabt. Der Banker hatte zunächst die große Sorge, bei einer illegalen Transplantation könnte etwas schiefgehen und ihrem Sohn würde es danach schlechter gehen als zuvor. Von möglichen Komplikationen bei der OP selbst ganz zu schweigen. Um sich zu vergewissern, nahm er Verbindung zu den Kreisen auf, die den Kontakt zur Organisation dieser Frau Roosen vermittelt hatten. Man hatte ihm versichert, die Organisation würde für ein Organ zwar horrende Summen verlangen, die geleistete Arbeit hätte aber Spitzenniveau. Damit waren seine Bedenken zunächst einmal beseitigt.

Seine Frau teilte diese Bedenken nicht. Sie war überzeugt, Frau Roosen wusste, was für die Organisation auf dem Spiel stand, wenn sie ihre Versprechungen nicht halten konnte. Jeden Tag warteten sie nun darauf, dass Roosen wieder Kontakt zu ihnen aufnahm. Heute war der letzte Tag der Frist. Beide versuchten sich auf ihre Weise abzulenken. Herr Falkeis saß in seinem Büro im Obergeschoss und arbeitete am Laptop. Frau Falkeis hielt sich im Wohnzimmer auf und blätterte in einer Zeitschrift, ohne den Inhalt wirklich zur Kenntnis zu nehmen.

Die Pflegekraft, die sie für ihren Sohn eingestellt hatten, war bereits zu Bett gegangen. Sie wohnte in einem Gästezimmer, das neben dem Krankenzimmer Alexanders lag. Über ein Babyfon war sie in der Lage, jedes Geräusch des Jungen zu hören. Das Ehepaar war also alleine.

Es war kurz vor vierundzwanzig Uhr, als es an der Wohnungstür läutete. Nadine Falkeis durchfuhr es wie ein Blitzschlag. Hastig sprang sie auf und eilte zur Tür.

»Einen schönen guten Abend, Frau Falkeis. Darf ich hereinkommen?« Frau Roosen lächelte die Bankiersfrau an.

»Kommen Sie … kommen Sie bitte näher«, entgegnete diese hastig und führte die späte Besucherin ins Wohnzimmer. »Wir haben Sie schon erwartet. Mein Mann sitzt oben in seinem Büro. Nehmen Sie doch bitte Platz, ich werde ihn holen. Darf ich Ihnen etwas anbieten?«

Frau Roosen verneinte und ließ sich nach einer einladenden Bewegung von Frau Falkeis auf einem der Sessel nieder. Sie sagte ihrer Gastgeberin natürlich nicht, dass sie das Haus schon seit zwei Stunden beobachtet hatte. Sie musste sichergehen, hier nicht mit einer unerfreulichen Überraschung empfangen zu werden. In ihrem Geschäft war eine gewisse Paranoia unvermeidlich.

Kaum saß sie, als der Bankier durch die Tür kam. Das Läuten war ihm nicht entgangen. Mit einem Nicken grüßte er die späte Besucherin und setzte sich neben seine Frau.

»Ich schlage vor, wir kommen gleich zur Sache«, eröffnete Roosen das Gespräch. »Ich nehme an, Sie haben sich mein Angebot überlegt?«

Die Frau des Bankiers nickte. »Wir haben Ihren Vorschlag besprochen und wollen den Weg beschreiten, den Sie uns aufgezeigt haben.«

»Das freut mich für Sie … und Ihren Sohn.« Sie machte eine kurze Pause. »Dann sollten wir jetzt einige wesentliche Details besprechen.«

Frau Roosen lehnte sich zurück und begann zu sprechen. Am Ende ihrer Ausführungen legte sie eine kurze Sprechpause ein, dann erklärte sie: »Bei der Durchführung dieser Maßnahme wird es zwischen Ihnen und unserer Organisation nichts Schriftliches geben. Alles ist auf gegenseitiges Vertrauen aufgebaut. Sie verpflichten sich zu absolutem Stillschweigen. Die zweihunderttausend Euro Honorar übergeben Sie uns bitte vor der Operation in bar. Da ist dann alles inklusive, weitere Kosten kommen nicht auf Sie zu.«

Falkeis wusste natürlich, in dem Geschäft war Vorkasse üblich, deshalb fragte er nach. »Welche Garantien haben wir? Was passiert, wenn Komplikationen auftreten? Wo wird die Transplantation stattfinden?«

»Garantien haben Sie keine«, erwiderte Roosen offen. »Würden wir allerdings die Qualität, die wir versprechen, nicht erbringen, hätten wir schnell keine Kunden mehr. Im Übrigen ist uns sehr bewusst, welch starke Organisationen hinter Ihnen stehen. Bei möglichen Komplikationen befindet sich Ihr Sohn bei uns in den besten Händen. Wir garantieren beste ärztliche und medizinische Versorgung. Der Ort der Transplantation muss aus Sicherheitsgründen geheim bleiben. Dafür bitte ich um Verständnis. In Ihrem Umfeld erzählen sie am besten, dass der Junge einen Kuraufenthalt im Ausland angetreten hat.«

Dem Gesicht des Bankiers war anzusehen, dass ihn die Auskunft nicht zufrieden stellte. Er sagte aber nichts mehr.

Nadine Falkeis hatte diese Probleme nicht. »Wie geht es jetzt weiter?«, wollte sie wissen. Man merkte ihr an, sie wollte die Sache vorantreiben.

»Geben Sie mir bitte alle ärztlichen Unterlagen Ihres Sohnes mit. Sie werden von uns geprüft. In den nächsten Tagen werde ich mit dem Operateur hierherkommen, er wird dann noch erforderliche Untersuchungen vornehmen. Bei dieser Gelegenheit bitte ich auch um die Barauszahlung des Honorars. Sobald wir den geeigneten Spender gefunden haben, werden wir Sie verständigen, dann holen wir Alexander ab. Sie beide können Ihren Sohn selbstverständlich begleiten. – Haben Sie noch Fragen?« Sie musterte die Eheleute, die sehr ernst und in sich gekehrt waren.

»Wie lange wird es dauern, bis Sie einen Spender gefunden haben?«, wollte Frau Falkeis wissen.

»Wir haben beste Möglichkeiten«, erwiderte Frau Roosen knapp. »Rechnen Sie mit Tagen.«

Als keine Fragen mehr kamen, fuhr Frau Roosen sehr eindringlich fort: »Ich muss Sie nochmals sehr deutlich bitten, über alles absolutes Stillschweigen zu wahren – in Ihrem ureigensten Interesse.«

»Das klingt ja fast bedrohlich«, fuhr Falkeis hoch. In seiner Position war er es nicht gewöhnt, von anderen Ermahnungen entgegennehmen zu müssen. Seine Frau legte ihm sofort beschwichtigend die Hand auf den Arm.

»Niemand will Sie bedrohen«, erwiderte Roosen mit einem leichten Lächeln. »Sagen wir so: Ich wollte Sie nur noch einmal nachdrücklich auf das Kleingedruckte unserer Vereinbarung aufmerksam machen.«

Die Bankiersgattin erhob sich, um die Befunde und medizinischen Unterlagen ihres Sohnes zu holen.

Der Bankier und die Besucherin saßen sich gegenüber und sahen sich wortlos an. Die Spannung in der Luft war fast körperlich zu spüren. Wenig später saß Frau Roosen wieder in ihrem Auto, nahm die Perücke ab und fuhr Richtung Autobahn.

21

Der alte Bauwagen stand unterhalb des Klosters *Himmelspforten*, weitgehend eingewachsen in eine Hecke. Vermutlich war er von einer Firma zurückgelassen worden, die vor über einem Jahr an den am Main gelegenen Sportplätzen Betonarbeiten durchgeführt hatte. Kurz darauf war sie in Insolvenz gefallen. Für das alte Stück hatte sich niemand mehr interessiert. Die Verwitterung hatte dafür gesorgt, dass sich die einstmals grüne Außenwand des Gefährts kaum noch von der Umgebung abhob. Längst war die Bereifung gestohlen, die Tür immer unverschlossen. Der alte Christoph war nicht der erste Obdachlose, der dieses Gefährt als gelegentliche Absteige für kalte Nächte auserkoren hatte. Jetzt im Sommer war der Wagen häufig von Mäusen besiedelt, die in die dunklen Ecken unter der Sitzbank Gras und Blätter zu Nestern zusammengetragen hatten. Im Inneren stank es ziemlich ausgeprägt nach Mäusepisse. Niemand machte ihm die Bleibe streitig, als er sich den Wagen für die heutige Nacht auswählte. Er beförderte die Mäuse hinaus, dann machte er es sich mit seinem Schlafsack auf der breiten Sitzbank bequem. Natürlich hatte das Gefährt keine Beleuchtung mehr. Da er jetzt wieder im Freien schlief, hatte er sich deshalb gestern bei einem Besuch des Städtischen Friedhofs mit ein paar Teelichten und roten Grableuchten eingedeckt. Er war sich sicher, die armen Seelen würden es ihm nachsehen. Beim Schein eines Öllichtes, das im Wagen ein rötliches Licht verbreitete, verzehrte er ein großes, mit Salami, Käse und Gurke belegtes Brötchen, das er sich geleistet hatte – in seinen Augen eine echte Delikatesse! Seit vorgestern hatte er keine Strickwaren mehr verkauft, weil er sich nicht mehr in der Stadt aufhielt. Er wollte der Streetworkerin aus dem Weg gehen. Nach reiflicher Überlegung kam er zu der Entscheidung, den Kontakt zur Polizei besser zu meiden. Er wollte keinen Ärger. Lange würde er seine Einnahmequelle aber nicht vernachlässigen können, denn seine Barschaft war fast völlig aufgebraucht. Außerdem besaß er nur noch zwei kleine Flaschen Mineralwasser – und trinken musste der Mensch. Er hoffte sehr, dass bis morgen die Geschichte mit dem Verschwinden des Professors auch ohne seine Aussage aufgeklärt war. Nachdem er aufgegessen hatte, verließ er den Wagen noch einmal, um zu urinieren. Anschließend entledigte er sich seiner Schuhe und schlüpfte in den Schlafsack hinein. Mit einem kräftigen Pusten löschte er das Grablicht aus. Die Tür des Wagens hatte er innen mit einem Stück Schnur notdürftig festgebunden. Das war für potentielle Eindringlinge natürlich kein Hindernis, aber für gewöhnlich wachte er schon beim kleinsten Geräusch auf. Insgesamt fühlte sich der Alte hier sicher. Wenig später war er eingeschlafen. Die Maus, die sich heimlich durch ein Schlupfloch Zugang zum Bauwagen verschaffte und sich an den auf den Boden gefallenen Bröseln von Christophs Abendessen gütlich tat, hörte nicht einmal er. Sein Schnarchen war gleichmäßig und fast melodiös.

Seit mehr als zwei Stunden war Ronald Meyer am Abend unterwegs und suchte voller innerer Anspannung die Plätze ab, die ihm einer seiner Übernachtungsgäste genannt hatte: zwei verlassene Schrebergartenhäuschen, ein abbruchreifes Bürohochhaus in der Innenstadt und jetzt einen alten Bauwagen in der Nähe des Mains. Bis jetzt war er erfolglos. Vorsichtig näherte er sich dem Bauwagen. Plötzlich blieb er stehen. War da in dem eingeschlagenen Fenster nicht ein Lichtschein? Einer Eingebung folgend, hatte er vorhin ein Fernglas mitgenommen, das er jetzt zum Einsatz brachte. Einige Zeit beobachtete er. Plötzlich ging die Tür des Bauwagens auf und ein Mann trat auf die Treppe. Wie es aussah, schlug er sein Wasser ab. Schnell drehte er an der Scharfeinstellung. Ihm entfuhr ein zufriedenes »Bingo!«. Als der Mann seinen Kopf drehte, konnte er im schwachen Lichtschein aus dem Wageninneren deutlich den Gesuchten erkennen.

Meyer hatte genug gesehen. Geräuschlos entfernte er sich in Richtung Mainaustraße, dort griff er zum Handy. Sein Gesprächspartner befahl ihm, an Ort und Stelle zu warten, damit er den Weg weisen konnte. Obwohl es verhältnismäßig warm war, stand der Heimleiter auf dem Gehweg und ihm fröstelte bei dem Gedanken, welchem Schicksal er den Obdachlosen auslieferte.

Der Spieß lagerte, ohne dass er von Christophs und Meyers Anwesenheit etwas mitbekommen hatte, etwa dreihundert Meter von dem Bauwagen entfernt mainaufwärts an einer Hecke. Er kannte natürlich auch den alten Bauwagen und hatte selbst schon in kalten Nächten dort geschlafen. In dieser warmen Jahreszeit zog er aber eindeutig den glitzernden Sternenhimmel einem festen Dach über dem Kopf vor.

Der Spieß war für die Verhältnisse eines Obdachlosen ganz gut ausgerüstet. Seine Militärzeit hatte ihn geprägt und eine gute Ausrüstung war ihm wichtig. So verfügte er auch über einen einflammigen Campinggaskocher und ein Alu-Kochgeschirr, in dem er sich kleinere Mahlzeiten zubereiten konnte. Heute hatte er sich eine Dose mit Eierravioli erwärmt, der Einfachheit halber gleich in der Dose, weil er dann kein Geschirr benötigte. Nachdem er gesättigt war, ließ er ein wohliges Rülpsen hören, dann leckte er seinen Löffel sauber und ließ ihn mitsamt dem Kocher wieder in seinem Rucksack verschwinden. Nachdem er seinen Schlafsack ausgerollt hatte, setzte er sich darauf und lehnte sich gegen den Rucksack. Mit zurückgelegtem Kopf starrte er in den sternenübersäten Himmel. Dies war einer jener Momente, in denen ihn leichte Melancholie überkam.

Bevor er in tiefsinnige Gedanken abrutschte, hörte er plötzlich ein Motorengeräusch, das von links her näherkam. Da fuhr eindeutig jemand über die Wiese in Richtung Mainufer. Der Spieß musste grinsen. Wahrscheinlich ein Liebespärchen, dem für die traute Zweisamkeit keine Wohnung zur Verfügung stand. Vielleicht auch zwei Menschen, die ihre zwischenmenschlichen Bedürfnisse nur in der diskreten Dunkelheit des Mainufers pflegen konnten. Der Spieß richtete sich auf die Ellbogen auf und sah in Richtung des Motorgeräusches. Zunächst konnte er ungefähr einen guten Steinwurf weit von ihm entfernt einen großen, unbeleuchteten schwarzen Schatten erkennen, der durch die Dunkelheit glitt. Plötzlich leuchteten wie glühende Feueraugen Bremslichter auf. Der Wagen rollte noch ein Stück weiter, dann blieb er ungefähr dreißig Meter vom Mainufer entfernt stehen. Eine ganze Zeit lang geschah überhaupt nichts. Der heimliche Beobachter überlegte, ob er ein Stück näher schleichen sollte, um von den Vorgängen im Fahrzeuginneren etwas mitzubekommen. Einem bisschen Erotik vor dem Schlafengehen war er nicht abgeneigt.

Während er noch so darüber nachdachte, hörte er sich öffnende Fahrzeugtüren und die Lichter im Wageninneren gingen an. Jetzt war zu erkennen, dass es sich um eine Limousine gehobener Klasse handelte. Zwei Männer stiegen aus. Unwillkürlich ließ sich der Spieß zurücksinken und verschmolz wieder mit seiner Umgebung. Dabei ließ er die beiden dunklen Gestalten nicht aus den Augen. Ihm war schnell klar, dass es den beiden nicht um irgendwelche amourösen Abenteuer ging. Auch nach seiner bescheidenen Kenntnis benötigte man für die Liebe keine Schusswaffen. Im Licht der Wageninnenbeleuchtung waren die Pistolen, die sie in den Händen hielten, gut zu erkennen. Die Gelassenheit des heimlichen Beobachters wandelte sich schlagartig in Anspannung. Die Männer steckten die Waffen in die Hosengürtel, dabei sagten sie etwas zueinander, was der Spieß aber nicht verstehen konnte. Leise drückten sie die Wagentüren zu, dann wandten sie sich mainabwärts.

Der Spieß hatte während seiner Zeit in der Legion zahlreiche lebensgefährliche Situationen überlebt. Seit seiner Entlassung aus dem Militärdienst trachtete ihm niemand mehr nach dem Leben, was er durchaus als angenehm empfand. Trotzdem fehlte ihm hin und wieder der Nervenkitzel eines militärischen Einsatzes. Ohne groß nachzudenken, erhob er sich und folgte den beiden Gestalten in respektvoller Entfernung über die Wiese. In der Dunkelheit und mit seiner Tarnkleidung verschmolz er völlig mit der Umgebung. Mit einem Handgriff vergewisserte er sich, dass sein feststehendes Messer griffbereit saß. Nur für alle Fälle!

Die Verfolgung war nicht schwierig, weil einer der Männer hin und wieder für einen kurzen Moment eine Taschenlampe einschaltete, um sich zu orientieren. Das leise schleifende Geräusch, das die Schritte der zwei Männer im Gras erzeugte, überdeckte das ihres Verfolgers.

Der Spieß wusste genau, wo er sich befand. Er kannte hier am Ufer jeden Trampelpfad. Nach weiteren hundert Metern hatte er keinen Zweifel mehr daran, dass das Ziel der

Männer der Bauwagen war. Warum interessierten sich zwei Typen, die mit einem hochkarätigen Wagen unterwegs waren, für das halb verfallene Gefährt? Seiner Meinung nach kamen da nur kriminelle Motive in Frage. Ging es dabei vielleicht um Drogen? Der Spieß schwankte zwischen Neugierde und Vorsicht. Er war bis jetzt immer gut damit gefahren, sich aus solch gefährlichen Geschäften herauszuhalten. Nachdem er sich aber sicher war, unbemerkt geblieben zu sein, entschloss er sich, die Vorgänge weiter zu beobachten.

Wenig später schälte der kurz aufflammende Lichtkegel der Taschenlampe für einen Moment die Umrisse des Bauwagens aus der Dunkelheit. Das Licht erlosch wieder. Was folgte, war absolute Stille und Dunkelheit. Der Spieß drückte sich ins Gras. Mit angespannten Sinnen lauschte er. Plötzlich ging alles sehr schnell! Die Taschenlampe leuchtete erneut auf. Ihr Strahl war auf die Tür des Bauwagens gerichtet. Einer der Männer sprang auf die kleine Trittleiter, die ins Innere führte, und versuchte den Eingang zu öffnen. Irgendetwas hinderte ihn offenbar daran. Er machte eine heftige Bewegung, dann gab es einen lauten Knall und der Wagenschlag schlug nach außen. Wenn ihn sein Kumpel nicht gestützt hätte, wäre der Mann fast von der Leiter gefallen. Die beiden drängten sich ins Innere. Ein erstickter Schrei war zu hören. Der Lichtstrahl zuckte eine ganze Weile unkoordiniert im Inneren herum, es waren ein paar rumpelnde Geräusche zu hören … dann war Ruhe. Der Lichtstrahl blieb konstant auf eine bestimmte Stelle im Inneren gerichtet. Nach einer Weile öffnete sich die Tür wieder und die zwei Männer verließen ohne große Hektik den Bauwagen. Der Spieß erschrak, als sie zielstrebig direkt auf ihn zukamen. Wie es aussah, wollten sie zu ihrem Auto zurück. Das Problem war, dass er direkt auf ihrem Weg lag. Was sollte er tun?

Sein Instinkt sagte ihm, die beiden würden ihn, wenn ihnen klar wurde, dass er sie beobachtet hatte, ohne weiteres umlegen. Da sie noch einige Meter entfernt waren, robbte der Spieß so schnell und lautlos wie möglich einige Meter zur Seite. Seine Hand tastete nach dem Messer im Gürtel. Gegen Schusswaffen konnte er natürlich nichts ausrichten, aber er würde sein Leben trotzdem so teuer wie möglich verteidigen. Das Überraschungsmoment war auf jeden Fall auf seiner Seite. Dann machte er sich flach und drückte sein Gesicht ins Gras. Die verdammten Grashalme bohrten sich in seine Nase und reizten ihn zum Niesen. Die Schritte kamen schnell näher. Das Gras strich raschelnd an ihren Hosenbeinen entlang. Schließlich waren sie auf seiner Höhe. Nur wenige Meter von ihm entfernt blieben sie plötzlich stehen. Dem Spieß brach der eiskalte Schweiß aus.

»Du meinst, die Dosis ist sicher?«, fragte eine dunkle Stimme. »Wir hätten bis zum Ende bleiben sollen. Mir gefällt auch nicht, dass wir ihn einfach so liegen gelassen haben. Besser wäre gewesen, wir hätten ihn mitgenommen.«

»Mach dich nicht verrückt«, erwiderte sein Kumpan. Sein schwäbischer Akzent war nicht zu überhören. »Das war ein alter Knacker. Das Zeug hat immer sicher gewirkt. Warum soll es heute anders sein? Für unsere Zwecke ist er zu alt.«

»Ich weiß nicht«, sagte die erste Stimme zweifelnd, »ich hab das merkwürdige Gefühl, als wären wir hier nicht allein.«

Der Spieß bekam einen gewaltigen Schrecken und drückte sich noch tiefer ins Gras.

»Ach Unsinn, hier ist weit und breit kein Mensch«, erwiderte der andere. Wie zur Bestätigung ließ er den Lichtstrahl seiner Taschenlampe in einer schnellen Bewegung über die Wiese huschen. Dem Spieß gefror das Blut in den Adern. In einem Sekundenbruchteil fuhr das Licht über ihn hinweg und stach ihm dabei in die Augen. Das war zu viel! Er holte tief Luft und robbte in bester Manier los, um möglichst Distanz zwischen sich und die Männer zu bringen.

»Warte mal, da war doch was!«, rief einer der Typen alarmiert. »Leuchte mal da rüber!«

Ehe der Lichtstrahl ihn erfassen konnte, sprang der Spieß auf und rannte, so schnell ihn seine Füße trugen, in Richtung der Büsche, wo sein Rucksack lag. Darin befand sich sein ganzes Leben, auf keinen Fall würde er ihn zurücklassen.

»Verdammte Scheiße!«, hörte er es hinter sich im besten Schwäbisch fluchen, dann wurde seine Umgebung in Licht getaucht und er hörte ein mehrmaliges trockenes Plopp.

Sie schossen mit schallgedämpften Pistolen auf ihn! Ohne darüber nachzudenken, begann er Zickzack zu laufen. Der Lichtstrahl blieb an ihm kleben. Unvermittelt spürte er einen harten Schlag gegen den linken Oberschenkel. Er taumelte kurz. Sie hatten ihn getroffen! Komischerweise spürte er aber keinen Schmerz. Er erreichte seinen Lagerplatz, griff nach dem Gurt des Rucksacks und zerrte ihn hinter sich her, tiefer in die Deckung der Sträucher hinein. Den Schlafsack konnte er verschmerzen. Er musste so schnell wie möglich weg von hier! Auf der anderen Seite der Buschreihe konnte er zwar noch immer den Lichtstrahl durch die Zweige schimmern sehen, aber die Blätter waren so dicht, dass die Kerle ihn nicht mehr sehen konnten. Schnell warf er den Rucksack über die Schultern und hastete so leise wie möglich weiter. Das linke Bein begann zu schmerzen. Er griff nach unten und fühlte am Hosenstoff klebrige Flüssigkeit. Blut! Hoffentlich war kein wichtiges Gefäß getroffen. Er musste schnellstmöglich die Wunde versorgen! Der Spieß warf einen Blick zurück. Das Licht verharrte für einen Moment jenseits der Sträucher. Wahrscheinlich hatten sie seinen

Schlafsack gefunden. Jetzt war er mehr als hundert Meter von ihnen entfernt. Langsam beruhigte er sich ein wenig und blieb stehen. Würden sie ihn weiter verfolgen? Der Spieß hörte ihre verärgerten Stimmen, konnte aber nichts verstehen. Dann erlosch das Licht der Taschenlampe. Er lauschte in die Nacht. Wenn sie durch die Sträucher kamen, würde er es hören. Aber da war nichts.

Einige Zeit später hörte er den startenden Motor. Hatten sie aufgegeben? Kurz danach leuchteten oben am Durchlass zur Mainaustraße Scheinwerfer auf. Seine Verfolger hatten die Mainwiese verlassen. Er atmete tief durch. Das war knapp, aber jetzt war er sicher. Nachdenklich stand der Spieß in der Nacht und überlegte. Zuerst musste er sich die Verletzung ansehen. Er ließ den Rucksack wieder von den Schultern gleiten, öffnete den Gürtel seiner Hose und ließ sie langsam herunterrutschen. Mittlerweile brannte sein Oberschenkel wie Feuer. Im Schein der Flamme seines Gasfeuerzeugs betrachtete er die Wunde. Es fiel ihm ein Stein vom Herzen, als er eine blutende, tiefe Furche an der Außenseite des Oberschenkels erkennen konnte. Ein Streifschuss! Er öffnete den Rucksack und grub in der Tiefe nach einem kleinen Erste-Hilfe-Päckchen, das er einmal bei einer Werbeaktion des Roten Kreuzes auf dem Unteren Markt abgestaubt hatte. Reinigen konnte er die Wunde jetzt nicht, aber steril verbinden. Hier kam ihm wieder seine militärische Erfahrung zunutze. Mehr als einmal hatte er verletzte Kameraden versorgen müssen. Nachdem er sich verbunden hatte, zog er die Hose wieder hoch. Ihm war klar, da musste später ein Arzt draufschauen, aber im Moment ging es.

Er überlegte seine nächsten Schritte. Sein Verstand riet ihm, schleunigst von hier zu verschwinden. Er hatte wirklich keine Lust auf Ärger. Die wenigen Sätze, die er von dem Gespräch der beiden Typen mitbekommen hatte, genügten, um ihm die Gefährlichkeit dieser Kerle vor Augen zu führen. Das waren Killer! Sie hatten sofort und ohne Zögern auf ihn geschossen, um ihn zu töten! Aber sie waren weg und er wollte wissen, was dort im Bauwagen vorgefallen war. Zunächst würde er einmal nachsehen, ob sein Schlafsack noch da war. Er zog sich den Rucksack wieder über, dann zwängte er sich hinkend zurück durch die Sträucher. Vorsichtig beobachtete er die Umgebung, ehe er auf der anderen Seite ins Freie trat. Sein Schlafsack lag noch da. Schnell rollte er ihn zusammen und schnallte ihn am Rucksack fest. Sein Blick glitt über die Wiese. Er schalt sich einen Narren, aber er wusste, wenn er nicht nachsah, würde er keine Ruhe haben. Er war sich sicher, dort am Bauwagen ein Opfer zu finden. Der Spieß drehte sich um und hinkte mit zusammengebissenen Zähnen entschlossen zu dem Gefährt. Wenig später erhob sich vor ihm der dunkle Schatten des Gebüsches, aus dem sich die Silhouette des Bauwagens gegen den Sternenhimmel abhob. Es dauerte einen Augenblick, bis der Spieß die Konturen einer menschlichen Gestalt erkannte, die halb auf der Treppe lag. Er griff in die Tasche und holte sein Gasfeuerzeug heraus. Über den Kopf gehalten, reichte der Schein der kleinen Flamme, um den Körper eines Mannes sichtbar zu machen, der sich mit dem Unterleib im Wageninneren befand und mit dem Oberkörper, das Gesicht nach unten, leblos über der obersten Stufe der Treppe hing. Er hatte in seinem Soldatenleben schon mehr Tote gesehen, als ihm lieb war, trotzdem hatte er eine gewisse Scheu, den Mann anzufassen. Schließlich überwand er sich und drehte den Kopf des Liegenden zur Seite.

»Verdammt!«, fluchte er. Der Bart, die Narbe! Das war der alte Christoph! Sicherheitshalber prüfte er noch einmal den Puls. Aber da war kein Leben mehr. Auf den ersten Blick waren keine Zeichen von Gewalt zu erkennen. Für ihn bestand aber kein Zweifel, der Alte war das Opfer der beiden Unbekannten. Der Spieß trat einen Schritt zurück. Was sollte er tun? Mit der Polizei wollte er auch jetzt nichts zu tun haben. Andererseits konnte er den Alten auch nicht so herumliegen lassen, bis ihn ein Passant fand. Da kam ihm ein Gedanke. Er setzte den Rucksack wieder ab und begann in einer der Außentaschen herumzutasten. Da war sie, die kleine Visitenkarte, die ihm die Streetworkerin vor einiger Zeit in die Hand gedrückt hatte. Diese Johanna Siedler würde schon wissen, was zu unternehmen war. Der Spieß besaß kein Handy, aber er wusste, wo noch einer der selten gewordenen öffentlichen Münzfernsprecher stand. Da er nur unter Schmerzen laufen konnte, dauerte es fast eine halbe Stunde, bis er die Telefonsäule in der Zellerau fand und die Nummer von Johanna Siedler wählen konnte. Sie nahm ab. Ohne seinen Namen zu nennen, erklärte er ihr, im alten Bauwagen am Main die Leiche Christophs gefunden haben. Als die Frau ihm Fragen stellen wollte, legte er einfach auf. Mehr konnte er für den Alten nicht tun. Mit zusammengebissenen Zähnen marschierte er in Richtung Festungsberg weiter. Die Grünanlagen am Main würde er in der nächsten Zeit meiden. Außerdem würde es dort sicher von Polizei bald nur so wimmeln. Am Festungsberg lag eine Kleingartenkolonie. In einem der Gartenhäuschen konnte er die Nacht in Sicherheit verbringen. Unter Schmerzen erreichte er sein Ziel. Das Schloss des Schreberhäuschens war kein Hindernis. Mit einem Ruck drückte er die Tür auf. Die Hütte war fast schon komfortabel eingerichtet. Es gab einen wackeligen Tisch, ein paar Stühle, einen Schrank sowie eine Spüle. In der Ecke stand eine alte Couch. Durch das Fenster drang ein leichter

Schimmer, so dass er auf dem Tisch einige Kerzen erkennen konnte. Er zündete zwei an. Die Hütte schien schon längere Zeit nicht mehr benutzt worden zu sein. Überall war eine gleichmäßige Staubschicht zu sehen. Ein idealer Schlupfwinkel. Auf einem Bord waren mehrere Flaschen Hochprozentiges versammelt. Er musste seine Verletzung unbedingt desinfizieren! Vorsichtig zog er seine Hose aus. Das Blut daran war bereits getrocknet. Als er den Verband abnahm, stellte er fest, dass die Blutung stand. Der Spieß öffnete eine halb volle Flasche ohne Etikett, dem Geruch nach Zwetschgenschnaps. Er tränkte den abgelegten Verband mit dem Alkohol, holte tief Luft und presste die Binde auf die Wunde. Es brannte wie reines Feuer! Zischend stieß er die Luft aus und reinigte die Wunde gründlich. Danach verwendete er ein neues Verbandspäckchen. Probeweise drehte er den Wasserhahn der Spüle auf und knurrte zufrieden, als kaltes Wasser kam. So gut es ging, wusch er die Hose aus, dann hängte er sie über eine Stuhllehne. Bis morgen würde sie trocknen.

Zehn Minuten später lag er in seinem Schlafsack auf der Couch. Nach einiger Zeit ließ das Brennen nach und er fiel in einen unruhigen Schlaf, der von heftigen Träumen durchdrungen war.

Johanna Siedler stand im Schlafanzug neben dem Telefon und betrachtete erschrocken den Hörer. Die Nachricht, die ihr diese knarrende Stimme soeben durchgegeben hatte, brachte sie aus der Fassung. Obwohl sich der Anrufer nicht mit Namen gemeldet hatte, war sie sicher, den Spieß erkannt zu haben. Diese Stimme war unverwechselbar. Johanna überlegte einen Moment, dann traf sie eine Entscheidung. Bevor sie Eberhard Brunner alarmierte, wollte sie sich vor Ort vergewissern. Hastig eilte sie ins Bad und zog sich an.

22

Der dunkle Wagen schoss auf der Mainaustraße auf die Kreuzung an der *Brücke der Deutschen Einheit* zu. Thorsten war stinksauer, weil sie beobachtet worden waren und es erst in letzter Minute bemerkt hatten. Dann war ihnen dieser Mistkerl auch noch entkommen! So etwas durfte nicht passieren. Entsprechend war seine Fahrweise.

»Pass auf, die Ampel!«, rief Konrad, der Beifahrer. Tatsächlich war das Signal schnell von Grün über Gelb auf Rot gewechselt.

»Ach, leck mich!«, knurrte Thorsten, drückte aber die Bremse.

»Ich habe wirklich keine Lust, von einer gelangweilten Polizeistreife kontrolliert zu werden«, fuhr ihn Konrad gereizt an. »Das hätte mir heute gerade noch gefehlt.«

Thorsten trommelte angespannt mit den Fingerspitzen auf dem Lenkrad herum.

»Kannst du mir sagen, wo dieser verdammte Penner plötzlich hergekommen ist?«

»Du hast seinen Schlafsack doch gesehen. Der hat dort campiert und wir haben ihn aufgeschreckt.«

»Ich bin mir sicher, dass ich ihn getroffen habe. Er ist beim Rennen deutlich eingeknickt.«

»Kann schon sein, aber der Kerl ist trotzdem gerannt wie ein Kaninchen. Jedenfalls konnte er noch abhauen.« Konrad wies wortlos auf die Ampel, deren Licht gerade auf Grün gesprungen war. Thorsten gab Gas und fuhr auf die Brücke, am Ende bog er nach links in Richtung Karlstadt ab. Seine

Worte kamen hart: »Wir müssen den Kerl auf jeden Fall beseitigen. Er hat uns gesehen und unser Auto auch.«

»Gut, dass du mich daran erinnerst«, erklärte Konrad, öffnete das Handschuhfach und betätigte dort einen Knopf. Es war ein surrendes Geräusch zu hören. Er wusste, dass nun vorne und hinten wieder die Kennzeichen des Wagens sichtbar wurden, auf die er zugelassen war. Während eines Einsatzes verwendeten sie gefälschte Kennungen aus München.

»Er kann nicht mehr sagen, als dass er einen schwarzen Touareg gesehen hat. Falls er das Auto überhaupt erkannt hat. – Aber du hast natürlich recht, wir sollten ihn beseitigen. Kein Grund auch nur das geringste Risiko einzugehen.«

»Dazu müssen wir ihn aber erst mal finden.«

Konrad zuckte mit den Schultern. »Er ist ein Penner und er ist verletzt. Wir werden Meyer beauftragen, mit offenen Ohren die Szene zu beobachten. Es könnte ja sein, dass der Kerl medizinische Versorgung benötigt. Dazu muss er aus dem Loch hervorkommen, in das er sich bestimmt verkriechen wird. Ich bin mir sicher, ein Penner, der in Camouflageklamotten herumläuft und verletzt ist, dürfte nicht schwer zu finden sein.«

»Die ganze Angelegenheit sollten wir für uns behalten. Unseren Auftraggeber geht das nichts an.« Thorsten hatte zwischenzeitlich wieder zu seiner Gelassenheit zurückgefunden. »Wenn wir ihn erwischt haben, entsorgen wir ihn auf dem üblichen Wege. Der Leichenfledderer wird sich freuen.«

Beide lachten.

23

Es war früher Abend des nächsten Tages. Simon Kerner winkte Oberstaatsanwalt Rothemund nach, der soeben die Weinstube *Johanniterbäck* verließ. Fast zwei Stunden lang hatten sich die beiden dort über Kerners berufliche Zukunftsaussichten unterhalten. Wie erwartet hatte Rothemund Kerner nahegelegt, sich um seine Nachfolge zu bemühen und ihm erklärt, dass Kerner sein Wunschkandidat sei. Kerner hatte sich herzlich bedankt und Rothemund versichert, sich die Sache durch den Kopf gehen zu lassen.

Wegen dieses Termins hatte Kerner sein ursprüngliches Vorhaben, im Wald den Weg abzufahren, auf dem er in der Nacht das Fahrzeug beobachtet hatte, verschoben. Kurz entschlossen hatte er sich nach dem Treffen mit Rothemund mit Eberhard Brunner auf einen Schoppen verabredet. Solche Gelegenheiten ergaben sich ja nicht so oft. Brunner schlug dem Freund gleich vor, bei ihm zu übernachten, damit er nicht mehr Auto fahren musste.

Brunner kam zehn Minuten später.

»Entschuldige bitte«, erklärte er, während er sich auf dem Stuhl gegenüber Kerner niederließ, »aber ich habe gerade noch einige Befragungen in der Würzburger Obdachlosenunterkunft durchgeführt.«

Kerner sah ihn fragend an. Brunner bestellte bei der herbeigeeilten Bedienung einen Silvaner und eine Flasche Wasser, dann fuhr er fort: »Na ja, eine Streetworkerin, die gut mit uns zusammenarbeitet, hat aus dem Milieu Hinweise bekommen, dass es sich bei dem zweiten unbekannten Toten um einen Obdachlosen handelt, den man in der Szene den Professor nannte. Deshalb habe ich mit zwei Leuten die *Heimkehr* aufgesucht und den Heimleiter und die Schlafgäste befragt, ob sie irgendwelche Hinweise geben können.«

»Und?«

»Wie erwartet gaben die Obdachlosen zwar zu, den Professor zu kennen, eine sinnvolle Aussage zu seinem Aufenthalt in den letzten Tagen konnte oder wollte aber keiner machen. Diese Leute sind gegenüber der Polizei ausgesprochen verschlossen. Wenn ich da nicht einige Hinweise von Johanna, der bereits erwähnten Streetworkerin, bekommen hätte, wären wir noch ziemlich blank. Johanna hat mich darauf aufmerksam gemacht, dass ihr dieser Heimleiter nicht ganz koscher vorkommt. Tatsächlich war der Kerl bei der Befragung ziemlich nervös.«

Simon Kerner sah seinen Freund von unten her prüfend an. »Sag mal, Johanna hier, Johanna da, scheint eine … nette Person zu sein. Ich wusste gar nicht, dass Würzburg eine Streetworkerin hat.« Kerners Unterton veranlasste Brunner eine Erklärung abzugeben.

»Ja, das ist ein noch ziemlich junges Projekt des Sozialamtes. Frau Siedler ist noch nicht lange im Amt.«

Kerner ließ sich davon aber nicht blenden. Er kannte Brunner mittlerweile so gut, dass ihm die Neutralität, um die sich der Freund bei der Erwähnung dieser Frau bemühte, nicht entging.

»Scheint eine nette Person zu sein«, wiederholte er seine Vermutung, der Eberhard Brunner vorhin ausgewichen war.

»Jaaa, ganz nett«, gab Brunner knapp zurück.

Simon Kerner hob sein Glas und prostete dem Freund zu. »Lieber Eberhard, jetzt lass mal die Hosen runter! Ich kenne dich und ich weiß, wie es ist, wenn du sonst über Kolleginnen sprichst. Bei der Erwähnung dieser Johanna war ein gewisses Funkeln in deinen Augen, das mir als scharfem Beobachter nicht entgangen ist.«

»Simon, du nervst!«, brummte Brunner.

»Kann schon sein. Also, was ist? Erzähl!«

Eberhard Brunner rieb nachdenklich mit dem Daumen an seinem Weinglas herum, dann meinte er: »Na ja, wir arbeiten in den Fällen einiger verschwundener Obdachloser zusammen. Das heißt, Fälle sind es eigentlich noch gar nicht, bis auf die Geschichte mit diesem Professor. Sie hat Zugang zur Szene und kann mir Informationen liefern, an die ich sonst nur sehr schwer oder gar nicht drankommen würde.«

Kerner sah den Freund durchdringend an. Ihm war klar, da würde noch was kommen.

»Wir waren dann mal zusammen aus.«

»Okay … und weiter?«

»Mann, Simon, ist das ein Verhör? Du weißt, dass ich keine feste Beziehung will. Das ist in der Vergangenheit schon einige Male in die Hose gegangen.« Er atmete durch. »Auf der anderen Seite ist es allerdings auch richtig blöde, wenn man jeden Abend heimkommt und es ist niemand da, mit dem man mal reden kann. Johanna ist eine sehr liebenswerte Frau, die, wenn ich sie richtig einschätze, aus ihren persönlichen Erfahrungen heraus auch keine feste Bindung will.«

»Darüber habt ihr also offenbar schon gesprochen«, stellte Kerner fest. »So distanziert kann eure Bekanntschaft also gar nicht sein.«

Brunner atmete tief durch, man konnte ihm ansehen, dass ihm dieses Gespräch schwerfiel.

»Ja, verdammt noch einmal! Simon, du bist ein fürchterlicher Quälgeist … was soll ich sagen … wir haben halt vorgestern eine Nacht zusammen verbracht!«

»Das war aber eine schwere Geburt«, stellte Kerner trocken fest. »Ist doch in Ordnung, wenn du jemand für die Seele brauchst bei dem Mist, den du täglich bearbeiten musst. Keiner von uns ist aus Stein. Wenn ich Steffi nicht hätte, ginge es mir auch oft schlecht, das kannst du mir glauben. Lass es doch einfach auf dich zukommen. Keiner kann einem eine Garantie für eine dauerhafte Beziehung geben.«

»Johanna versteht durch ihren Beruf sehr gut, was mir auf der Seele liegt – und umgekehrt natürlich. Als Streetworkerin hat sie ja auch täglich mit Menschen zu tun, die die Gesellschaft ausgestoßen hat. Aber keiner von uns beiden denkt an eine Beziehung. Momentan fühlen wir uns wohl, so wie es ist, und lassen es einfach laufen.«

Kerner nickte verständnisvoll. Endlich nahm er Brunner die virtuellen Daumenschrauben ab und wechselte das Thema. »Habt ihr eigentlich in Bezug auf Rechtsanwalt Schnitter schon etwas Näheres herausgefunden?«

»Wir haben diese *Beautyworld* mal von unserem Dezernat für Wirtschaftskriminalität etwas näher betrachten lassen. Sie ist eine Tochter des amerikanischen Konzerns. Da war über finanzielle Beteiligungen von Privatpersonen nichts herauszufinden. Die Klinik steht, genau wie andere Krankenhäuser auch, unter Überwachung der *Kassenärztlichen Kontrolleinheit Deutschland* und der *Landesärztekammer.* Bei Privatkliniken wie hier sind die besonders penibel. Es gibt auch keinerlei Hinweise auf Ärztepfusch oder dergleichen. Die würden sofort ihre Zulassung und insbesondere ihre hochkarätigen Patienten verlieren, wenn es da Gerüchte über Unregelmäßigkeiten gäbe. Die Hintergründe der Kontounterlagen, die du mir überlassen hast, sind für uns völlig undurchsichtig. Schnitter muss da in eine ganz andere Sache verwickelt gewesen sein, von der wir noch keine Ahnung haben. Legal kann man als Anwalt in so kurzer Zeit nicht so viel Geld verdienen.«

»Das sehe ich ebenso. Obwohl es mir schwerfällt, den Mann mit schmutzigen Geschäften in Verbindung zu bringen.«

»Niemand kann hinter die Maske eines Menschen blicken, das wissen wir beide doch am besten. Warten wir ab, was die Kollegen von der Wirtschaftskriminalität herausfinden können.«

»Nehmen wir mal an, Schnitter wäre im illegalen Organhandel verstrickt«, überlegte Kerner laut, »dort kann man ja horrende Summen verdienen, was vielleicht das Geld erklären würde. Dem widerspricht aber die Tatsache, dass er selbst Opfer wurde.«

»Ja, das stimmt schon. Sicher ist für mich aber, dass der Anwalt eine Schlüsselfigur ist. Wir werden das herausfinden. Jedenfalls bezüglich *Beautyworld* gibt es auch nicht den Hauch eines Verdachts. Wir stecken momentan etwas fest. Ich hoffe nur, es tauchen nicht noch weitere Leichen auf. Die Presse ist jetzt schon ziemlich unruhig. Die wittern eine Story.«

Brunner bestellte wieder einen Schoppen. Nachdem die Bedienung gegangen war, wechselte er das Thema.

»Du hast dich vorhin doch mit dem Leitenden Oberstaatsanwalt getroffen. Der wollte mit dir doch nicht nur einen Schoppen trinken, oder?« Der Kriminalbeamte sah seinen Freund fragend an.

Jetzt war es an Simon Kerner, etwas herumzueiern. »Ja, da ging es um Dienstliches ... Alles Dinge, die ... wie soll ich sagen ... noch nicht spruchreif sind.«

»Tja, lieber Simon, gerade hast du mich noch in den

Schwitzkasten genommen und jetzt bist du an der Reihe. Also, Herr Kerner, jetzt Butter bei die Fische, wann wirst du Leitender Oberstaatsanwalt in Würzburg?«

Kerner knuffte Brunner gegen den Oberarm. »Was redest du denn für einen Unsinn.«

»Mensch, Junge, schon als du damals nach Gemünden gegangen bist, haben es die Spatzen von den Dächern gepfiffen. Rothemund würde dich gerne auf seinem Stuhl sehen, wenn er die Karriereleiter eine Stufe höher steigt.«

»Eberhard, das ist alles Zukunftsmusik. Du weißt doch, wie das ist, da macht man sich Hoffnung auf eine bestimmte Position und dann kommt plötzlich, ganz unvermutet, von irgendwoher eine Lichtgestalt und alles, was du dir überlegt hast, ist Makulatur.«

»Also stimmt es, bei eurem Gespräch ging es um seine Nachfolge.«

»Ja, irgendwie schon. Er wollte halt wissen, ob ich immer noch interessiert bin.«

»… und bist du?«

»Ich habe darüber noch nicht vertieft nachgedacht. Außerdem muss ich erst mal mit Steffi reden. Ich wäre dann ja wieder den ganzen Tag in Würzburg, mit all den zeitlichen Problemen, die ich damals hatte. Sie wird sicher nicht Juhu schreien. – Jedenfalls habe ich zu Rothemund nicht nein gesagt. Mehr war da nicht.«

Nachdem sie auch dieses Thema besprochen hatten, wandten sie sich der Bundesliga zu. Es war schon fast zwölf, als beide Freunde relativ breitbeinig die Sanderstraße entlang in Richtung Brunners Wohnung wankten.

Sie gönnten sich gerade noch einen Absacker in Form eines alten, weichen Cognacs, als es an Brunners Tür Sturm läutete.

»Verdammt, was ist denn das für ein Verrückter?«, knurrte Brunner ungehalten, dann stand er schwerfällig von der Couch auf und öffnete. Draußen stand eine ziemlich aufgelöste Johanna Siedler. Ihr Atem ging schnell und sie war sehr erregt. Sie machte einen Schritt nach vorne und flüchtete sich regelrecht in Brunners Arme. Überrascht hielt er sie fest und wartete auf eine Erklärung. Es musste etwas Schwerwiegendes geschehen sein, wenn die sonst so ausgeglichene Frau dermaßen die Fassung verlor. Nach einem Moment hatte sie sich ein wenig gesammelt, trat einen Schritt zurück und stieß hervor: »Eberhard, du musst gleich mitkommen, es ist etwas Schlimmes passiert.« Jetzt erst bemerkte sie Kerner, der aus dem Wohnzimmer in den Flur gekommen war. »Oh, entschuldige, Eberhard, ich wusste nicht, dass du Besuch hast, aber es ist wirklich fürchterlich!« Ihre Stimme zitterte. Brunner hatte sie noch nie so aufgelöst gesehen.

24

Brunner trat einen Schritt zur Seite und bat sie mit einer Handbewegung ins Wohnzimmer.

»Das hier ist mein Freund Simon, Simon Kerner«, stellte er Kerner vor, und dann zu Kerner: »Das ist Johanna Siedler, ich habe sie vorhin schon erwähnt.«

Kerner erhob sich und gab ihr die Hand.

Die Streetworkerin nahm Brunners Äußerung gar nicht richtig zur Kenntnis. Jetzt erst erkannte sie, dass die beiden Männer offensichtlich nicht mehr ganz nüchtern waren.

»Tut mir leid, Eberhard, wenn ich euren Herrenabend so krass störe, aber du musst bitte mitkommen. Ich habe vor zwanzig Minuten unten am Main, oberhalb von Himmelspforten, den alten Christoph gefunden. Tot.« Ihre Stimme erstarb.

Der Schock drängte die Wirkung des Alkohols bei dem Kriminalbeamten deutlich zurück.

»Du meinst den Obdachlosen, der uns an der Friedensbrücke versetzt hat?«

»Ja, natürlich, wen sonst.« Brunners alkoholbedingte Begriffsstutzigkeit nervte sie etwas. Sofort riss sie sich aber wieder zusammen.

»Gibt es irgendwelche Anzeichen von Gewalt?«, fragte Brunner.

»Nein, auf den ersten Blick konnte ich nichts entdecken. Aber ich habe natürlich nur den Puls gefühlt und ihn ansonsten nicht bewegt. Es war zu offensichtlich, er war schon ganz kalt.«

»Das ist gut.« Er sah Johannas befremdlichen Blick und ergänzte: »Ich meine, dass du ihn nicht bewegt hast. Hast du schon die Kripo verständigt?«

»Nein, ich wollte erst dich holen.«

»Warum hast du mich nicht angerufen?«

»Du hast dein Handy ausgeschaltet.«

»Mist, stimmt, aber ich wollte beim Schoppentrinken nicht gestört werden.« Er sah sie an. »Johanna, da gibt es ein Problem. Ich kann in meinem Zustand unmöglich fahren. Genau genommen, bin ich insgesamt nicht ganz einsatzbereit.«

»Ja, das sehe ich, aber ich habe den Dienstwagen draußen. Ich fahre dich natürlich.«

Die aufgeregte junge Frau hatte augenblicklich Kerners Sympathie. Ihre Ausstrahlung nahm ihn sofort für sie ein.

Kerner machte einige Schritte nach vorne. »Eberhard, ich mache uns schnell mal einen starken Kaffee. Das dauert nicht lange.«

Brunner zögerte kurz, aber Kerner war bereits auf dem Weg in die Küche. Der Kriminalbeamte war im Besitz eines modernen Kaffeeautomaten. Einen Augenblick später floss der erste Kaffee in die Tasse. Etwas später kam Kerner mit drei Tassen ins Wohnzimmer. Sie griffen zu und schlürften so schnell, wie es ging, das heiße Getränk.

»Sag mal, Eberhard«, fragte Kerner zwischen zwei Schlucken, »hast du was dagegen, wenn ich zum Tatort mitkomme?«

Brunner sah ihn verwundert an. »Was willst du denn dort?«

»Aus der Tatsache, dass Johanna ...«, er sah sie an und ergänzte: »Ich darf dich doch duzen? Ich bin Simon.«

Die junge Frau nickte. »Klar.«

Kerner fuhr fort: »Nachdem bereits ein Obdachloser in meinem Gerichtsbezirk getötet wurde, interessiert es mich natürlich, ob es zwischen den beiden Toten Zusammenhänge gibt. Insbesondere, ob diesem Christoph auch eine Niere entnommen wurde.«

Brunner nickte. »Es kann nicht schaden, wenn du dir ein Bild machst.« Er schwenkte den Kaffeerest in seiner Tasse im Kreis, dann trank er ihn aus. »Fahren wir!«

Wenig später zwängten sich die beiden hochgewachsenen Männer in den kleinen weißen Polo, den die Stadt Würzburg der Streetworkerin als Dienstfahrzeug zur Verfügung stellte. Der plötzliche Stress und das Koffein sorgten dafür, dass Brunner und Kerner von Minute zu Minute klarer wurden.

»Wieso warst du eigentlich um diese Zeit noch unterwegs, noch dazu alleine?«, wollte Brunner plötzlich wissen. »Das ist doch ungewöhnlich.«

»Ich lag schon im Bett, als ich einen Anruf erhielt. Der Anrufer nannte keinen Namen. Er teilte mir nur mit, dass er beobachtet habe, wie zwei Männer in einen alten Bauwagen am Main eingedrungen seien. Er habe dann nachgesehen und Christoph tot aufgefunden. Dann hat er aufgelegt.« Sie verschwieg Brunner, dass sie den Spieß für den Anrufer hielt. Sie wollte dem Obdachlosen keine Schwierigkeiten machen. Wenn seine Aussage erforderlich war, konnte sie ihn immer noch benennen. »Der Bauwagen ist mir bekannt. Ich bin dann gleich an den Main gefahren und habe Christoph tot aufgefunden.

»Aha«, entgegnete Brunner, der auf dem Beifahrersitz saß und sich festhalten musste, da Johanna sehr sportlich durch die nächtliche Stadt kurvte. »Das sieht ja so aus, als wäre der Anruf aus dem Milieu gekommen. Sonst treibt sich um diese Zeit dort in der Gegend doch keiner herum.«

Die Streetworkerin gab dazu keinen Kommentar ab. Zehn Minuten später lenkte sie den Wagen zwischen zwei Sportplätzen hindurch, bis der Bauwagen zu erkennen war. Johanna hielt und die beiden Männer stiegen aus. Die Streetworkerin richtete den Strahl einer Taschenlampe auf den Toten.

»Das ist genau die Auffindesituation?«, vergewisserte sich Brunner.

»Genau so«, gab Johanna zurück.

»Sieht so aus, als hätte ihn der Tod ereilt, als er den Bauwagen verlassen wollte«, vermutete Kerner, der sich an die Seite gestellt hatte, um nicht im Wege zu sein.

»Könnte sein«, erwiderte Brunner, dann bat er: »Kann ich bitte mal die Taschenlampe haben?« Er war jetzt voll in seinem Element. Ohne den Toten zu berühren, trat er mit einem Fuß auf die Treppe des Bauwagens, hielt sich am Türrahmen fest und leuchtete in das Innere.

»So wie es aussieht, hat der Mann hier übernachtet. Drinnen liegen ein Schlafsack und sein Gepäck.« Er sah Johanna an. »Wird dieser Schlafplatz häufig benutzt?«

Johanna nickte. »Vor allen Dingen, wenn schlechtes Wetter ist oder die Kälte kommt, dann schläft schon mal der eine oder andere hier. Besonders komfortabel ist der Platz ja nicht und es besteht immer die Gefahr, dass die Obdachlosen von Menschen belästigt werden, die sich am Main herumtreiben. Christoph ist sicher aus einem anderen Grund hierhergekommen. Er dachte wohl, dass er hier der Polizei aus dem Weg gehen könne. Leider haben ihn aber stattdessen seine Mörder gefunden.«

Brunner zog die Augenbrauen in die Höhe. »Wir müssen aufpassen, dass wir hier nicht vorschnell urteilen. Bis jetzt ist kein Anzeichen von äußerer Gewalt zu erkennen. Es könnte auch eine natürliche Todesursache sein.«

Johanna schüttelte energisch den Kopf. »Eberhard, das glaubst du doch selbst nicht! Wir haben den Alten gesucht, weil er eine Aussage machen sollte. Das ist in der Szene doch nicht geheim geblieben. So wie es aussieht, hat da jemand einen lästigen Zeugen beseitigt! Außerdem hat der Anrufer doch gesagt, dass er zwei Männer beobachtet hat.«

Kerner, der die ganze Zeit ruhig dabeigestanden war, trat einen Schritt nach vorne. »Ich denke, Eberhard, dieser anonyme Anrufer muss unbedingt ausfindig gemacht werden.«

»Der Meinung bin ich auch«, gab ihm der Kriminalbeamte Recht. »Johanna, da musst du uns helfen. Er hat sicher mehr gesehen, als er dir bei dem kurzen Telefonat gesagt hat.«

Die Streetworkerin nickte nur. Ihr war klar, dass sie den Spieß nicht länger heraushalten konnte. Sie hoffte, ihn überreden zu können, zu kooperieren.

Brunner zog sein Handy aus der Hosentasche. »Ich rufe jetzt die Einsatzzentrale an. Die schicken die Spurensicherung und den Rechtsmediziner. Danach sind wir etwas schlauer. Und du, Johanna, solltest überlegen, ob du den anonymen Anrufer vielleicht doch identifizieren kannst. Wir benötigen unbedingt seine Aussage. Ohne Zeugen kommen wir nicht weiter!«

Brunner trat ein Stück zur Seite und sprach einen Moment ins Telefon, dann kam er zurück.

»Die Kollegen vom Kriminaldauerdienst sind gleich unterwegs. In einer Stunde wissen wir etwas mehr.«

Johanna Siedler schlenderte zu ihrem Wagen und holte eine Packung Kaugummi heraus. Dabei überlegte sie angestrengt: Wenn sie den Spieß als den anonymen Anrufer offenbarte, würde sie bei dem Mann einen schweren Vertrauensverlust hinnehmen müssen. Sie musste ihn dazu bringen, selbst mit der Polizei zu sprechen. Als sie zurückkam, bot sie ohne nähere Begründung Brunner und Kerner einen Streifen der aromatischen Kaumasse an. Die beiden verstanden sofort. Ihr Atem bedurfte einer gewissen Auffrischung.

Das Thema Anrufer wurde von Brunner nicht mehr angesprochen, da der Kriminaldauerdienst am Tatort eintraf. Brunner sprach mit dem Leiter des KDD und erklärte ihm, warum er vor Ort war. Morgen würde ihm der Bericht vorliegen und die Mordkommission konnte übernehmen. Bevor die Männer mit der Arbeit begannen, stellten sie mobile Lichtgiraffen auf, die den Tatort taghell erleuchteten. Nachdem der Polizeifotograf die Auffindesituation und den Tatort ausführlich dokumentiert hatte, machte sich Dr. Karaokleos, der Rechtsmediziner, an die Arbeit. Vorsichtig untersuchte er die Leiche nach Spuren von Gewalt. Dem Toten die Jacke auszuziehen war nicht ganz einfach, weil die Totenstarre bereits langsam einzusetzen begann.

Kerner stand dabei und verfolgte aufmerksam jeden Handgriff des Mediziners. Als dieser den einen Arm untersuchte, entfuhr ihm ein leises »Aha«.

Brunner trat einen Schritt näher. »Sie haben was gefunden, Doc?«

»Hier ist ein frischer Einstich.« Dr. Karaokleos deutete auf den roten Punkt am Oberarm, um den herum sich, deutlich sichtbar, ein kleiner Bluterguss gebildet hatte.

»Vielleicht war der Tote ein Junkie«, vermutete der Kollege vom KDD.

»Kann ich mir nicht vorstellen. Das ist keine Stelle, um sich Drogen zu spritzen. Zudem ist weit und breit kein Spritzbesteck zu sehen. Außerdem ist der Mann doch sicher weit über siebzig. Letztendlich werden wir das aber nur bei der Obduktion klären können.«

Kerner bewegte sich einen Schritt nach vorne. »Könnten Sie bitte mal sein Hemd am Rücken hochschieben?«

Der Rechtsmediziner sah den Amtsgerichtsdirektor neugierig an. Er wusste sofort, worauf Kerner hinauswollte. »Sie meinen, dieser Tote könnte mit den anderen beiden Leichen in Verbindung stehen, denen man Nieren entnommen hat?«

Kerner zuckte mit den Schultern. »Das ist ja nicht völlig abwegig. Zumindest sollte man es ausschließen.«

Ohne weiteren Kommentar zog Dr. Karaokleos das Hemd aus Christophs Hose.

»Fehlanzeige«, stellte er fest.

»Vielen Dank.« Kerner trat wieder ein paar Schritte zurück.

Brunner sah keinen Grund mehr, länger vor Ort zu bleiben. Die Wirkung des Kaffees ließ langsam nach und Müdigkeit machte sich bei ihm bemerkbar. Wenn er Kerners Gesicht ansah, ging es dem Freund offenbar nicht anders.

»Johanna, ich denke, wir können jetzt gehen. Alles, was heute Nacht zu erledigen ist, wird auch ohne uns getan. Könntest du uns bitte wieder heimfahren? Simon übernachtet bei mir.«

Wenig später saßen alle im Polo und Johanna chauffierte sie zu Brunners Wohnung. Als sie vor dem Haus anhielt, meinte Brunner: »Johanna, vielen Dank fürs Fahren. Kommst du noch auf einen Schluck mit rein?«

»Vielen Dank, Eberhard, aber es war heute ein langer Tag und ich bin ehrlich gesagt ziemlich fertig. Ein anderes Mal gerne, aber jetzt muss ich schlafen.«

Brunner konnte das sehr gut nachvollziehen. Er verabschiedete sich im Auto von ihr mit einer Umarmung und Kerner, der hinten saß, reichte ihr zum Abschied die Hand zwischen den Kopfstützen hindurch.

»Schön, dass wir uns mal kennen gelernt haben«, sagte er. »Wenn auch bedauerlicherweise unter nicht sehr erfreulichen Umständen. Gute Nacht!«

Einen Moment später verschwanden die Rücklichter des Wagens um die nächste Kurve.

»Eine sehr patente Frau«, stellte Kerner fest, als sie Brunners Wohnung betreten hatten. »So eine wie sie findet man sicher nicht an jeder Straßenecke.«

Brunner brummte etwas Undefinierbares, dann meinte er: »Ich schlage vor, wir gönnen uns jetzt noch einen Absacker, dann schmeißen wir uns auf die Matratze. Ich fürchte, morgen wird es ein anstrengender Tag.«

Zwanzig Minuten später lag Kerner im Gästebett. Einen Augenblick schwirrten ihm noch die Bilder der vergangenen Stunden durch den Kopf, dann sanken ihm die Augenlider herunter. Sein letzter Gedanke galt dieser Johanna. Sie würde gut zu Eberhard Brunner passen. Allerdings sagte ihm sein Gefühl, dass sie mehr über diesen anonymen Anrufer wusste, als sie zugab.

Johanna Siedler beschäftigten in ihrem Bett ähnliche Gedanken. Sie hatte Brunner zwar nicht angelogen, aber sie verheimlichte ihm etwas. Das entsprach nicht ihrem ehrlichen und offenen Wesen. Schon gar nicht einem Menschen gegenüber, dem sie sich stärker emotional verbunden fühlte, als sie sich eingestehen wollte. Heute am Tatort war alles drunter und drüber gegangen. Morgen würde sie mit dem Spieß sprechen und ihm sagen, dass sie ihn erkannt hatte und er bei der Polizei eine Aussage machen müsse. Anschließend würde sie Brunner informieren. Mit diesem Entschluss schlief sie dann doch verhältnismäßig schnell ein.

25

Der Sargdeckel des teuren Erdmöbels, letzte Liegestatt des vor fünf Tagen verschiedenen Realschullehrers Berthold Weyermann, ließ sich fast lautlos auflegen. Während der Trauerfeier war der Verstorbene auf Wunsch der Angehörigen offen aufgebahrt gewesen. Ludwig, Olaf Zwergauers Gehilfe, drehte die vier kunstvoll verzierten Messingschrauben, die den Sarg verschlossen, fest. Anschließend rollte er die letzte Wohnstatt von Berthold Weyermann in den Raum, von dem aus er morgen in das Krematorium Aschaffenburg abtransportiert werden würde.

Olaf Zwergauer, der letzte Aufräumarbeiten in der Aussegnungshalle beendete, war mit dem von der Familie gewählten Arrangement sehr zufrieden gewesen. Die Hinterbliebenen hatten sich die Feier etwas kosten lassen. Da der Verstorbene konfessionslos gewesen war, hatte Olaf Zwergauer als Trauerredner ergreifende letzte Worte gefunden.

Der Bestatter sah dem Sarg mit einem gewissen Bedauern hinterher. Er war ein handwerkliches Meisterstück unterfränkischer Sargtischlerkunst. Da der verehrte Verstorbene auf eigenen Wunsch eingeäschert werden sollte, durfte der Sarg nur aus bestimmten umweltfreundlichen Materialien bestehen, die bei der Verbrennung keine umweltschädlichen Emissionen hinterließen. Etwas ärgerlich, dass dieses Kunstwerk nur eine so kurze Lebenserwartung hatte, aber an einen Austausch mit einem billigeren Modell war in diesem Fall nicht zu denken. Weyermann hatte zu Lebezeiten eine sehr kräftige Statur gehabt und benötigte eine Spezialanfertigung, einen Sarg in der Größe X-Large.

Olaf Zwergauer war Leichenbestatter in dritter Generation. Sein Großvater hatte das Beerdigungsinstitut *Ewiger Frieden* 1920 nach Ende des Ersten Weltkrieges in Wiesthal im Spessart gegründet. Sein Vater hatte es weitergeführt, bis er dann vor zehn Jahren wegen einer schweren Krankheit die Dienstleistung seines eigenen Unternehmens in Anspruch nehmen und Olaf die Nachfolge antreten musste. Die ersten beiden Generationen der Zwergauers waren arbeitsame, ehrliche, aber geschäftstüchtige Bestatter gewesen, die es, bedingt durch das krisenfeste Geschäft, zu ansehnlichem Wohlstand gebracht hatten. Zum Kummer seines Vaters sah Olaf als junger Mann seine Hauptaufgabe darin, dieses Vermögen zu vermindern. Immer wieder musste er wegen irgendwelcher Geldprobleme seinen Vater anzapfen, der die Entwicklung seines einzigen Kindes mit Sorge verfolgte. Als Olaf dann fast von heute auf morgen ins kalte Wasser geworfen wurde, war dies ein regelrechter Schock für ihn. Zwangsläufig musste er sich jetzt mit dem Handwerk des Bestatters auseinandersetzen. Was er dann auch mit mäßigem Enthusiasmus tat. Zum Glück gab es Ludwig, der weitgehend die Arbeit mit den Toten erledigte. Olaf war in erster Linie für das Kaufmännische, die Beratung der Hinterbliebenen und die Betreuung der Bestattungszeremonien zuständig. Nur in ganz speziellen Fällen legte er selbst Hand an.

Seinen Lebenswandel veränderte Olaf kaum. Im Gegenteil, er verfiel immer mehr dem Spielteufel. Bis zum Tode seines Vaters konnte er seine Obsession einigermaßen in Grenzen halten, weil ihm sonst der alte Herr den Geldhahn zugedreht hätte. Nach dem Ableben seines Vaters bremste ihn jedoch niemand mehr. Olaf fuhr das Unternehmen im mer tiefer in die Krise. Vor gut zwei Jahren war er dann praktisch am Ende. Da bekam er eines späten Abends überraschend Besuch. Er erinnerte sich, als wäre es gestern gewesen.

Kurz vor Mitternacht läutete es an seiner Privatwohnung. Erstaunt über den späten Besuch öffnete er. Draußen stand eine dunkel gekleidete, blonde Frau in Begleitung zweier sehr ernst dreinblickender, schwarz gekleideter Männer. Die Frau stellte sich ihm als Frau Roosen vor. Diese sehr freundlich auftretende Dame ging wie selbstverständlich an ihm vorbei ins Wohnzimmer und ließ sich auf dem Sofa nieder. Einer ihrer Männer schaltete den laufenden Fernseher aus, der andere drückte Olaf auf einen Stuhl. Plötzlich hatte er Angst. Als er protestieren wollte, ergriff Frau Roosen das Wort.

»Mein lieber Olaf … Sie gestatten doch, dass ich Sie Olaf nenne.« Dies war offenbar keine Frage, denn sie fuhr gleich fort: »Mein lieber Olaf, ich bin hier, weil ich Ihnen ein Geschäft vorschlagen möchte.«

Als Olaf etwas entgegnen wollte, hob sie die Hand. Jetzt erst sah Olaf, dass sie Lederhandschuhe trug. »Lassen Sie mich ausreden und unterbrechen Sie mich nicht!«, forderte sie mit scharfem Unterton in der Stimme, der ihr Lächeln Lügen strafte.

»Ich habe Informationen, dass Sie erheblich über ihre Verhältnisse leben. Sie haben Spielschulden im fünfstelligen Bereich und wenn Sie so weiter machen, ist Ihr Bestattungsunternehmen in einem Vierteljahr zahlungsunfähig. Vermutlich werden Ihnen Ihre Gläubiger dann einige Knochen brechen. Habe ich Recht?«

Olaf saß der Frau völlig sprachlos gegenüber. Woher hatte sie diese Informationen?

»Habe ich recht!?«, wiederholte sie schärfer.

»Na ja ... ganz so schlimm ...«, stotterte Olaf.

»Genau so schlimm!«, belehrte ihn Frau Roosen. Sie machte eine kurze Pause, dann fuhr sie freundlich fort: »Deshalb bin ich hier. Ich möchte Sie gerne an einem Geschäftsmodell beteiligen, das Ihnen erfreuliche Einnahmen bringen wird, von denen das Finanzamt nichts erfährt.«

Olaf sah sie fragend an.

»Zunächst muss ich Sie ersuchen, über unseren Besuch und unsere kleine Unterhaltung absolutes Stillschweigen zu bewahren.« Sie drehte sich um und musterte einen Moment ihre Begleiter. »Diese beiden Herren hier sind die Garanten dafür, dass Sie sich auch an dieses Schweigegebot halten. Ihre speziellen Begabungen sind wirklich unvergleichlich.« Sie sah Olaf wieder an, immer noch lächelnd. »Haben wir uns verstanden?«

Der junge Bestatter nickte. Ihm lief eine Gänsehaut über den Rücken. Obwohl er keine Ahnung hatte, was die späte Besucherin von ihm wollte, war er sicher, dass jedes ihrer Worte ernst gemeint war.

»Sehr schön, dann werde ich Ihnen mein Angebot jetzt in allen Einzelheiten erläutern.«

Die darauf folgende Stunde würde Olaf Zwergauer in seinem ganzen Leben nicht mehr vergessen. Frau Roosen, die sicher nicht Roosen hieß, verließ irgendwann mit ihrem Gefolge sein Haus und ließ einen total erschütterten Olaf zurück. Seine Welt brach zusammen. Ihm war klar, dass er gerade eben einen Deal mit dem Teufel gemacht hatte. In dieser Nacht schlief Olaf keine Sekunde.

Zwergauer riss sich aus seinen trübsinnigen Gedanken. Am späten Abend desselben Tages betrat er nochmal den Raum mit dem abholbereiten Sarg. Morgen kam er ins Krematorium. Ein paar Stunden im Feuer und von Berthold Weyermann blieben nur noch ein paar mineralisierte Knochenreste, die Zähne und sonst nur Asche übrig. Jetzt musste er aber erst noch etwas erledigen. Er löste die Bremsen der Bahre und schob sie wieder hinüber in den Präparationsraum, in dem die Toten für die Bestattung hergerichtet wurden. Jetzt kam der Part, den Zwergauer alleine erledigen musste. Er hatte ihm die Rettung vor dem Untergang seiner Firma beschert. Er band sich eine Gummischürze um, zog einen Atemschutz über das Gesicht, streifte Gummihandschuhe über und öffnete den Sarg. Kritisch betrachtete er, wie viel Platz die Leiche dort einnahm. Irgendwie musste es gehen. Es gab ein saugendes Geräusch, als Olaf in der Ecke des Raumes die Tür der rechten Kühlbox öffnete. Er zog eine auf Schienen laufende Bahre heraus und zog sie auf einen Rollwagen. Unter einem lindgrünen Papiertuch zeichneten sich die Konturen eines menschlichen Körpers ab. Olaf ignorierte den Leichengeruch, der ihm aus der Kühlbox entgegenschlug. Dann fuhr er den Rollwagen neben den Sarg und entfernte das Leichentuch von der Bahre. Darunter erschien der junge Körper einer schlanken Frau, der noch im Tod ihre Schönheit erahnen ließ. Er zog die Leiche auf den Edelstahltisch, dann griff er zum Skalpell. Einige Zeit später packte er die fachgerecht zerlegten Leichenteile zu Berthold Weyermann in den Sarg. Der Tote protestierte nicht, als Olaf ihm die abgetrennten Beine beidseitig neben den Kopf legte. Den Torso und den Kopf platzierte er neben die Füße des ehemaligen Realschullehrers. Für die OP-Wunde in der Nierengegend der Leiche hatte er nur einen kurzen Blick übrig. Alle Toten, die man ihm zur Beseitigung schickte, trugen dieses Merkmal. Olaf war froh, dass er diesmal den gesamten Leichnam dank dessen geringer Ausmaße in einem Sarg beseitigen konnte. Es hatte auch schon Fälle gegeben, da mussten die Körperteile auf mehrere Särge verteilt werden.

Mit Schrecken dachte er an den Tag vor zwei Wochen, als er einen Körper zur Beseitigung in dem speziellen Kühlfach liegen hatte und die Kühlanlage ausfiel. Schon seit Tagen hatte es keinen Sterbefall mit Einäscherung mehr gegeben, weshalb er den Toten auch nicht beipacken konnte. Da hatte er Panik bekommen. In einer Nacht-und-Nebel-Aktion steckte er die einzelnen Leichenteile in dicke Plastiksäcke und beschwerte sie mit Steinen. Er war sicher, ihn hatte niemand dabei beobachtet, als er die Plastiksäcke zwischen Zellingen und Erlabrunn im Main versenkte. Diese Aktion hatte ihm Jahre seines Lebens gekostet.

Nach getaner Arbeit atmete Olaf tief durch und legte den Sargdeckel wieder auf. Es war schon erstaunlich, wie ihn dieser Umgang mit den Leichen verändert hatte. Seine Scheu gegenüber Toten war verschwunden. Er war völlig abgestumpft. Olaf schob den Wagen mit dem Sarg wieder in den Aufbewahrungsraum. Morgen würde er selbst den Sarg zum Krematorium nach Aschaffenburg fahren.

»Schlaft gut!«, sagte er mit leiser Ironie, dann löschte er das Licht und schloss die Türe hinter sich. Sein Beruhigungsmittel lag oben in seinem Schreibtisch: Ein Kuvert mit zehntausend Euro, das ihm die beiden Typen, die damals diese Frau Roosen begleiteten, immer dann aushändigten, wenn sie ihm wieder eine Leiche zur spurlosen Beseitigung brachten.

Am nächsten Morgen gegen zehn Uhr erreichte der Bestatter mit seinem Leichenwagen das Krematorium in Aschaffenburg. Wie er wusste, hatte heute Josef Dombrowsky am Ofen Dienst. Olaf meldete sich in der Verwaltung an und überreichte dem Beamten die erforderlichen Papiere.

Der drückte nach einer gründlichen Prüfung einige Stempel darauf, kassierte eine Gebühr und stellte eine Quittung aus.

»Sie kennen ja den Weg«, erklärte er knapp, damit war Olaf entlassen. Er setzte sich in seinen Wagen und fuhr rückwärts an den Lieferanteneingang des Krematoriums. Dann betrat er den Raum mit dem Ofen. Dombrowsky war gerade dabei, die Asche von der vorausgegangenen Verbrennung in eine Metallurne zu füllen. Als er den Bestatter erkannte, nickte er.

»Normal oder spezial?«, fragte er knapp, während er die Urne verschloss, abwischte und auf ein Regal zu anderen befüllten Urnen stellte.

»Spezial«, gab Olaf zurück. Dombrowsky wusste, dass er in einem derartigen Fall keine Fragen zu stellen hatte. Auffällig war nur, dass in diesen Fällen die Särge ausgesprochen schwer waren. Dombrowskys Schweigen wurde ihm mit einer zufriedenstellenden Summe erleichtert. Dombrowsky begleitete Olaf zum Wagen, dabei schob er eine Rollbahre vor sich her. Gemeinsam hoben sie den Sarg auf den Rollwagen.

»Wieder Übergewicht«, merkte Dombrowsky an und grinste. Zwergauer gab keinen Kommentar ab.

»Ich schieb ihn gleich rein«, erklärte der Mann und öffnete die Klappe eines der beiden Verbrennungsöfen. »Die Papiere!« Auffordernd hielt er dem Bestatter die Hand hin. »Es muss schließlich alles seine Ordnung haben.«

Er warf einen Blick auf die Unterlagen, dann ging er zu einem Computer, der etwas abseits hinter einer Stellwand auf einem Schreibtisch stand. Die Daten waren von der Verwaltung bereits eingegeben, so dass Dombrowsky nur einige Haken setzen musste, damit waren die Formalitäten erledigt. Aus einem Behälter nahm er einen Schamottstein, in den eine Nummer eingeprägt war. Sie war identisch mit der Nummer auf dem Protokoll. Er legte den Stein auf den Sarg, wodurch später die Asche eindeutig dem Verstorbenen Weyermann zugeordnet werden konnte. Dieser Stein kam später auch mit in die Urne.

»So, hinein damit«, murmelte er leise und schob den Sarg in den Ofen. Er verriegelte die Tür, dann drückte er auf einer Schalttafel einen Knopf. Durch ein kleines Sichtfenster konnte man sehen, dass gleichzeitig aus den rund um den Sarg verteilten Brennern hohe Flammen schlugen. Olaf atmete auf. Bei 1200 Grad würde in gut eineinviertel Stunden vom gesamten Sarg nebst Inhalt nur noch Asche übrig bleiben. Keine Beweise, keine Furcht vor Entdeckung mehr. Olaf drückte ihm einen Umschlag in die Hand, dann verließ er das Krematorium und fuhr nach Hause. Die Urne würde er in ein paar Tagen zugestellt bekommen, damit sie in einer feierlichen Zeremonie von den Hinterbliebenen beigesetzt werden konnte. Ein Platz unter einer Eiche im *Ruhehain* des Partensteiner *Todwaldes* war hierfür bereits reserviert.

26

Am nächsten Tag kam Kerner relativ spät aus dem Gericht nach Hause. Nach Betreten des Hauses warf er einen Blick ins Wohnzimmer. Steffi saß bei geöffneter Verandatür auf der Couch und blätterte in dem Prospekt, den er ihr aus der Schönheitsklinik mitgebracht hatte. Seit vor einiger Zeit auf Kerner und sie geschossen worden war, als sie auf der Veranda saßen, vermied sie es, sich alleine dorthin zu setzen. Obwohl, wie sie wusste, der Killer und seine Auftraggeberin nicht mehr am Leben waren.

Sie begrüßten sich mit einem Kuss.

»Hallo, Schatz«, sagte sie, »wie war gestern euer Männerabend? Habt ihr euch gut amüsiert?«

»Anfänglich schon«, gab Simon Kerner zurück, »später hat sich dann allerdings etwas ereignet, was uns ziemlich den Spaß verdorben hat.« Er erzählte von den nächtlichen Ereignissen. »Ziemlich mysteriöse Sache, das Ganze. Als wir uns niedergelegt haben, war es fast vier Uhr. Du kannst dir vorstellen, dass ich heute nicht ganz fit bin.«

»Ein Toter? Gott, das ist ja schrecklich! Das tut mir aber leid. Eberhard hat wirklich einen harten Job.« Sie legte die Zeitschrift zur Seite und sah Kerner neugierig an. »Sag mal, Eberhard hat eine neue Freundin? Davon hast du mir gar nichts erzählt.« Es klang etwas vorwurfsvoll.

»Du, ich wusste das auch nicht. Eberhard hat mir erst gestern beim Schoppen von ihr erzählt. Ich weiß auch gar nicht so genau, ob der Begriff Freundin korrekt ist. Du kennst doch Eberhard, wenn das Wort Beziehung irgendwie zur Sprache kommt, zieht er sich sofort in sein Schneckenhaus zurück. Wobei ich ihn nicht ganz verstehen kann. Diese Johanna scheint eine tolle Frau zu sein … menschlich und so … und sieht auch noch gut aus.«

Steffi drohte ihm scherzhaft mit dem Finger. »Habe ich etwa Grund zur Eifersucht? Wenn du so für andere Frauen schwärmst, sollte ich mich vielleicht einer Korrektur unterziehen.« Sie wies mit der Hand auf den Prospekt. »Vielleicht die Nase?« Sie drückte sich mit dem Zeigefinger gegen die Nasenspitze. »Oder soll es etwas mehr Busen sein?« Sie sah kritisch auf ihre Brüste hinab. »Die Konkurrenz schläft offenbar nicht, wie ich deiner Begeisterung über diese Johanna entnehmen kann.«

Kerner lachte und gab ihr erneut einen Kuss. »Schatz, um Gottes willen, lass alles so, wie es ist. Du bist wunderbar und ich liebe jeden Zentimeter an dir! Wir können uns ja mal mit Eberhard und Johanna zu einem gemeinsamen Schoppen treffen, dann kannst du sie ja kennen lernen … und begutachten.« Damit war das Thema vom Tisch.

»Ich bin etwas verspannt«, erklärte Kerner und dehnte sich. »Macht es dir etwas aus, wenn ich vor dem Abendessen noch ein Stündchen Joggen gehe? Kommst du mit?«

»Das kannst du gerne machen«, erwiderte Steffi. »Ich bin schon in der Mittagspause gelaufen.« Sie sah auf die Armbanduhr. »Dann bereite ich das Abendessen so bis halb acht. Ist das in Ordnung? Es gibt heute sowieso nur kalt.«

»Wunderbar«, freute sich Kerner und ging ins Schlafzimmer, um sich seine Sportklamotten anzuziehen. Beim Öffnen des Kleiderschranks fiel sein Blick auf den farbigen Umschlag mit Schleife, den er hinter seinen T-Shirts versteckt hielt. Morgen hatte Steffi Geburtstag. Beim Frühstück würde er ihr den Gutschein überreichen.

Zehn Minuten später war Simon Kerner mit dem Defender in Richtung seines Jagdreviers unterwegs. Dort kannte er alle verschwiegenen Pfade, auf denen man ungestört laufen konnte. Das Waldgebiet des *Todwaldes* war hierfür besonders geeignet.

Am Beginn eines Waldwegs stellte Kerner seinen Wagen ab, steckte sein Mobiltelefon ein, absolvierte ein paar Lockerungsübungen und lief los. Im Gegensatz zu Steffi hörte er während des Laufens keine Musik. Er liebte es, den Gesang der Vögel und das leise Säuseln des Windes in den Wipfeln zu hören. Schnell fand er seinen Rhythmus. Sein Atem ging gleichmäßig und seine Gedanken entfernten sich schnell von den Alltagsproblemen eines Behördenleiters.

Ohne es sich bewusst vorgenommen zu haben, kam er nach kurzer Zeit an dem Hochsitz vorbei, wo er vor wenigen Tagen durch ein Fahrzeug gestört worden war. Er überlegte einen Moment, dann lief er kurz entschlossen zu dem bewussten Waldweg. Obwohl es im Wald schneller dunkel wurde als auf dem freien Feld, war es um diese Zeit noch hell genug, um seinen spontanen Entschluss in die Tat umzusetzen. Auf dem Weg blieb er kurz stehen und untersuchte die Fahrspuren. Es gab keinen Zweifel, der Pfad war zwischenzeitlich schon wieder befahren worden! Es gab mehrere frische Reifenspuren, die sich mit den älteren vermischt hatten. Die Profile waren aber eindeutig identisch. Es war hier also offensichtlich immer der gleiche Wagen gefahren. Oder zumindest Fahrzeuge mit gleicher Bereifung.

Simon Kerner erhob sich und folgte den Abdrücken. Das Gras des Weges war feucht und seine Joggingschuhe waren schnell durchnässt. Das störte ihn allerdings nicht. Jetzt war Kerner Jäger, der einer Spur folgte. Er rief in seinem Kopf die Revierkarte ab. Nach ein paar hundert Metern war klar, die Profile führten zum *Ruhehain.* Gemächlich joggte Kerner weiter, den Blick immer auf den Boden gerichtet. Nach einigen Minuten erreichte er die Markierungen, die die Grenze des *Ruhehains* kennzeichneten, dicke Buchenstämme, die in gewissen Abständen abgelegt worden waren. Es waren Schilder mit der Aufschrift »*Ruhehain* – Achten Sie die Totenruhe!« aufgestellt. Eigentlich hätte hier der Weg enden müssen, da auch das Befahren der Anlage nur auf wenigen festgelegten, befestigten Wegen zulässig war. Dieser Waldweg gehörte sicher nicht dazu.

Kerner zögerte einen Moment, dann lief er weiter. Jetzt wollte er der Sache auf den Grund gehen. Bei ihm machte sich eine gewisse Anspannung bemerkbar. Ein paar Meter weiter führten die Reifenspuren in eine dichte Naturverjüngung, die die Abdrücke teilweise verdeckte. Nach einer kurzen Strecke endete der Bewuchs und er stand überraschenderweise vor der Zeremonienhütte der Anlage, einer im Blockhausstil errichteten geräumigen Waldhütte. Auf dem Platz davor und in deren Räumlichkeiten konnten Aussegnungsfeierlichkeiten abgehalten werden. An der Rückwand des Blockhauses befand sich ein großer Anbau, der ein hohes, stabiles Metalltor aufwies.

Es gab keinen Zweifel, die Fahrspur, der er gefolgt war, endete an diesem Tor. Da das Gras rings um die Hütte gemäht war, waren die Reifenabdrücke nicht mehr so deutlich zu erkennen, aber an ihrer Existenz gab es keinen Zweifel. Simon Kerner bewegte sich langsam um das Gebäude herum. Das Areal rund um die Hütte lag völlig verlassen. Offenbar waren im Augenblick keine Besucher da. Auf der Vorderseite, entgegengesetzt dem Metalltor, befand sich die befestigte Straße, die vom offiziellen Eingang des *Ruhehains* hierherführte.

Kerner ging zurück zu dem Anbau, näherte sich dem stabilen Tor und betrachtete das Schloss. Dort, wo man eigentlich bestenfalls ein Vorhängeschloss erwartet hätte, befand sich eine massiv wirkende Schließanlage mit Sicherheitsschloss. Kerner rüttelte leicht daran. Das Tor hatte keinerlei Spiel. Eine aufwändige Sicherheitseinrichtung, für die er keine Erklärung hatte. Für Kerner stellte sich die Frage, warum jemand durch den Wald fuhr, um hier in diesem Anbau … was zu machen? Sein Auto zu parken? Nachdem Kerner diese Frage heute wohl nicht mehr würde klären können und sein Magen sich knurrend bemerkbar machte, drehte er um und joggte zurück zu seinem Defender. Zu einem anderen Zeitpunkt würde er sich das genauer ansehen. Er war schon ziemlich spät dran und Steffi würde sich fragen, wo er blieb. Bevor er den Motor startete, rief er sie an und erklärte, dass er aufgehalten worden und jetzt auf dem Heimweg sei.

Zuhause sprang er schnell unter die Dusche, dann setzten sie sich an den Küchentisch. Während der Mahlzeit erzählte er Steffi von den merkwürdigen Reifenspuren und dem mysteriösen Anbau.

»Dafür gibt es sicher eine ganz einfache Begründung«, meinte Steffi. »Du musst nicht schon wieder etwas Geheimnisvolles hineininterpretieren. Du ärgerst dich doch nur, dass es jemand wagt, durch deinen heiligen Wald zu fahren.« Sie lächelte ihn an.

Kerner brummelte etwas Unverständliches in seinen Bart. Ganz Unrecht hatte Steffi nicht. Nach dem Essen räumte er das schmutzige Geschirr in die Spülmaschine. Anschließend schlenderten sie, mit einem Glas Wein in der Hand, ins Wohnzimmer und ließen sich auf der Couch nieder.

»Na, wie fühlt man sich, wenige Stunden vor dem Geburtstag?«, wollte Kerner wissen, dann fuhr er fort: »Das

Dumme ist nur, dass ich leider vergessen habe, dir ein Geschenk zu besorgen. Du glaubst gar nicht, wie peinlich mir das ist.« Er sah sie mit treuherzigem Dackelblick an. »Ist das schlimm? Liebst du mich jetzt nicht mehr?«

Sie sah ihn prüfend an und entdeckte sofort den Schalk in seinen Augenwinkeln. Kerner konnte sich nur schwer verstellen. Plötzlich griff sie sich von der Couch ein Kissen und warf es ihm an den Kopf.

»Du bist gemein!« Schmollend zog sie eine Schnute. »Warte nur, Simon Kerner, es gibt sicher bald eine Gelegenheit, dir deine Herzlosigkeit heimzuzahlen.« Schnell streckte sie ihm die Zunge heraus. Kerner lachte, dann packte er sie, zog sie zu sich heran und gab ihr einen langen Kuss, den sie nach einem Augenblick verspielten Zögerns ebenso innig erwiderte. Nachdem sie sich voneinander gelöst hatten, meinte Steffi mit einem gewissen Unterton in der Stimme: »Ich weiß auch nicht, vielleicht liegt es daran, dass ich wieder ein Jahr älter werde, jedenfalls bin ich plötzlich total müde.«

Kerner sah sie augenzwinkernd an. »Du hast Recht, heute war wirklich ein sehr anstrengender Tag.« Er sprang auf und zog sie an den Händen auf die Füße, dann packte er sie mit einem schnellen Griff und hob sie auf seine Arme. Im Sturmschritt trug er sie ins Schlafzimmer, ließ sie aufs Bett fallen und warf sich auf sie. Einen Moment später wälzten sie sich eng umschlungen auf der Matratze.

Nachdem sie sich zweimal stürmisch geliebt hatten, gönnten sie sich schweigend eine Pause. Die zwischen ihnen herrschende Harmonie bedurfte keiner Worte. Steffi bettete ihren Kopf auf Kerners verschwitzte Brust. Glücklich und entspannt lauschte sie seinem Herzen, das kräftig und gleichmäßig schlug. Schon längst war die Dunkelheit ins Zimmer gekommen. Die vom Wind bewegten Zweige des Apfelbaums vor dem Fenster warfen bewegte Schatten gegen die Wände.

»Ich kann nicht verstehen, warum Eberhard auf so etwas Schönes verzichten will«, flüsterte Steffi plötzlich kaum vernehmlich.

Kerner strich ihr sanft über das Haar. »Er hat eben schon mehrere Male schlechte Erfahrungen gemacht. Wenn der Schmerz stärker ist als das Glück, kann man wahrscheinlich irgendwann nicht mehr. Er ist in seinem Beruf ja wesentlich häufiger Gefahren für Leib und Leben ausgesetzt als ich zum Beispiel. Und du weißt, wie schwer es dich getroffen hat, als man mir damals diesen Killer auf den Hals gehetzt hat.«

Er griff nach unten und zog die Bettdecke, die beide während des Liebesspiels an den Fuß des Bettes getreten hatten, nach oben, da er merkte, dass Steffi leicht fröstelte. Dabei warf er einen Blick auf seine Armbanduhr. Bis Mitternacht waren es nur noch knapp zehn Minuten. Die Zeit war wie im Flug vergangen. Er löste sich vorsichtig von ihr. »Ich komme gleich wieder«, erklärte er und gab ihr einen Kuss. Nackt, wie er war, eilte er in den Flur, machte Licht und zog den Umschlag mit dem Geburtstagsgeschenk aus der Jacketttasche. Dann huschte er in die Küche, holte eine Flasche Secco aus dem Kühlschrank und griff sich zwei Gläser. So ausgerüstet kam er ins Schlafzimmer zurück. Ein leichtes Lächeln zog über sein Gesicht, als er das entspannte Gesicht Steffis sah, die die Augen geschlossen hatte und offenbar eingeschlafen war. Kerner stellte die Flasche und die Gläser auf den Nachttisch und legte den Umschlag dazu. Vorsichtig kroch er wieder unter die Bettdecke und schmiegte sich sanft an den schlafwarmen Körper seiner Freundin. Im Schlaf gab sie leise maunzende Laute von sich und drückte sich an ihn. Er brachte es nicht fertig, sie zu wecken. Stattdessen legte er seinen Arm um sie und schloss die Augen. Morgen früh war auch noch Zeit zu gratulieren. Wenig später befand sich sein Atem im Gleichklang mit ihrem.

Als Kerner erwachte, war es draußen schon lange hell und die Sonne warf ihre Strahlen in den Vorgarten. Steffi schlief noch immer tief und fest mit dem Rücken gegen seine Brust gedrückt. Kerner betrachtete sie einen Moment. Eine Strähne ihres blonden Haares war ihr in die Stirn gefallen, ihre Gesichtszüge waren entspannt. Es war schön, heute keinen Zeitdruck zu haben. Steffi hatte sich am Vormittag frei genommen und auch seine Sekretärin wusste Bescheid, dass er erst am Nachmittag im Büro erscheinen würde.

Sanft begann er sie zu streicheln. Es dauerte nicht lange, dann zeigte sie entsprechende Reaktionen. Wenige Minuten später waren beide wieder ineinander versunken. Als sie den Höhepunkt überschritten hatten, flüsterte ihr Simon Kerner ins Ohr: »Guten Morgen, mein Schatz, herzlichen Glückwunsch zum Geburtstag!«

»Ach, war das ein wunderschöner Traum«, flüsterte sie leise.

Er drehte sich um, nahm die Flasche und ließ den Korken knallen. Der spritzige Secco perlte in den Gläsern. Er gab ihr eines in die Hand.

»Auf noch viele derartige Träume«, sagte er sanft und stieß mit ihr an. Mit leicht verschleiertem Blick lächelte sie ihn an und nahm einen Schluck. Dann nahm er ihr das Glas ab und stellte es neben seines auf den Nachttisch. Langsam griff er nach dem Umschlag und legte ihn neben sie auf das Kopfkissen.

»Stell dir vor, jetzt habe ich durch Zufall doch ein Geschenk für dich gefunden. Ich hoffe, es gefällt dir.« In freudiger Erwartung öffnete sie das Kuvert. Sofort erkannte sie das

Firmensignum der *Spessart-Beautyworld Klinik* und sah ihn gespielt empört an.

»Simon Kerner, du hast mich angelogen. Du findest mich gar nicht hübsch. Sonst hättest du mir keinen Gutschein für eine Schönheits-OP geschenkt.« Sie richtete sich auf und kniete vor ihm im Bett. »Was gefällt dir nicht?«, fragte sie herausfordernd.

Kerner kniff sie in den Hintern, dass sie quiekte, dann meinte er: »Nix OP! Vielleicht solltest du mal was für deine Augen tun. Sonst hättest du nämlich gesehen, dass es sich um ein Wellnesswochenende für zwei Personen handelt, mein Schatz. Wohlgemerkt: für zwei Personen! Nimm dir also bitte für das nächste Wochenende nichts vor.«

Sie lachte und boxte zurück. »Hab ich natürlich gesehen. Vielen herzlichen Dank! Ich weiß doch, wie schwer es dir gefallen sein muss, dich zu überwinden, mich dabei zu begleiten. Aber das wird sicher ein ganz herrliches Wochenende.« Sie beugte sich plötzlich nach vorne und fuhr ihm mit gespielt bekümmerter Miene mit den Fingern an den Schläfen entlang. »Schatz, du hast da in den Augenwinkeln ein paar Krähenfüße, die man dringend behandeln sollte. *Spessart-Beautyworld* bietet doch jeden Schnickschnack, wenn man dem Prospekt glauben darf. Alles sehr diskret, sehr persönlich und individuell. Kein Massenbetrieb. Die bringen auch dich alten Mann wieder auf Vordermann.«

Kerner verzog das Gesicht. »Jede Falte habe ich mir hart erarbeitet! Die bleiben, wie sie sind. Außerdem kann ich mich nicht erinnern, dass du heute Nacht Anlass zu irgendwelchen Beschwerden hattest.« Steffi lachte und griff nach ihrem Glas. Sie stießen noch einmal auf ihren Geburtstag an, dann erhoben sie sich. Während Steffi unter der Dusche verschwand, zog Simon Kerner schnell seinen Jogginganzug an, setzte sich in den Defender und fuhr los, um Brötchen zu holen. Nach der schweißtreibenden nächtlichen Gratulation freute er sich jetzt auf ein kräftiges Frühstück.

27

Ronald Meyer stand der kalte Schweiß auf der Stirn. Langsam legte er den Telefonhörer auf den Apparat. Die Stimme mit dem eigentlich gemütlich klingenden schwäbischen Akzent hatte so gar nichts Freundliches an sich gehabt. Schon beim ersten Wort wusste er, wer anrief. Der Heimleiter erwartete eigentlich eine Bestellung, wie es üblich war, wenn der Typ anrief. Stattdessen erteilte der Mann ihm einen klaren Auftrag. Er sollte umgehend einen Obdachlosen ausfindig zu machen, der Camouflageklamotten trug und wahrscheinlich eine Schussverletzung am Bein hatte. Vermutlich würde der Mann ärztliche Hilfe benötigen. Der Anrufer erklärte, dass er am nächsten Tag wieder anrufen würde und dann ein positives Ergebnis erwartete.

Nach dem Gespräch wischte sich Meyer den Schweiß von der Stirn. Wie sollte er das in der kurzen Zeit bewerkstelligen? Viele Obdachlose trugen derartige militärische Kleidungsstücke, weil sie ganz einfach strapazierfähig und günstig zu bekommen waren. Er würde sich in der Szene umhören. Wenn er wieder ein paar Scheine investierte, bekam er vielleicht die Auskunft, die er benötigte. Plötzlich kam ihm ein Gedanke und seine Miene hellte sich etwas auf. Er würde Mona fragen. Mona war keine Obdachlose im eigentlichen Sinne. Seit ungefähr einem Jahr war die junge Frau von Crack abhängig und hatte mit erschreckender Schnelligkeit einen körperlichen und geistigen Verfall durchgemacht. Für Geld war sie zu allem bereit, um sich die nächste Pfeife für ihre Sucht zu beschaffen.

Meyer zog seine Lederjacke an und verließ die *Heimkehr*. Es war fast zehn Uhr. Er durfte keine Zeit verlieren.

Mona saß wie ein Häuflein Elend mit dem Rücken gegen eine Hauswand gedrückt auf dem Gehsteig der unteren Juliuspromenade und bettelte, ihre beiden Hände zu einer Schale geformt vor sich haltend. Ihr Blick war zu Boden gesenkt. Den abgebrühten Heimleiter ließ der sichtliche Verfall der Süchtigen kalt. Meyer stellte sich vor sie, zog einen Zwanzig-Euro-Schein aus der Tasche und ließ ihn in Monas Hände fallen. Es dauerte einen Moment, bis sie diesen unerwarteten Segen begriff. Langsam hob sie die Augen und erkannte den Heimleiter, dann blickte sie zurück auf den Geldschein.

»Wie soll ich es dir machen?«, fragt sie mit heiserer Stimme.

»Gar nicht«, gab er zurück. »Ich brauche eine Information. Wenn du sie mir beschaffen kannst, lege ich noch einen Fünfziger drauf.« Abwartend sah er auf sie herab.

Langsam erhob sie sich. Dabei ließ sie hastig den Geldschein in der Tasche ihrer löcherigen Jeans verschwinden.

»Was willst du wissen?«

Meyer hatte sich eine Story zurechtgelegt, die halbwegs glaubwürdig klang.

»Mich haben die Bullen angesprochen ...«

Bei der Erwähnung der Polizei machte die junge Frau einen Schritt zur Seite, als wolle sie davonlaufen.

»Keine Sorge«, beeilte sich Meyer zu sagen, um keinen falschen Eindruck aufkommen zu lassen. »Sie haben mich um Mithilfe gebeten.« Er holte tief Luft. »Heute Nacht muss es in der Mainaustraße einen Verkehrsunfall gegeben haben, in dem angeblich ein Obdachloser verwickelt war. Nach Aussage eines Anwohners, der den Unfall aus seinem Fenster beobachtete, wurde der Mann am Bein verletzt. Der Unfallfahrer hat dann Gas gegeben und ist weitergerast. Der Zeuge konnte das Kennzeichen nicht erkennen, sagte aber aus, dass der angefahrene Mann nach kurzer Zeit aufgestanden und schwer hinkend davongelaufen sei. Die Polizei will ihn als Zeugen vernehmen, um den flüchtigen Fahrer ausfindig zu machen. Außerdem müsste das Unfallopfer wahrscheinlich medizinisch versorgt werden.«

Mona sah ihn zweifelnd an. »Seit wann kümmern sich die Bullen um einen Penner?«

»Kann dir doch egal ein. Wie es aussieht, hat der Kerl bei der Flucht auch noch zwei Autos angefahren. Wahrscheinlich war er besoffen.«

Das leuchtete Mona ein.

»Du kennst doch Gott und die Welt in der Szene. Wenn du was herausfindest, will ich das wissen. Ich bin heute Abend kurz nach Mitternacht wieder hier. Denk dran, du kannst dir einen Fünfziger verdienen.«

Die junge Frau nickte, dann drehte sie sich um ging schleppenden Schrittes in Richtung Main davon.

Meyer sah ihr mit zusammengekniffenen Augen hinterher, dann drehte er sich um und eilte davon. Es gab noch ein, zwei weitere Quellen, die er anzapfen konnte.

Johanna Siedler trieb es um. Die Tatsache, Eberhard Brunner ihren Verdacht verschwiegen zu haben, der Spieß könnte der anonyme Anrufer gewesen sein, ließ ihr keine Ruhe. Sie hatte schon versucht den Obdachlosen in der Stadt aufzutreiben, er schien aber wie vom Erdboden verschluckt. Wenn sie Brunner einweihte, würde er den Spieß sofort zur Fahndung ausschreiben lassen. Das war seine Pflicht. Unabhängig davon, dass dies wahrscheinlich kein Ergebnis bringen würde, war sie absolut sicher, der gewiefte Obdachlose würde davon Wind bekommen. Mit hoher Wahrscheinlichkeit würde er erst mal aus der Stadt verschwinden und warten, bis Gras über die Angelegenheit gewachsen war.

Wie ihr Eberhard später erzählte, hatte Dr. Karaokleos wegen der Eilbedürftigkeit des Falles die Obduktion des alten Christoph vorgezogen. Der alte Mann war offenbar mit einer tödlichen Dosis eines starken Narkosemittels umgebracht worden war. Am Arm und am Oberkörper gab es deutliche Druckmarken. Wahrscheinlich hatte man ihn, um ihm das Gift zu spritzen, gewaltsam festgehalten. Wahrscheinlich machten sich die Täter dann aus dem Staub, ohne sich davon zu überzeugen, dass ihr Opfer tatsächlich tot war. So konnte sich der Obdachlose noch bis zum Eingang des Bauwagens schleppen und war dann, halb auf der Leiter des Wagens hängend, verstorben.

Sie war sicher, der Spieß hatte die Tat beobachtet und sich jetzt vor Angst irgendwo verkrochen. Sicher befürchtete er – nicht zu Unrecht –, dass die Täter ihn als gefährlichen Zeugen beseitigen könnten, wenn er vor der Polizei aussagte und dies bekannt würde. Zu seinem eigenen Schutz musste sie ihn unter allen Umständen finden.

Der Spieß erwachte mit einem schmerzhaften Pochen im Oberschenkel und einem fürchterlichen Brummschädel. Es dauerte einen Moment, bis er sich im Klaren war, wo er sich befand. Durch die verschmierten Fenster der Gartenlaube kam diesiges Licht herein. Der Tag war gerade erst angebrochen. Er richtete sich auf, wobei er unwillkürlich sein verletztes Bein bewegte. Als der Schmerz wie ein Blitz durch seinen Körper fuhr, stieß er einen heftigen Fluch aus. Nachdem er den Reißverschluss des Schlafsacks geöffnet hatte,

sah er den Wundverband. Die Binde war von angetrockne-
tem Blut durchtränkt. Unter dem Verband herum war der
Oberschenkel gerötet und, wie es schien, auch angeschwollen. Vorsichtig berührte er das Umfeld der Verletzung. Knurrend biss er die Zähne zusammen. Mühsam schälte er sich
aus dem Schlafsack, wobei er darauf achtete, dass das Gewebe nicht mit der Verletzung in Berührung kam. Im Sitzen
löste er behutsam den Verband. Die sterile Auflage klebte an
der Wunde. Mit knirschenden Zähnen entfernte er sie. Sofort begann die Wunde wieder zu bluten. Unter heftigen
Schmerzen auf einem Bein hüpfend, näherte er sich der Spüle, wo an einer Halterung eine Rolle Küchenpapier hing. Mit
drei Blättern tupfte er das Blut ab, dann setzte er sich wieder.

»Verdammte Scheiße!«, fluchte er, als er die Wunde betrachtete. Er hatte im Krieg genug Verletzungen gesehen, um
zu wissen, dass sie kontaminiert war. Das Wundgewebe war
knallrot und wulstig angeschwollen. Hier bestand eindeutig
die Gefahr eines Wundbrands. Die Desinfektion des Streif-
schusses mit Schnaps hatte nicht den gewünschten Erfolg
gebracht. Vermutlich hatten die Killer Bleigeschosse verwendet. Wahrscheinlich waren winzige Partikel in die Wunde eingedrungen und hatten dadurch die Entzündung verur-
sacht. Ihm war auch bewusst, dass er keinen Impfschutz
gegen Wundstarrkrampf hatte. Die letzte Tetanusimpfung
hatte er in der Legion erhalten und das war Ewigkeiten her.
Wenn er nicht sein Bein riskieren wollte, musste er schleunigst zu einem Arzt. Sicherheitshalber tupfte er die Wunde
noch einmal mit Schnaps ab. Das Brennen trieb ihm die Tränen in die Augen. Anschließend verbrauchte er sein letztes
steriles Verbandspäckchen. Den benutzten Verband und das
blutige Papier stopfte er in einen herumstehenden Abfall-
behälter. Seine Hose war mittlerweile trocken. Durch die

Camouflagemusterung des Stoffes war der Blutfleck praktisch nicht mehr zu erkennen. Auch die Ein- und Ausschusslöcher fielen nicht auf. Er zog sich unter Schmerzen an, dann zurrte er den Schlafsack an seinen Rucksack und warf sich das Gepäckstück über die Schulter. Ihm war klar, dass er Spuren hinterließ, aber das war ihm egal.

Die ersten Schritte waren eine verdammte Qual. Draußen sah er sich um. Um diese frühe Zeit war in den Gärten noch niemand zu sehen. Stark hinkend verließ er die Anlage. Es half alles nichts, er musste jemand anrufen. Alleine konnte er sich nicht mehr helfen. Die wenigen Menschen, die um diese Stunde bereits in der Zellerau unterwegs waren, schenkten dem hinkenden Obdachlosen keine Beachtung. Es dauerte seine Zeit, bis er den öffentlichen Fernsprecher erreicht hatte, von dem aus er gestern schon bei der Streetworkerin angerufen hatte. Ihm fiel niemand anders ein, dem er halbwegs vertraute und der hoffentlich bereit war, ihm zu helfen.

Als Johannas Telefon auf dem Nachttisch neben ihr klingelte, zuckte sie zusammen. Sie war erst spät eingeschlafen. Wirre Träume quälten sie und verhinderten einen erholsamen Schlaf. Unwillkürlich warf sie einen Blick auf ihren Wecker. Kurz vor fünf Uhr. Anrufe um diese Zeit bedeuteten nichts Gutes. Sie hob ab. Johanna erkannte die Stimme sofort, obwohl sie heute irgendwie gepresst klang. Diesmal gab er sich gleich zu erkennen. Nach den ersten Sätzen war sie hellwach und richtete sich im Bett auf. Sie lauschte einige Zeit den Worten des Anrufers, dann erwiderte sie: »Bleib, wo du bist. Ich bin in wenigen Minuten dort.« Dann legte sie auf. Wenn ein Mensch wie der Spieß sich durchrang und um Hilfe bat, musste es sich definitiv um einen echten Notfall handeln. Sie sprang aus dem Bett, schlüpfte in ihre Jeans und zog sich ein Sweatshirt über. Schnell war das Haar mit einem Zopfgummi zusammengefasst, dann griff sie sich ihren Rucksack, den sie bei ihren Rundgängen mit sich führte. Er enthielt unter anderem auch ein Behältnis mit Verbandsstoffen und desinfizierenden sowie schmerzstillenden Medikamenten. Wenig später verließ sie eilig das Haus und rannte zu ihrem Dienstwagen, den sie nur eine Straße weiter geparkt hatte.

Zu dieser frühen Morgenstunde war der Verkehr noch recht dünn und sie erreichte die Zellerau in kürzester Zeit. Die Rotenhanstraße war eine Seitenstraße, die parallel zur Mainaustraße verlief. Langsam rollte sie die Häuserreihen entlang. Ihr Blick suchte nach dem Spieß. Plötzlich trat der Gesuchte zwischen zwei geparkten Transportern hervor. Sofort bemerkte sie, dass er ein Bein nachzog. Ruckartig trat sie auf die Bremse und stieg aus.

»Hallo«, sagte sie leise und warf ihm besorgte Blicke zu. »Geht es einigermaßen?«

Seine Augen glänzten fiebrig.

»Scheiße«, gab der Spieß zurück, »ich glaube, ich brauche einen Arzt. Das sieht, verdammt noch mal, nach beginnendem Wundbrand aus.«

»Ich könnte dich ins Krankenhaus fahren. Dort wärst du wohl am besten aufgehoben.«

»Nein, kein Krankenhaus!«, stieß er hastig hervor. »Ich brauche nur einen Arzt, dann kommt das schon wieder in Ordnung. Kannst du das managen? Ansonsten kannst du wieder gehen.«

Johanna Siedler überlegte einige Sekunden, dann meinte sie: »Jetzt steig erst mal ein. Ich nehme dich mit zu mir nach Hause. Ich kenne einen Arzt, der sich die Wunde ansieht …«

Sie sah seinen misstrauischen Blick.

»… ohne, dass die Polizei davon erfährt«, ergänzte sie, da sie wusste, was ihm Sorgen machte. »Er ist ein guter Bekannter.«

Sie wuchtete den schweren Rucksack des Obdachlosen auf die Rückbank des Wagens, dann half sie ihm auf den Beifahrersitz. Am Zähneknirschen konnte sie ermessen, welche Schmerzen der Spieß ertragen musste. Auch während der Fahrt hielt sie sich mit Fragen zurück. Sie war sich ziemlich sicher, dass die Verletzung des Mannes mit dem damaligen Anruf bei ihr in direktem Zusammenhang stand. Zunächst galt es, die Verletzung zu versorgen, dann sah man weiter. Es war ihr klar, ihr Verhalten war ein Verstoß gegen ihre Dienstpflicht. Andererseits würde sie aus dem Obdachlosen kein Wort herausbekommen, wenn sie nach Vorschrift handelte.

Um den Spieß zu entlasten, trug sie seinen Rucksack in ihre Wohnung. Dem Mann war anzusehen, dass er die Schmerzen nur noch mühsam ertrug. Trotz des Vollbartes konnte sie sein gerötetes Gesicht erkennen. Er hatte offensichtlich Fieber. Torkelnd zog er sich am Geländer die Treppe hoch. Mühsam schleppte er sich zu ihrer Couch und ließ sich stöhnend darauf niedersinken.

»Durst«, ächzte er leise. Er war wirklich am Ende. Die Streetworkerin eilte in die Küche und holte ein Glas Wasser. Als sie ins Wohnzimmer zurückkam, war der Spieß bereits eingeschlafen. Sein Atem ging schwer und stoßweise. Es war höchste Zeit, den Arzt zu verständigen. Sie griff zum Hörer. Dr. Silvio de Luggia, ein junger Arzt und guter Bekannter von ihr, arbeitete in der Notaufnahme der Unfallchirurgie der Universitätsklinik. Hin und wieder fuhr er auch Notarzteinsätze, war also sehr kompetent. Schon wiederholt hatte er kostenlos geholfen, wenn Klienten von Johanna

Siedler Hilfe benötigten. Sie wählte seine Handynummer. Gott sei Dank war er gleich am Apparat.

»Hallo, Johanna«, erwiderte er, nachdem sich die Streetworkerin gemeldet hatte, »du hast Glück, ich bin gerade erst vom Nachtdienst gekommen. Was liegt an? Hat wieder mal einer deiner Kunden Probleme?«

Ohne die näheren Umstände zu erläutern, schilderte sie ihm die Problematik.

»In einer Viertelstunde bin ich bei dir«, erklärte der junge Arzt knapp, dann legte er auf.

Johanna Siedler ging in die Küche und bereitete sich einen starken Kaffee.

Es war keine Viertelstunde vergangen, als ihre Türglocke erklang. Schnell öffnete sie. Mit dem Arztkoffer in der Hand stürmte Silvio herein. Er gab Johanna einen Wangenkuss, dann fragte er: »Wo ist der Patient?«

Wortlos wies sie zum Wohnzimmer.

Der Arzt musterte den Obdachlosen kurz. »Wo ist die Verletzung?«

»Er hat mir gesagt, dass er am Oberschenkel eine offene Wunde hat, die er anscheinend schon selbst verarztet hat. Offenbar ohne Erfolg, denn er sagte etwas von Wundbrand. Dazu musst du wissen, der Mann war früher Legionär und kennt sich wohl mit Verletzungen aus.«

Silvio öffnete seine Arzttasche und holte ein Fieberthermometer heraus, mit dem man aus kurzer Distanz die Körpertemperatur messen konnte, ohne den Patienten berühren zu müssen.

»40,2 Grad«, stellte er stirnrunzelnd fest. »Wir müssen ihm die Hose ausziehen, damit ich an die Wunde komme.«

Gemeinsam zogen sie das Kleidungsstück herunter, wobei der Spieß gelegentlich aufstöhnte. Über die Wolke streng riechender Luft, die den Körper des Liegenden umgab, verlor der Arzt kein Wort. In der Notaufnahme durfte man auch nicht empfindlich sein. Johanna schob eine Stehlampe näher, so dass Silvio besser sehen konnte. Nachdem er den Verband entfernt hatte und die Wunde offen vor ihm lag, zog er zischend die Luft durch die Zähne.

»Das ist wirklich höchste Zeit«, stellte er fest. Nach einer Weile ergänzte er: »Johanna, für mich ist klar, hierbei handelt es sich mit an Sicherheit grenzender Wahrscheinlichkeit um eine Schussverletzung.« Er roch an dem abgenommenen Verband. »Sieht so aus, als hätte er versucht, die Verletzung mit Schnaps zu desinfizieren. Da war sie aber sicher schon verschmutzt.« Er kramte in seiner Arzttasche. »Er bekommt jetzt von mir eine Tetanusimpfung, dann spritze ich ihm noch eine hohe Dosis Antibiotika. Wir machen die Wunde und ihre Umgebung großflächig steril und verbinden sie wieder. Damit dürfte fürs Erste das Schlimmste abgewendet sein. Die Wunde muss dann jeden Tag frisch verbunden werden.« Mit sicheren Bewegungen machte er sich an die Arbeit. Der Spieß wachte während der Behandlung nicht auf. Als Silvio fertig war, räumte er seine Sachen wieder in den Arztkoffer. Er übergab ihr eine Medikamentenpackung.

»Das ist ein starkes Antibiotikum. Alle zwölf Stunden eine Tablette, bis die Packung aufgebraucht ist. Er darf das Bein nicht belasten, bis die Entzündung zurückgegangen ist. Hier noch eine Tinktur, mit der du die Wunde betupfen musst, wenn du den Verband wechselst. Hast du Verbandsmittel?«

Die Streetworkerin bejahte. Als Silvio sich zum Gehen wandte, brachte sie ihn zur Tür.

»Herzlichen Dank für deine Hilfe … und was die Schussverletzung betrifft …«

Er sah sie mit großen Augen an. »Welche Schussverletzung? Sollte es Komplikationen geben, ruf mich an.«

Die Tür fiel hinter ihm ins Schloss. Johanna ging zurück ins Wohnzimmer uns sah den unruhig schlafenden Mann an. Was sollte sie jetzt machen? Sie konnte den Spieß auf jeden Fall nicht in ihrer Wohnung lassen. Eigentlich müsste sie jetzt Eberhard Brunner verständigen. Nachdem sie alles Für und Wider abgewogen hatte, fasste sie einen Entschluss.

Wie sie wusste, hatte die *Heimkehr* eine Art Krankenzimmer, in dem man den Verwundeten vorläufig unterbringen konnte. Das Obdachlosenheim gehörte zur Stadtmission, einer christlichen Einrichtung, die sich der Obdachlosen annahm. Sicher konnte sie eine Helferin organisieren, die sich um den Spieß kümmerte, bis er wieder auf den Beinen war. Sie war sich sicher, dass die Medikamente, die Silvio verabreicht hatte, schnell wirken würden. Sie sah auf die Uhr, dann griff sie zum Telefon. Um diese Zeit musste Meyer erreichbar sein. Nach dem Gespräch mit dem Heimleiter würde sie sich endlich mit Eberhard Brunner in Verbindung setzen.

Einen Moment später war Meyer am Apparat. Er saß in seinem Büro und zerbrach sich den Kopf, was er machen sollte. Mona war heute Nacht zur verabredeten Zeit nicht am Treffpunkt erschienen. Er hatte keine Ahnung, wie er die benötigte Information in der wenigen ihm noch verbleibenden Zeit beschaffen sollte. Als sich die Streetworkerin meldete, fluchte er innerlich. Diese Tussi hatte ihm jetzt gerade noch gefehlt! Als sie ihm jedoch ihr Anliegen erläuterte, durchfuhr ihn die Erleichterung wie ein Blitzstrahl! Nur mit großer Mühe konnte er ihr gegenüber seine Erregung verbergen. Er war ein richtiges Glückskind! Siedler würde ihm den gesuchten Obdachlosen auf einem silbernen Tablett servieren. Um sie nicht misstrauisch zu machen, zögerte er zunächst mit einer Zusage, um sich dann von ihr doch überreden zu lassen. Da der Kranke getragen werden musste, erklärte er sich bereit, einen Transport durch das Rote Kreuz zu organisieren. Meyer bat aber um etwas Geduld, weil er den Kranken erst dann aufnehmen wollte, wenn die anderen Heimbewohner bereits außer Haus waren. Dafür hatte Johanna Siedler Verständnis. Sie war froh, dass die Transportfrage so leicht zu lösen war.

Sie ging ins Wohnzimmer und warf einen Blick auf den Verletzten. Er schlief. Wenn sie sich nicht täuschte, war sein Atem bereits ruhiger geworden. Vorsichtig legte sie ihre Hand auf die Stirn des Mannes. Auch die Temperatur schien etwas zurückgegangen zu sein.

Sie verließ das Zimmer und ging in die Küche. Das Gespräch mit Eberhard Brunner war längst überfällig. Entschlossen wählte sie seine Dienstnummer. Nach dem sechsten Läuten schaltete sich ein Anrufbeantworter ein. Sie unterbrach die Verbindung und drückte stattdessen die Kurzwahl für Brunners Handy. Aber auch hier bekam sie keine Verbindung. Offenbar befand sich Eberhard Brunner in einem Einsatz. Wenn er später sah, dass sie ihn angerufen hatte, würde er sicher zurückrufen.

Unterdessen wählte Meyer mit zitternden Fingern die Mobilfunknummer des Schwaben. Das Gespräch dauerte nicht lange. Nachdem die notwendigen Daten übermittelt waren, wurde die Verbindung abrupt abgebrochen. Pfeifend stieß Meyer die Luft aus. Jetzt gingen die Dinge ihren Gang.

28

Am Donnerstagmorgen hielt ein Krankentransporter des Roten Kreuzes mit blinkenden Warnleuchten vor dem fünfstöckigen Wohnhaus am Peterplatz. Zwei Sanitäter in entsprechenden Uniformen zogen eine Trage aus dem Wagen, dann klingelte einer bei »Siedler«.

Als aus der Sprechanlage die Stimme der Bewohnerin kam, rief er: »Rotes Kreuz, Krankentransport!« Sofort ertönte der Summer, die Tür ließ sich öffnen und die beiden verschwanden im Haus.

Johanna Siedler stand unter der Wohnungstür. Ein Blick auf die Uhr zeigte ihr, es war kurz nach zehn Uhr. Meyer hatte das Timing gut gewählt. Jetzt dürften alle Übernachtungsgäste die *Heimkehr* verlassen haben.

»Guten Morgen! Wir sollen einen Kranken abholen.« Der Mann hatte einen gemütlich klingenden schwäbischen Akzent.

»Kommen Sie bitte rein, der Patient liegt im Wohnzimmer.« Mit einer Handbewegung wies sie ihnen den Weg.

Die beiden betraten den Raum und warfen dem schlafenden Spieß einen prüfenden Blick zu.

»Dann wollen wir mal«, brummelte der Schwabe und sein Kollege legte die Trage neben der Couch auf den Boden.

»Wenn Sie bitte vorsichtig sind, er hat eine Verletzung am Oberschenkel«, erklärte die Streetworkerin und räumte den Rucksack und die Hose des Patienten zur Seite.

Die beiden Sanitäter hoben den Spieß mit einem gekonnten Griff auf die Trage. Der Schlafende gab nur ein paar unverständliche, gemurmelte Laute von sich, wachte aber nicht auf. Sie deckten ihn zu und schnallten ihn fest.

»Gehen Sie ruhig schon mal vor, ich bringe die Medikamente und die Utensilien des Kranken mit. Ich kann doch sicher bei Ihnen mitfahren?«

»Klaro«, erwiderte der Schwabe freundlich, »kein Problem.« Die beiden verschwanden im Treppenhaus. Johanna zog sich den schweren Rucksack auf den Rücken, dann griff sie nach ihrem Handy und schrieb hastig eine SMS an Eberhard Brunner: »Habe den Spieß heute Nacht verletzt gefunden. Ich lasse ihn jetzt in die *Heimkehr* schaffen. Einzelheiten später. Treffen in der Mittagspause. Rufe dich an. LG Johanna«. Sie schickte die Kurznachricht weg, dann eilte sie den Sanitätern hinterher.

Wenig später war die Trage mit dem Kranken im Wagen verstaut und gesichert.

»Ich bleibe hinten bei dem Patienten«, erklärte der Schwabe und deutete auf einen Sitz, der so angebracht war, dass eine Begleitperson neben dem Kopf des zu Transportierenden sitzen konnte. Die Utensilien des Kranken legte er neben die Trage. Johanna Siedler setzte sich auf den Beifahrersitz neben dem schweigsamen Fahrer und schnallte sich an.

»Sie wissen, wo wir hinmüssen?« Fragend sah sie den Mann an.

»Weiß Bescheid«, gab der kurz zurück und startete den Motor.

Also doch nicht stumm, stellte die Streetworkerin bei sich fest. Der Sanitäter am Steuer drehte das Fahrzeug und lenkte es in Richtung Innenstadt. In der Neubaustraße mussten sie an einer roten Ampel halten. Johanna, die etwas in Gedanken war, nahm plötzlich einen merkwürdigen Geruch wahr. Ehe sie reagieren konnte, wurde ihr von hinten ein

Tuch auf Mund und Nase gepresst. Erschrocken holte sie tief Luft mit der Folge, dass ihr schlagartig schwummerig wurde. Sie zappelte noch kurz mit Armen und Beinen, dann sank ihr Kopf zur Seite. Sie hatte die Besinnung verloren.

»Beeil dich, die Wirkung des Chloroforms hält nicht lange an«, befahl der Schwabe, der sich vor seinem Angriff davon überzeugt hatte, dass auf der Straße niemand in der Nähe war, der seine Aktion sehen konnte. »Such einen Weg in die Weinberge, dann bekommt sie eine Spritze.«

Der Fahrer schaltete die Sirene ein und gab Gas. Zügig kamen sie durch den Verkehr. Außerhalb der Stadt verstummte das Sondersignal wieder. Wenig später bog das Rettungsfahrzeug bei Thüngersheim in die Weinberge ab. Für einen Beobachter sah es so aus, als wollte die Mannschaft des Wagens eine kurze Pause einlegen. Der Schwabe verpasste der langsam wieder zu sich kommenden Streetworkerin gerade noch rechtzeitig eine Betäubungsspritze. Eine Viertelstunde später war der Transporter wieder auf dem Weg in Richtung Lohr. Am Rande von Karlstadt stieg der Schwabe kurz aus und warf das Handy der Streetworkerin in einen öffentlichen Abfallkorb. Die SIM-Karte verschwand in einem Gully.

29

Simon Kerner parkte seinen Defender auf dem Parkplatz der *Beautyworld-Klinik*. Es war Freitagmorgen, kurz nach zehn Uhr. Der Direktor des Amtsgerichts Gemünden hatte sich einen Tag Urlaub genommen, um zusammen mit Steffi deren Geburtstagsgeschenk einzulösen. Die junge Frau war vor Erwartungsfreude total aufgekratzt und hatte während der kurzen Fahrt zur *Beautyworld* alle Lieder, die im Autoradio erklangen, laut mitgeträllert.

»Ich bin wirklich gespannt, ob *Beautyworld* auch das hält, was der Prospekt verspricht«, erklärte sie, während sie ausstieg und ihr Gepäck vom Rücksitz holte. »Das Ambiente ist ja ausgesprochen ansprechend.« Sie ließ ihren Blick über das Gelände schweifen, das im Augenblick von der Morgensonne beschienen wurde. »Was ich allerdings etwas makaber finde, ist die Tatsache, dass das Gelände hier praktisch an den *Ruhehain* angrenzt Die Bezeichnung *Todwald* ist ja auch nicht gerade dazu geeignet entspannte und erholsame Gefühle aufkommen zu lassen.«

»So sagen doch praktisch nur die Einheimischen. Die Gäste hier, die ja aus ganz Europa kommen, haben davon keine Ahnung und der *Ruhehain* stört auch niemanden. Gehen wir rein.« Er schnappte sich das Gepäck und marschierte in Richtung Haupteingang.

Beide erhielten beim Einchecken Schlüsselkarten für ihr Zimmer, die auch Geldfunktionen besaßen. Damit konnten sie alle Abteilungen des Wellnessbereichs betreten und nutzen. Eine freundliche Hostess führte sie zu ihrem Zimmer.

Die Luft des Wellnessbereichs war dezent mit einem angenehmen blumigen Duft angereichert, der offenbar durch die Klimaanlage im Haus verteilt wurde.

»Ich glaube, das ist Jasmin«, vermutete Steffi, die bemerkte, dass Kerner prüfend schnupperte.

Ihr Zimmer war ein richtiges Apartment, mit einem Schlaf- und einem Wohnraum sowie einem geräumigen Bad. Durch das Wohnzimmerfenster war ein großzügiger Balkon zu erkennen. Auf dem Doppelbett lagen zwei weiße Bademäntel und gleichfarbige Einwegbadeschlappen bereit. Die Hostess nahm einen Prospekt von dem kleinen Schreibtisch, der im Wohnbereich in einer Ecke stand, und übergab ihn Steffi.

»Hier ist unser gesamtes Wellnessprogramm aufgelistet, das Sie buchen können. Für einige Anwendungen im Spa sollten Sie sich rechtzeitig entschließen, weil hierfür eine starke Nachfrage besteht. Im Katalog finden Sie einen detaillierten Raumplan, so dass Sie sich leicht orientieren können. Selbstverständlich stehen Ihnen auch unsere Haushostessen jederzeit zur Verfügung. Sollten Sie Bedarf haben, hier im Apartment haben Sie freies W-LAN, ebenso sind alle Ortsgespräche gebührenfrei. Jetzt wünsche ich Ihnen einen erholsamen Aufenthalt in *Beautyworld*. Über die Kurzwahl 1000 können Sie immer Informationen und Hilfe erhalten.«

Sie lächelte und wandte sich zur Tür. Als Kerner ihr diskret ein Trinkgeld zukommen lassen wollte, lehnte sie freundlich, aber bestimmt ab, dann verließ sie das Apartment.

»Wow«, stieß Steffi hervor und schlenderte langsam durch die Räume. »Das ist wirklich Luxus pur!« Sie schob den Vorhang zur Seite und öffnete die Tür zum Balkon. Sofort flutete würzige Waldluft in den Raum. Sie trat hinaus und sah sich um, dann kam sie zurück und öffnete die Koffer, um ihre Kleidung in den Schrank zu hängen. In diesem Augenblick klopfte es an der Tür.

Kerner, der gerade im Hausprospekt geblättert hatte, rief: »Herein!«

Draußen stand Frau Dr. Steinbrenner, die Klinikchefin.

»Liebe Frau Burkard, lieber Herr Dr. Kerner, ich freue mich sehr, Sie hier in unserer *Beautyworld* begrüßen zu dürfen.« Sie gab beiden die Hand. »Ich hoffe, dass Sie sich hier gut erholen und wir alles zu Ihrer Zufriedenheit dazu beitragen. Sollten Sie irgendwelche Vorstellungen haben, die nicht von unserem Programm erfüllt werden, lassen Sie es mich wissen. Wir werden alles tun, damit keine Wünsche offenbleiben. Ich hoffe, Sie haben einen schönen Aufenthalt.«

Sie lächelte beiden zu, dann verließ sie das Apartment wieder.

Kerner sah Steffi erstaunt an. »Was war das jetzt? Würde mich interessieren, ob hier jeder von der Klinikchefin persönlich begrüßt wird.«

»Als Amtsgerichtsdirektor gehörst du nun mal zur Landkreisprominenz«, stellte Steffi fest.

Kerner zuckte mit den Schultern und wechselte das Thema: »Hast du schon Vorstellungen, was du gerne machen möchtest?«

»Eigentlich würde ich mich gern erst mal ganz gemütlich überall umsehen. Dann können wir uns entscheiden, womit wir anfangen. Ist dir das recht?«

Kerner war gerne damit einverstanden. Sie zogen sich bequeme Jogginganzüge an, dann steckten sie die Schlüsselkarten ein und verließen ihr Apartment.

Kurz vor Mittag saß Eberhard Brunner am Schreibtisch und las zum wiederholten Male das Sektionsprotokoll über die

Leichenöffnung des Obdachlosen Christoph Adler. Jetzt war es amtlich. Seine Mörder mussten ihn im Tiefschlaf überrascht haben, ihn dann auf die Bank des Bauwagens gedrückt und ihm eine Überdosis eines Narkosemittels in den Oberarm gespritzt haben. Da das Mittel intramuskulär verabreicht wurde, musste laut Dr. Karaokleos die Wirkung deutlich später eingetreten sein, als wenn dies intravenös erfolgt wäre. Vermutlich standen sie unter Zeitdruck und waren zu früh gegangen. Bevor der Tod eintrat, konnte sich der Obdachlose noch bis zur Treppe des Wagens schleppen. Dort war er dann gestorben. An der Leiche gab es eindeutige Blutergüsse, die davon zeugten, wie heftig er gegen seine Mörder angekämpft hatte.

Der Leiter der Mordkommission lehnte sich zurück und musterte die Bilder der Leichen, die vor ihm auf einer Tafel befestigt waren. Sie alle waren, wie ihre toxikologische Untersuchung ergeben hatte, mit einer erheblichen Überdosis von Natriumthiopental getötet worden. In der verwendeten hohen Dosierung bewirkte das Mittel einen Atemstillstand und/oder einen Herz-Kreislauf-Kollaps. Ein leiser, heimtückischer Tod und nicht auf den ersten Blick als Mord zu erkennen. Es konnte keine Zweifel geben, hier waren Profis am Werk, die möglichst einen lautlosen, unblutigen Abgang ihrer Opfer wollten. Der tote Adler passte trotzdem nicht ganz ins Bild. Man hatte zwar dasselbe Mittel verwendet, ihm aber keine Niere entnommen. Wenn er dafür zu alt war, warum hatte man ihn dann getötet? Wusste er etwas, was den Tätern gefährlich werden konnte? Er musste unbedingt noch einmal mit Johanna sprechen. Brunner wurde das Gefühl nicht los, dass sie ihm etwas verschwieg. Er nahm das Mobiltelefon, das er, da der Akku leer gewesen war, zum Aufladen an die Steckdose angeschlossen hatte, und schaltete es ein. Kaum hatte es sich ins Netz eingewählt, als schon mehrere Kurzmitteilungen eingingen. Brunner prüfte die Absender. Die Nachricht von Johanna Siedler öffnete er zuerst. Nachdem er sie gelesen hatte, ließ er sich betroffen in seinen Stuhl zurücksinken. Sein Gefühl hatte ihn nicht getrogen. Johanna hatte auf eigene Faust gehandelt und ihn nicht informiert! Eigentlich hätte er jetzt sauer sein müssen. Aber er wusste, dass Johanna Siedler ihren Job sehr ernst nahm und sehr sozial eingestellt war. Wie es aussah, hatte sie den Spieß offenbar mit nach Hause genommen. Das passte zu ihr. Er warf erneut einen Blick auf die Uhr. Kurz nach zwölf. Johanna ging gewöhnlich zwischen zwölf und dreizehn Uhr in die Mittagspause. Eigentlich müsste sie jede Minute anrufen. Ihn erfasste eine gewisse Unruhe. Zur Ablenkung nahm er sich wieder die Akten vor.

Zehn Minuten später huschte sein Blick wieder zum Zifferblatt. Die Mittagspause war bald vorbei. Sie hätte längst anrufen müssen. Er überlegte. Der Weg vom Peterplatz bis zur *Heimkehr* war mit dem Auto selbst bei dichtem Verkehr in zwanzig Minuten zu bewältigen. Er war beunruhigt. Hoffentlich steckte sie nicht in Schwierigkeiten.

Schließlich verlor Brunner die Geduld. Er griff zum Mobiltelefon und wählte Johannas Nummer. Nach einigen Klingeltönen erhielt er die Ansage, dass der Teilnehmer im Augenblick nicht erreichbar sei, aber mittels SMS von dem Anruf verständigt würde. Er überlegte kurz, dann suchte er die Telefonnummer der Obdachlosenunterkunft heraus. Brunner ließ es lange läuten, aber es nahm niemand ab.

Eine Stunde später gab es immer noch kein Lebenszeichen von Johanna Siedler, in der *Heimkehr* das gleiche Ergebnis. Jetzt war er richtig beunruhigt. Kurz entschlossen rief er bei ihrer Dienststelle im Sozialamt an. Johannas Vorgesetzter teilte Brunner mit, dass Johanna Siedler heute noch nicht zum Dienst erschienen sei und sich auch noch nicht entschuldigt habe. Jetzt schrillten bei Brunner sämtliche Alarmglocken. Nachdem auch ein letzter Versuch auf ihrem Handy erfolglos war, sprang der Kriminalbeamte auf, steckte seine Dienstwaffe ein und verließ sein Büro. Mit einem zivilen Fahrzeug der Polizei fuhr er zu Johanna Siedlers Wohnung. Auf sein Klingeln öffnete niemand. Während Brunner vor der Haustür stand, kam eine ältere Frau heraus. Prüfend sah sie Brunner an.

»Zu wem möchten Sie denn?«, fragte sie.

»Zu Frau Siedler«, gab Brunner kurz zurück.

»Die werden Sie wohl nicht erreichen«, erklärte die Frau eifrig. »Wie ich zufällig gesehen habe, hat sie heute früh einen Krankentransport begleitet. Anscheinend ist ein Bekannter von ihr krank geworden. Seitdem habe ich sie nicht mehr gesehen.«

Das war die Bestätigung von Johannas SMS. Er bedankte sich bei der Frau und ging zu seinem Wagen zurück. Sein nächstes Ziel war das Obdachlosenheim. Leider traf er dort auch niemanden an.

30

Sie schwebte in absoluter Dunkelheit. Die Erkenntnis der eigenen Existenz kehrte nur sehr langsam zurück. Für eine nicht messbare Zeit empfand sie sich in einem angenehmen körperlosen Schwebezustand, der ihr das unbestimmte Gefühl von Wärme und Geborgenheit suggerierte. Zögerlich, fast widerwillig, fand sie in die Gegenwart zurück. Ihre erste Empfindung war höchst unangenehm und dominierte schlagartig ihre übrigen Wahrnehmungen: Ihre Zunge war geschwollen und fühlte sich wie ein Fremdkörper an. Sie schluckte hart und schmerzhaft. Es dauerte etwas, bis sie so viel Speichel gesammelt hatte, dass das Schlucken einigermaßen erträglich geschah.

Mühsam öffnete sie die Augen. Sie erschrak zutiefst. Ihre Wahrnehmung veränderte sich nicht! Mehrmals hintereinander senkte und hob sie die Augenlider, aber die völlige Dunkelheit blieb. War sie erblindet? Hastig wollte sie sich mit der Hand über die Augen fahren. Aber das war nicht möglich! Es dauerte einige Zeit, bis sie begriff. Ihre Hände waren fixiert, unverrückbar festgebunden. Jetzt spürte sie langsam auch ihren übrigen Körper. Sie musste nackt sein, denn ihre Haut hatte direkten Kontakt mit der glatten, kunststoffartigen Unterlage, auf der sie festgeschnallt war. Deutlich fühlte sie mehrere über ihren Körper, ihre Arme und ihre Beine gespannte breite Bänder, die so gut wie keine Bewegungen zuließen. Nur den Kopf konnte sie etwas hin und her bewegen. Die Unterlage war kühl, aber nicht hart. Offenbar lag sie auf einer matratzenartigen Auflage. Plötzlich war da keine Spur mehr von der wohligwarmen Geborgenheit von vorhin. Mit ihren frei beweglichen Fingerspitzen berührte sie die nackte Haut ihres Oberschenkels. Etwas lag auf ihr. Ein Tuch oder eine Folie?

Langsam kroch Panik in ihr hoch. Was war mit ihr geschehen? Wo befand sie sich? Sie öffnete den Mund und gab einige krächzende Laute von sich. Das Ergebnis war ein trockener Husten, der ihren Brustkorb erschütterte. Sie wollte tief Atem holen, doch das wurde durch den unnachgiebigen Brustgurt erschwert. Für einen Moment hatte sie das schlimme Gefühl, keine Luft zu bekommen.

Mit aller mentalen Kraft stemmte sie sich gegen die Woge der Angst, die sie zu überschwemmen drohte. Erinnerungsfetzen traten vor ihr geistiges Auge und drohten von Nebelschwaden verschluckt zu werden. Da war Blut! Eine Wunde, die blutete! Es war aber nicht ihre eigene Wunde. Verzweifelt versuchte sie Zusammenhänge herzustellen, um daraus ein Bild entstehen zu lassen. Ein Rettungswagen des Roten Kreuzes schob sich in ihre Erinnerung. Ein Mann, der auf einer Liege festgeschnallt von zwei Sanitätern eingeladen wurde. Wer war dieser Mann? Sie war sich sicher, dass sie ihn kannte! Plötzlich verspürte sie heftige Übelkeit. Ehe sie sich versah, musste sie sich übergeben. Da sie festgeschnallt war, konnte sie nur durch Drehen des Kopfes dem Schwall aus dem Magen einigermaßen entgehen. Die bittere Flüssigkeit aus ihrem Verdauungstrakt reizte sie zum Husten. Dabei erinnerte sie sich an einen anderen ekelhaften Geruch. Er entstammte einem Tuch, das man ihr aufs Gesicht gedrückt hatte. Dann hatte sie nichts mehr gewusst. Man hatte sie betäubt! Der Schreck sorgte dafür, dass auch die letzten Nebelschwaden der Verwirrung von ihrem Verstand wichen. Sie war Johanna Siedler, eine Streetworkerin, und hatte einen verletzten Obdachlosen aufgenommen, damit ihn der Arzt versorgte. Schusswunde!, fuhr es ihr durch den Sinn. Der Spieß war die Person, die in den Rettungswagen geschoben worden war. Sie war auf dem Beifahrersitz mitgefahren. Der Sanitäter, der hinter ihr saß, musste sie betäubt haben. Aber warum? Nachdem sie ihre Identität für sich geklärt hatte, konzentrierte sie sich auf ihre Umgebung. Ganz so stockdunkel, wie der erste Eindruck ihr vermittelt hatte, war es nicht. In ihrer Umgebung konnte sie, im ganzen Raum verteilt, vereinzelt kleine grüne Leuchtdioden ausmachen, die sie wie winzige Knopfaugen von kleinen Tieren anstarrten. Der schwache Schimmer dieser Leuchtquellen vermittelte ihr ganz vage ein kaum greifbares Bild ihrer Umgebung. Ein Schauer lief über ihren Körper. Es war nicht kalt, aber da sie nackt war, fror sie. Sie konzentrierte sich auf den wahrnehmbaren Geruch. Unwillkürlich musste sie an ein Krankenhaus denken. In der Luft hing das ätherische Aroma von Desinfektionsmitteln. Ihre Lage war unbequem und die straffen Gurte extrem einengend. Vorsichtig versuchte sie den Bewegungsspielraum zu ergründen, der ihr blieb. Die breiten Gurte schnitten zwar nicht ein und führten auch nicht zu einem Blutstau, trotzdem waren sie äußerst stabil. Keine Chance, sie irgendwie zu lockern.

Johanna Siedler war klar, dass sie sich in einer äußerst bedrohlichen Situation befand. Alleine die Umstände, die sie hierhergeführt hatten, und die Art und Weise, wie sie hier gegen ihren Willen festgehalten wurde, ließen keinen anderen Schluss zu. Ich muss etwas tun!, schoss es ihr durch den Kopf. Alles war besser, als hier gefesselt und ausgeliefert in der Dunkelheit zu liegen.

Ehe sie den Gedanken zu Ende führen konnte, ließ sie das überraschende Geräusch einer sich öffnenden Türe zusammenzucken. Gleichzeitig flammten mehrere grelle Neonlampen auf, deren grelles Licht wie Blitze auf ihre Netzhäute traf und sie zwang, geblendet die Augen zu schließen.

Sie hörte das leise Quietschen von Gummisohlen, die sich ihr näherten. Mit zusammengekniffenen Augen versuchte sie ihre Augen an das Licht zu gewöhnen und den Menschen zu erkennen, der sich gerade über sie beugte.

»Bitte … bitte …«, stammelte sie. »Was ist mit mir? … Wo bin ich?«

Die Frau war blond, mehr konnte sie nicht erkennen, da ihr Gesicht hinter einer Schutzmaske verborgen war. Sie blieb neben ihr stehen und musterte sie aus kalten Augen. Jetzt entdeckte sie das Erbrochene und gab einen knurrenden Laut von sich. Irgendwo aus dem Hintergrund holte sie sich Papiertücher und wischte die Flüssigkeit weg. Dabei sah Johanna, dass sie einen weißen Arztkittel und Gummihandschuhe trug.

Während sie die Tücher entsorgte und frische Handschuhe anzog, hatte Johanna Siedler die Chance, sich in ihrer Umgebung umzusehen. Was sie sah, trieb ihr schlagartig den Schweiß auf die kalte Haut. Sie lag auf einer Art Krankenhausbett. Die Auflage unter ihrem Körper war mit einer transparenten Kunststoffschicht überzogen, die undurchlässig war. Sie war nicht nackt, vielmehr trug sie ein kaum spürbares, dünnes Krankenhausnachthemd. Dort, wo die Gurte ihren Körper berührten, waren sie gepolstert, so dass sie nicht rieben.

Auf ihrem linken Handrücken sah sie einen Zugang zu ihren Venen, der mit Pflaster fixiert war. In dem relativ großen, fensterlosen Raum standen noch fünf weitere, gleichartige Betten, in denen ebenfalls Menschen lagen. Neben jedem Bett stand ein Kontrollmonitor, mit dem offenbar die

Vitalfunktionen überwacht wurden. Außerdem erkannte sie Infusionsständer, an denen Infusionsbeutel hingen. Sie musste sich in einer medizinischen Einrichtung befinden. Die weiß gestrichenen, teilweise gekachelten Wände des Raumes waren fensterlos. In der Ecke standen ein Schrank und ein Tisch, auf dem einige Utensilien lagen, die sie nicht erkennen konnte.

»Bitte, wo bin ich? Bin ich in einem Krankenhaus? Was geschieht mit mir?«, kam es ihr über die spröden Lippen. Die trockenen Stimmbänder versagten ihr fast den Dienst. Ihr Herz schlug ihr bis zum Hals. Die Angst trieb ihren Blutdruck in astronomische Höhen.

Die Frau zeigte keinerlei Reaktion auf ihre Fragen. Langsam griff sie in ihre Kitteltasche und holte ein Stethoskop und ein Blutdruckmessgerät heraus. Sie schloss die Manschette um Johannas Oberarm, dann pumpte sie sie mit einem Gummiball auf. Während des Messvorgangs drückte sie das Stethoskop auf Johannas Armbeuge und lauschte. Das Ergebnis der Untersuchung schien sie nicht zufrieden zu stellen, denn sie schüttelte leicht den Kopf.

»Leiden Sie unter Bluthochdruck?«

Die Frage kam für Siedler so plötzlich und überraschend, dass sie unwillkürlich zusammenzuckte. Ihre Stimme schwang im Alt, war völlig emotionslos, sachlich, neutral.

»Nein, nicht dass ich wüsste«, gab sie hastig zurück. »Aber bitte sagen Sie mir doch, wo ich hier bin und vor allen Dingen warum? Was machen Sie mit mir?«

Wieder ignorierte sie ihre Fragen völlig. Einen Moment verschwand sie außerhalb ihres Gesichtsfeldes, dann hörte sie Rollgeräusche. Gleich darauf schob sie einen Infusionsständer neben ihr Bett. An der Aufhängevorrichtung hingen zwei Beutel mit klaren Flüssigkeiten. Anschließend fasste sie

Johannas Arm und drehte ihn so, dass der Zugang nach oben lag. Mit einem Ruck zog sie den Gurt fester, so dass Johanna die Hand nicht mehr bewegen konnte. Sie steckte die Kupplungen in den Zugang öffnete den Verschluss. Sofort begann die Flüssigkeit in die Vene zu fließen.

»Mein Gott, was ist das?« Die Panik war nicht zu überhören. Sie zerrte an den Gurten.

»Bleiben Sie ruhig«, sagte die Frau gelassen, »das ist nur eine Nährlösung.«

»Aber warum denn? Sagen Sie mir doch endlich, was Sie mit mir machen? Bin ich krank?«

Ohne Erklärung trat sie zum Tisch und nahm eine aufgezogene Spritze auf und stach die Nadel in den Zugang. Gleichmäßig, ohne Hast, drückte sie den Kolben herunter und die klare Flüssigkeit in der Spritze gelangte in ihren Blutkreislauf. Alle Abwehrversuche Johanna Siedlers wurden von den Fesseln unterbunden. Die Frau blieb stehen und beobachtete konzentriert, wie das Narkotikum wirkte. Es war ein erprobtes Mittel und im Allgemeinen gut verträglich.

Die Betäubung kam wie eine heftige Welle und schwemmte jegliche Gedanken weg. Das Letzte, was sie registrierte, war ein nebulöses Gesicht, ein unbestimmtes Gefühl von Wärme und die Erinnerung an eine Umarmung.

Nachdem Johanna betäubt war, öffnete die Frau die Tropfvorrichtung am zweiten Beutel. Das nunmehr zugeführte Narkosemittel würde dafür sorgen, dass der Neuzugang in einem künstlichen Koma blieb, das man längere Zeit aufrechterhalten konnte. Jeder Körper hier im Lager wurde so am Leben erhalten, bis er eines Tages seiner Bestimmung zugeführt wurde. Mit Hilfe von klebenden Elektroden schloss sie auch die Frau an ein Kontrollgerät an. Diesen Monitor sowie die anderen im Raum konnte sie in ihrem Zimmer mittels ihres Laptops überwachen. Diese Frau war erst kürzlich hier eingeliefert worden und noch nicht typisiert. Das würde sie jetzt nachholen. Sie griff sich ein Stauband vom Tisch und schob es der Liegenden über den Oberarm, dann desinfizierte sie die Armbeuge. Als sie genügend Blut entnommen hatte, drückte sie einen Tupfer auf die Stichstelle, um ihn anschließend mit Pflaster zu befestigen. Sie beschriftete die Spritze mit einem Code und steckte sie in ihre Manteltasche. Sie hatte keine Ahnung, wie die Person hieß, der sie Blut abgenommen hatte. Es interessierte sie auch nicht. Anonymität war die Grundvoraussetzung für den Job, den sie hier erledigte, Emotionen waren absolut kontraproduktiv. Das hier waren wertvolle Materialien, die man in einem optimalen Zustand erhalten musste. Im Labor würde sie das Blut auf die Eignung der Frau als Spenderin prüfen. Dieses Ergebnis war für sie wesentlich.

Sie bewegte sich zum Bett 4, das dem der Frau am nächsten stand. Der Mann, der hier lag, war heute zusammen mit ihr eingeliefert worden. Bärtig und ungepflegt, wie viele Lieferungen, die hier eingingen. Auch er lag im künstlichen Koma. Allerdings war er ein Problemfall. Seine Tauglichkeit als Spender war fraglich. Mit einer Schere entfernte sie den Verband um die Beinverletzung. Nachdenklich musterte sie die Wunde. Die Heilung hatte bereits begonnen, das Gewebe um die Schussverletzung herum sah ganz gut aus. Trotzdem hätte man sich die Anlieferung sparen können. Der Mann war gefüllt mit einem ganzen Medikamentencocktail hierhergebracht worden. Bei der Ausprägung der Sepsis sicher eine absolut notwendige ärztliche Maßnahme, für ihre Zwecke aber kontraproduktiv. Der Heilungsprozess würde bei gleicher Medikation noch geraume Zeit in Anspruch nehmen. Danach würde es Zeit benötigen, bis dieser Körper die ganze Chemie wieder abgebaut hatte. Das war völlig unrentabel. Sie würde in der in den nächsten Minuten stattfindenden Besprechung der Leitungsebene darauf dringen, dass dieses Bett wieder frei gemacht wurde. Das war Arbeit für die Cleaner. Er würde einen leisen, sanften Tod erfahren.

Langsam schlenderte sie an den anderen Betten vorbei und kontrollierte jede der darin liegenden Personen. Am Fuße eines jeden Bettes hing ein Klemmbrett, auf dem die Nummer des betreffenden Spenders, seine Vital- und Kompatibilitätsdaten eingetragen waren. Zufrieden verließ sie daraufhin den »Lagerraum« und schaltete beim Hinausgehen das Licht aus.

Anschließend betrat sie das wenige Schritte entfernte Labor und machte sich an die Untersuchung der Blutprobe mittels eines Schnelltests. Schon nach wenigen Minuten hatte sie das Ergebnis. Erfreut zog sie die Augenbrauen in die Höhe. Gruppe 0, genau das, was sie brauchte. Den Rest der Probe würde sie verwenden, um einige weitere wichtige Parameter zu bestimmen.

Eine Stunde später betrat sie den nüchternen, fensterlosen, von nackten Betonwänden geprägten Besprechungsraum, der mit einem runden Tisch, diversen Stühlen und einer Kaffeemaschine auf einem Sideboard ausgestattet war.

John Hale war schon da. Immer wenn sie diesen Mann sah, bekam sie ein beklemmendes Gefühl. Hale war der Mann für das Grobe, der Chef der Cleaner, auf die in diesem Geschäft leider nicht verzichtet werden konnte.

Kaum hatte sie die Tür geschlossen, wurde sie erneut geöffnet und eine zweite blonde Frau kam, zusammen mit einem Mann, herein. Sie nickten einander kurz zu, dann nahmen sie Platz.

Jeder am Tisch hatte seine Zuständigkeit und war für seinen Bereich verantwortlich. Eine der beiden Frauen war die Chefin und ergriff sogleich das Wort.

»Wie sieht es mit dem benötigten Spender aus?«

Die andere Frau nickte. »Die gestern eingelieferte Frau ist als Spenderin kompatibel.«

»Hofmann, wie sieht es aus, können wir den Empfänger holen?«

Der Chirurg, der mit der Chefin eingetreten war, hob zustimmend die Hände. »Von mir aus kann es losgehen.«

Die Chefin klatschte mit der Hand auf die Tischplatte. »Gut, dann lassen wir es wie gewohnt anlaufen.«

Die zweite Frau gab Hale ein Zeichen.

»Was liegt an?«, fragte er. »Lieferung oder Entsorgung?«

»Der Mann, der bei der gestrigen Lieferung dabei war, ist absolut ungeeignet. Es ist mir schleierhaft, warum man derart unbrauchbares Material überhaupt hierherbringt!«

»Sorry, aber meine Männer sind keine Mediziner. Wahrscheinlich dachten sie, er wäre noch zu verwenden. Alles klar, Nummer 5 wird umgehend entsorgt.« Er sah keinen Grund, zu erläutern, warum sie die beiden Personen hierhergebracht hatten. Das würde nur unangenehme Fragen nach sich ziehen.

Die Chefin war zufrieden gestellt. Es wurden noch ein paar allgemeine Fragen erörtert, dann gingen sie auseinander.

Dr. Falkeis und seine Frau Nadine saßen nervös in dem geräumigen, neutralen Transporter, der so ausgestattet war, dass man Alexander in einem speziellen Rollstuhl bequem transportieren konnte. Die Fenster des Wagens waren abgedunkelt, man konnte nicht nach draußen sehen. Zwischen dem Fahrerraum und dem Transportraum befand sich eine ebenfalls undurchsichtige Zwischenwand. Als sich Herr Falkeis über diese Abschottung aufregte, erklärte ihm Frau Roosen, dass dies für die Sicherheit aller Beteiligten unumgänglich sei. Der Ort der Transplantation war geheim.

Heute am späten Nachmittag hatte Frau Roosen bei Nadine Falkeis angerufen und mitgeteilt, dass für ihren Sohn eine passende Niere zur Verfügung stünde. Der Abholzeitpunkt wurde vereinbart und alle technischen Details besprochen. Nadine Falkeis überschwemmte eine Woge aus Hoffnung und Angst. Sie hatte nicht geglaubt, dass es so schnell gehen würde, als sie Frau Roosen ihre Zustimmung für die Transplantation gegeben hatten. Vorsichtig hatte sie in den letzten Tagen Alexander mit dieser Möglichkeit einer Transplantation vertraut gemacht. Der Junge war zunächst zurückgeschreckt, weil er die Hintergründe und die Dimension des zu beschreitenden Weges erahnte. Auf der anderen Seite kannte er seine Chancen, wenn er auf eine »normale« Niere warten musste. Er war jung und er wollte leben!

Dr. Hofmann, der den Transport des Patienten begleitete und überwachte, spritzte Alexander ein leichtes Beruhigungsmittel, um ihm etwas die Aufregung zu nehmen. Frau Roosen hatte ihnen nochmals versichert, dass Dr. Hofmann eine ausgesprochene Koryphäe auf dem Gebiet der Nierentransplantation sei. Selbstverständlich sei *Hofmann* ein Pseudonym.

Erst vor zwei Stunden hatte sich der Junge einer Blutwäsche unterzogen, so dass er sich im Augenblick in einer ganz guten körperlichen Verfassung befand. Das erforderliche Gerät stand schon seit geraumer Zeit in seinem Zimmer, so dass er dafür das Haus nicht verlassen musste. Die Hoffnung auf ein zukünftig selbstbestimmtes Leben ließ ihn alle Bedenken beiseiteschieben.

Dr. Hofmann überprüfte Blutdruck und Puls des Jungen und nickte. »Alles in Ordnung«, erklärte er und nickte den Eltern zu.

Nach einer guten Stunde wurde die Geschwindigkeit des Wagens plötzlich langsam und der Untergrund holperig.

»Verdammt, wo bringen Sie uns hin?«, wollte der Banker irritiert wissen.

»Wir sind fast da«, erwiderte der Arzt ruhig. Tatsächlich hielt der Transporter kurz darauf an, man hörte Geräusche von draußen, die schwer einzuordnen waren, dann fuhr der Wagen einige Meter weiter, um gleich wieder zu stoppen. Der Motor erstarb. Stattdessen war das Surren eines Elektromotors zu hören und man spürte, dass es abwärtsging. Ein Lift, dachte der Banker. Wieder ein sanfter Ruck und der Aufzug stoppte. Der Motor des Wagens sprang wieder an. Nach weiteren fünf Minuten Fahrt kam der Transporter endgültig zum Stillstand. Die Hecktüren wurden geöffnet und Frau Roosen sah herein. Von draußen kam helles Neonlicht, das eine kleine Tiefgarage erhellte.

»Geschafft«, erklärte die Frau freundlich und drückte im Fahrzeuginneren einen Knopf, wodurch eine Rampe ausgefahren wurde. Der Fahrer, ein dunkel gekleideter Mann, trat wortlos ins Fahrzeug, löste die Arretierung des Rollstuhls und fuhr Alexander heraus.

Der Banker sah sich aufmerksam um. In der fensterlosen Tiefgarage war Platz für sechs Fahrzeuge. Zwei der Parkplätze waren leer. Die vorhandenen Wagen standen so, dass er die Kennzeichen nicht erkennen konnte. Auch sonst war in der Garage kein Hinweis zu erkennen, der verraten hätte, wo sie sich befanden.

»Hier geht's zum Fahrstuhl«, erklärte Frau Roosen und lief neben dem Rollstuhl her. Der Fahrer fuhr den Jungen in den geräumigen Lift, dann trat er zurück, um sich um das Gepäck zu kümmern. Als sich die Lifttür wieder öffnete, befanden sie sich schlagartig in einer anderen Welt. Sie betraten einen mit hellem Teppichboden ausgelegten Flur, der erfüllt war mit freundlichem Licht, das zum einen durch die großflächigen Fenster hereinkam, aber auch durch viele kleine LED-Leuchten erzeugt wurde, die wie Sterne in die Decke des Flurs eingebaut waren. Links vom Lift erstreckte sich ein langer Gang, von dem zahlreiche Türen abgingen. Nach rechts endete der Flur an einer massiven zweiflügeligen Tür mit dem Aufdruck »OP-Bereich – Zutritt verboten«. Davor saß ein Mann im dunklen Anzug, der grüßend nickte. Offensichtlich ein Sicherheitsmann, wie der Banker bei sich feststellte. Frau Roosen gab ihm einen Wink, worauf dieser in ein kleines Kästchen neben der Tür einen Code eingab. Mit einem Summen sprangen die Flügel auf. Sie betraten die Fortsetzung des Flurs, die sich genauso freundlich zeigte, nur mit dem Unterschied, dass die Fenster hier aus blickdichtem satiniertem Glas bestanden. Ein paar Meter weiter öffnete die Frau mit einer Schlüsselkarte den Zugang zu einem großzügig ausgestatteten Apartment. Auch hier waren die Fenster undurchsichtig. Frau Roosen wartete, bis alle Personen im Zimmer waren, dann wandte sie sich den Falkeis zu.

»Sie befinden sich hier im streng abgeschotteten OP-Bereich dieser Einrichtung. Dieses Apartment wird bis zur Entlassung Ihres Sohnes ihr Aufenthaltsort sein. Sie genießen hier die Annehmlichkeiten eines Fünf-Sterne-Hotels bis auf den Umstand, dass Sie das Apartment nicht verlassen dürfen. Sollten Sie einen Wunsch haben, benutzen Sie bitte das Haustelefon. Soweit möglich, werden wir ihn erfüllen. Apropos Telefon: Mobiltelefone funktionieren hier nicht, da die Wände gegen Funkstrahlungen jeder Art abgeschottet sind. Weitere Einzelheiten können Sie unserem Hausprospekt entnehmen, der dort ausliegt.« Sie deutete auf einen kleinen Schreibtisch, dann forderte sie mit einem Wink auf, ihr zu folgen.

Nadine Falkeis schob Alexander, der noch immer ziemlich schläfrig war und wenig Interesse an seiner Umgebung zeigte, hinterher. Sie durchquerten den Wohnraum, an den sich eine Art Esszimmer anschloss. Dort befand sich eine weitere Tür, die Frau Roosen mit ihrer Schlüsselkarte öffnete. Der Kontrast zur vorherigen Räumlichkeit war beeindruckend. Sie standen in einer Art Schleuse, von der aus man in einen mit einem modernen Krankenhausbett und zahlreichen Gerätschaften ausgestatteten Raum blicken konnte.

Dr. Hofmann ergriff das Wort: »Das hier ist das Krankenzimmer, in dem Ihr Sohn nach der Transplantation aufgenommen wird. Wie Sie vielleicht erkennen können, stehen uns hier die Gerätschaften einer leistungsfähigen, optimal ausgestatteten Intensivstation zur Verfügung. Hier können nach der Operation alle denkbaren Eventualitäten behandelt werden. Sie können also sicher sein, dass für Alexander bestens gesorgt ist. Außerdem haben Sie die Möglichkeit, Ihren Sohn nach der Freigabe hier zu besuchen. Die Problematik der herabgesetzten Immunabwehr nach der OP ist Ihnen ja bekannt.«

Der Banker und seine Frau waren tief beeindruckt. Alle Bedenken, die Dr. Falkeis immer noch bewegt hatten, fielen von ihm ab. Jetzt war auch er überzeugt, dass Alexander hier in besten Händen war.

»Wie geht es jetzt weiter?«, wollte Nadine Falkeis wissen. Sie hatte schon lange alle Bedenken zur Seite geschoben. Für sie als Mutter zählten nur die Operation und das Resultat, das es ihrem einzigen Kind ermöglichte, wieder normal zu leben.

»Alexander wird in einer Stunde noch einmal einer gründlichen Untersuchung unterzogen, die auch die Erhebung des aktuellen Laborstatus umfasst. Wenn alle Parameter passen, wovon ich ausgehe, können wir dann morgen zur Transplantation schreiten. Eine kompatible Niere steht, wie gesagt, zur Verfügung.«

Alexander, der ein wenig aus seiner Lethargie erwachte, sah den Arzt mit großen, hoffnungsfrohen Augen an. »Dann bekomme ich morgen wirklich meine neue Niere?«

Dr. Hofmann nickte. Frau Roosen lächelte und seine Eltern sahen einander tief berührt an.

Als Frau Roosen hinter dem Mediziner das Apartment verlassen wollte, hielt Falkeis sie zurück. Er sah sie durchdringend an. »Wir sind Ihnen ohne Zweifel dankbar, dass Sie uns diesen Weg aufgezeigt haben, wenn es auch nicht aus humanitären Gründen geschieht. Aber lassen Sie mich Ihnen noch etwas mit auf den Weg geben … und nehmen Sie jedes meiner Worte bitte, wie ich es sage. Ich weiß mittlerweile, wer aus meinem geschäftlichen Umfeld Ihnen den Hinweis mit der Erkrankung meines Sohnes gegeben hat. Dies sind mächtige Verbündete, die mir verpflichtet sind. Sollte also meinem Sohn im Rahmen der Transplantation und in Ihrem Verantwortungsbereich etwas zustoßen, werde ich mit allen Mitteln dafür sorgen, dass Sie dafür zur Rechenschaft gezogen werden. Und glauben Sie mir, dies sind nicht nur die Floskeln eines besorgten Vaters, ich meine es todernst.« Er verstummte kurz und ließ seine Worte einwirken. »Ich wollte nur, dass Sie das immer im Hinterkopf behalten.«

Frau Roosen sah ihn kurz an, dann entgegnete sie: »Die Botschaft ist angekommen.«

31

Eberhard Brunner saß am späten Nachmittag desselben Tages im Vernehmungszimmer der Mordkommission und sah dem vor ihm sitzenden Mann direkt in die Augen. Nachdem er ihn im Obdachlosenheim nicht angetroffen hatte, hatte er ihm durch eine Polizeistreife eine Vorladung zukommen lassen. Zwischen ihnen lief das Aufnahmegerät. Gerade hatte Ronald Meyer seine Personalien angegeben und wartete nun sichtlich nervös auf Brunners Fragen.

»Herr Meyer, wir haben einen absolut glaubwürdigen Hinweis vorliegen, wonach heute in die Krankenstation der *Heimkehr* ein Obdachloser eingeliefert werden sollte. Veranlasst hat dies Frau Johanna Siedler, die Streetworkerin der Stadt Würzburg. Die Dame ist Ihnen bekannt?«

Meyer nickte. »Sie besucht hin und wieder mal unser Haus und unterhält sich mit den Gästen.«

»… und heute haben Sie Frau Siedler noch nicht gesehen? Auch nichts gehört?«

»Leider nein.«

Brunner spürte, dass der Mann ihm etwas verschwieg. Sein unsteter Blick sprach Bände.

»Na gut«, fuhr Brunner fort, »kommen wir zu einem anderen Punkt. Sind Ihnen die Obdachlosen Christoph Adler, genannt der alte Christoph, Werner Senglitz, in der Szene bekannt als Professor, und ein gewisser Spieß ein Begriff?«

Meyer rückte sich auf dem Stuhl zurecht. »Ich kenne alle drei. Der alte Christoph hat regelmäßig in der *Heimkehr* genächtigt. Bis auf die letzten Tage. Keine Ahnung, wo er ab-

geblieben ist. Der Professor hat hin und wieder bei uns übernachtet. Er ist Alkoholiker. Wenn er blau war, musste ich ihn
wegschicken. Auch ihn habe ich schon länger nicht mehr gesehen. Vielleicht hat ihn der Wandertrieb erwischt. Kann
man bei den Typen nie sagen. Den Spieß kennt ja jeder in der
Stadt. In der *Heimkehr* war er nie. Weiß nicht, wo er sich he-
rumtreibt. Es sind ja alles freie Bürger,« fügte er mit einem
ironischen Unterton an.

»Gut, Herr Meyer, das ist vorläufig alles. Sie warten bitte
noch draußen, bis einer meiner Mitarbeiter das Protokoll ge-
schrieben hat. Wenn Sie es unterschrieben haben, können Sie
gehen.«

»… und deswegen bestellen Sie mich hierher? Ich habe
wunder gedacht, was vorgefallen ist. Das hätten Sie mich auch
am Telefon fragen können.« Jetzt, nachdem die Spannung
von ihm abfiel, gab er sich aufmüpfig.

»Ich hatte meine Gründe«, gab Brunner bestimmt zurück, dann erhob er sich, entnahm dem Diktiergerät das
Band und geleitete Meyer auf den Flur. Er wies im Wartebe-
reich auf einen Stuhl, dann ließ er ihn alleine, ohne sich von
ihm zu verabschieden. Das Band übergab er einem Mitarbeiter, der den Rest erledigen würde. Zurück in seinem Dienstzimmer, griff der Kommissar nach seinem Handy. Immer
noch keine Nachricht von Johanna! Ein weiterer Anrufver-
such blieb ebenfalls ohne Ergebnis. Sein Verdacht, dass etwas richtig schiefgelaufen war, wurde immer mehr zur Gewissheit. Im Augenblick war er ratlos. Wie immer, wenn er
in einem Fall gedanklich in eine Einbahnstraße geraten war,
rief er seine Mitarbeiter ins Besprechungszimmer zu einem
Brainstorming zusammen.

Privatdozent Dr. Wilfried Hutterer saß in seinem Büro am Schreibtisch und diktierte einige Abschlussberichte für Patienten, die in den nächsten Tagen entlassen werden sollten. Als Oberarzt der chirurgischen Abteilung des Klinikums Aschaffenburg stand er tagtäglich im Operationssaal und musste sich unter anderem mit den verschiedensten Transplantationen befassen. Sein Leben war bis zu dem Tag, an dem sich alles geändert hatte, sehr geordnet und äußerst zufrieden stellend verlaufen. Er war glücklich mit einer liebenswerten Ehefrau verheiratet und besaß zwei gelungene Kinder, einen Jungen und ein Mädchen, die beide studierten.

Es war ein Donnerstagnachmittag gewesen. Ein Tag, den er nie mehr vergessen sollte, weil an diesem Tag sein ganzes geordnetes Leben auf den Kopf gestellt worden war. Die Tür seines Büros im Klinikum öffnete sich und eine blondhaarige, gut aussehende Frau betrat den Raum, die sich als Frau Roosen vorstellte. Sein ursprüngliches Befremden über den unangemeldeten Besuch wandelte sich während des Gesprächs schnell in Unglauben. Ohne Umschweife erklärte ihm die Frau, dass sie ihn gerne als Operateur engagieren möchte. Ihre Worte würde er niemals vergessen.

»Lieber Herr Dr. Hutterer«, hatte sie gesagt, »ich vertrete ein leistungsfähiges, modernes Unternehmen, in dessen Namen ich Sie bitten möchte, zukünftig für uns als Transplantationschirurg zu arbeiten. Wir kennen Ihre außerordentlichen Qualifikationen und gehen davon aus, dass Sie unser Angebot nicht ausschlagen werden. Unsere Einrichtung hat elitären Charakter, entsprechend ist auch das Honorar.«

Als er neugierig fragte, welches Krankenhaus ihn denn abwerben wolle, hatte sie keine Erklärung abgegeben.

»Es ehrt mich, dass Sie mich in Ihrem Team haben wollen, aber wie Sie sicher wissen, habe ich hier eine absolut erfüllende Aufgabe. Sie werden wohl auf meine Mitarbeit verzichten müssen.«

Frau Roosen nahm die Ablehnung gelassen entgegen, dann fuhr sie fort: »Herr Dr. Hutterer, es tut mir leid, aber eine Absage kann ich nicht akzeptieren. Denken Sie noch einmal gründlich darüber nach. Ich werde Sie in ein paar Tagen noch einmal kontaktieren.« Mit diesen Worten war sie freundlich lächelnd gegangen.

Zwei Tage später wurde Michael, sein Sohn, von zwei Schlägern krankenhausreif geprügelt. Mit gebrochenem Kiefer und Schienbein musste er notärztlich versorgt werden.

Tags darauf rief ihn diese Frau Roosen an und drückte ihm ihr Mitgefühl zu dem Unfall seines Sohnes aus. Dann wollte sie wissen, ob er sich ihr Angebot überlegt habe. Beiläufig wies sie darauf hin, dass er auch eine sehr reizende Tochter habe und es doch sehr traurig wäre, wenn ihr in diesen schlimmen Zeiten auch etwas zustoßen sollte.

Schließlich hatte Dr. Hutterer mit knirschenden Zähnen zugesagt. Hätte er damals gewusst, dass er sich damit in die Hölle begab, hätte er über Nacht seine Zelte in Deutschland abgebrochen und wäre mit seiner Familie in den finstersten Dschungel geflüchtet. Jetzt gab es kein Zurück mehr, denn die Alternative war die Bedrohung seiner Familie. Nur sein eigener Tod hätte ihn aus den Fängen dieser Bestien entlassen können, aber dazu war er zu feige.

Dr. Hutterer alias Dr. Hofmann schreckte aus seinen Gedanken auf, weil von seinem Laptop ein Piepsen kam. Er öffnete ein Programm, mit dem er die Kontrollmonitore im »Lagerraum« überwachen konnte. Monitor 5 war gerade abgeschaltet worden. Die Cleaner führten anscheinend die Entfernung des kranken Spenders durch. Er bemühte sich, nicht darüber nachzudenken. Wenigstens würde der Tod leise und schmerzlos sein. Alle anderen Monitore arbeiteten einwandfrei.

Der Arzt zwang sich, sich wieder auf seine Berichte zu konzentrieren. Plötzlich, mitten im Satz, durchfuhr es ihn wie ein elektrischer Schlag. Er riss den Deckel des Laptops auf und öffnete erneut das Überwachungsprogramm. Tatsächlich, er hatte sich nicht getäuscht! Es war tatsächlich Monitor 5, der erloschen war. Der Spender, der beseitigt werden sollte, war aber an das Kontrollgerät 4 angeschlossen! Diese Idioten hatten die falsche Person abgeschaltet! Ausgerechnet die Frau, die als Spenderin für Alexander Falkeis vorgesehen war! Wie ein Wahnsinniger riss der Arzt sein Handy aus der Tasche seines weißen Kittels und tippte eine Nummer ein. Hoffentlich konnte er noch etwas retten!

Konrad, der Schwabe, und Thorsten, der Schweigsame, begaben sich in den »Lagerraum«. Im Neonlicht betrachteten sie die aufgereihten Betten.

»Das geht mir ganz schön auf die Nerven«, knurrte Konrad, »erst sollen wir möglichst viel Material heranschaffen, dann soll es wieder beseitigt werden. Die wissen auch nicht, was sie wollen!«

Thorsten gab nur ein zustimmendes Brummen von sich.

»Hale hat gesagt, dass wir die letzte Lieferung entsorgen sollen. Bett 5 war das.«

Thorsten ging zu dem bezeichneten Bett und zog die Zudecke von dem bewusstlosen Körper der jungen Frau.

»Eigentlich schade um diese scharfe Braut«, bemerkte Konrad und betrachtete sie mit eindeutigen Blicken. »Super Figur, sicher gut im Bett.« Man konnte sehen, dass ihn seine Fantasie auf gedankliche Abwege brachte.

»Wir haben einen Befehl«, erklärte Thorsten ungerührt.

»Ja, ist schon klar«, entgegnete Konrad, »aber die hier zu entsorgen ist wirklich reine Verschwendung.«

Widerwillig griff er in seine Jackentasche und holte eine aufgezogene Spritze heraus. Wortlos trat er an das Bett der betäubten Frau, stach die Nadel in den Zugang und drückte die klare Flüssigkeit langsam in die Vene. Die Dosierung war so stark, dass sie auch einen Büffel getötet hätte. Die Betäubte zeigte keine äußerliche Reaktion. Nach zwei Minuten wurde ihr Atem langsamer, bis er schließlich zum Stillstand kam. Vom Monitor kam ein gleichmäßiges Piepsen. Auf dem Bildschirm zeigte sich eine gerade Herzlinie.

»Das war's«, stellte Thorsten fest, schaltete den Monitor aus und zog ihr die aufgeklebten Sensoren vom Körper. Aus einem Schrank holte er einen Leichensack aus schwarzem Kunststoff. Er öffnete den Verschluss und legte den Sack neben die Leiche aufs Bett.

»Los, hilf mir mal«, fuhr Thorsten seinen Kumpel an. In diesem Augenblick läutete das Telefon, das auf dem Tisch in der Ecke stand. Ein Hausapparat, der keine Verbindung nach außen hatte. Die beiden Männer zuckten zusammen, weil ein Anruf hier ausgesprochen ungewöhnlich war. Der Schwabe nahm ab.

»Ja …«

Hale war am Apparat. Er klang, als wäre er kurz vor einem Zusammenbruch.

»Was macht ihr gerade?«

»Wir sind im Lagerraum. Du hast doch gesagt, wir sollen Bett 5 freimachen …«

»Sofort aufhören! Rührt die Frau auf Bett 5 auf keinen Fall an! Da liegt ein verdammter Irrtum vor. Der Spender Bett 4 soll beseitigt werden, nicht Bett 5! Habt ihr mich verstanden?«

»Hm, Chef …«, gab der Schwabe zögernd zurück, »da … da ist leider nichts mehr zu machen.«

»Heißt das, ihr habt sie schon …?«

»Ja.«

»Verdammte Scheiße! Was seid ihr denn für Idioten! Habt ihr eine Ahnung, was ihr da angerichtet habt?« Aus dem Hörer kam wütendes Schnauben.

»Wieso wir«, fauchte der Schwabe zurück. Sein cholerisches Temperament brachte ihn schlagartig auf die Palme. »Da hat jemand bei euch Mist gebaut! Für uns hieß es klipp und klar Nummer 5!«

In der Leitung herrschte Stille. Offenbar musste Hale diese Info erst mal verdauen.

»Was jetzt?«, wollte Konrad gereizt wissen. »… und was ist mit Bett 4?«

»Ihr bleibt, wo ihr seid, ich sage euch wieder Bescheid.« Hale hatte aufgelegt.

»Arschloch!«, schrie der Schwabe seinen Frust in den Raum. Wütend gab er seinem Kameraden den Inhalt des Gesprächs wieder. Den beiden war klar, dass man versuchen würde, ihnen den Fehler in die Schuhe zu schieben. Aber diesen Schuh würden sie sich bestimmt nicht anziehen lassen. Etwas unschlüssig standen sie im Raum herum.

»Na ja, dann packen wir sie wenigstens schon mal ein«, schlug Thorsten pragmatisch vor. »Die ist hinüber, da ist nichts mehr zu machen.«

Konrad, der sich wieder beruhigt hatte, zuckte mit den Schultern. Sein Kumpel hatte recht.

Hale griff zum Handy, das er während des Gesprächs mit dem Haustelefon danebengelegt hatte. Die Leitung zu Hofmann stand noch.

»Dr. Hofmann, Sie haben gehört, was ich gesprochen

habe?«, fragte er etwas kleinlaut. Er kannte Hofmanns wahre Identität nicht. »Sie sind nur wenige Minuten zu spät gekommen.«

»Wissen Sie, was das bedeutet?«, kam es fast verzweifelt aus dem Hörer. »Wir haben für die morgige Transplantation keinen Spender, weil ihr ihn gerade umgebracht habt! Ihr verdammten Vollidioten! Dieses Desaster bringen aber Sie der Chefin bei, nicht ich. Ich bin gespannt, wie die Roosen das dem Empfänger beibringen will.« Die Leitung wurde unterbrochen.

Unterdessen starrte Hale gegen die Betonwand gegenüber seinem Schreibtisch. Er wusste, dass man für diesen Fehler einen Schuldigen suchen würde. Hale dachte nicht daran, sich als Sündenbock behandeln zu lassen. Trotzdem musste er jetzt den schweren Schritt tun und die Chefin verständigen. Er wusste, dass sie im Augenblick nicht im Haus war, deshalb wählte er ihre Handynummer. Der Mann stieß einen Fluch aus. Es ging nur die Mailbox dran. Hale hinterließ eine dringende Bitte um Rückruf.

Sie schwebte irgendwo zwischen Raum und Zeit. Ihr Bewusstsein war so weit ausgeschaltet, dass sie sich nicht mehr als Existenz wahrnahm. Die Dosierung des Narkosemittels hatte jedoch nicht alle Tiefen ihres Gehirns lahmgelegt. Sie hatte Träume. Surreale Traumbilder, die es dem Gehirn ermöglichten, den Stress der Narkose zu verarbeiten. Plötzlich blendeten sich diese Bilder langsam aus und sie stürzte in absolute Schwärze. Mit einem schwachen Flackern verlöschte still und leise Johanna Siedlers Lebenslicht.

32

Die Frau stürzte zu ihrem Pkw, warf sich hinter das Steuer und gab Gas. John Hale hatte ihr bei ihrem Rückruf die Katastrophe geschildert. Nach einem ersten Wutausbruch riss sie sich zusammen und befahl Hale sofort die gesamte Leitungsgruppe zu einer dringenden Krisenbesprechung herbeizuzitieren.

Eine Stunde später saßen sie im Besprechungsraum der Einrichtung. Die Chefin war äußerlich ganz ruhig, nur ein gelegentliches nervöses Klopfen mit den Fingernägeln auf die Tischplatte zeugte von ihrer inneren Anspannung.

»Hale, über Ihr Versagen werden wir uns später unterhalten.«

Der Angesprochene nickte, sein Gesicht war bleich. Er wusste, dass die Frau gnadenlos war. Nun richtete sie ihren Blick auf die beiden Mediziner am Tisch.

»Was können wir tun, damit die Transplantation trotz dieses Fehlers zeitnah durchgeführt werden kann? Eine Verschiebung um eine Woche kann ich vielleicht plausibel machen, aber ein Scheitern können wir uns definitiv nicht leisten. Auf keinen Fall!« Mit Erstaunen nahmen die anderen zur Kenntnis, dass in ihrer Stimme eine leichte Unsicherheit mitschwang.

»Der Junge ist Blutgruppe 0. Die vorgesehene Spenderin hatte dieselbe Blutgruppe und auch ihre anderen Werte waren absolut kompatibel. Das war ein seltener Glücksfall. Ich fürchte, dieses Problem ist nicht so schnell lösbar. Keiner der Spender im Lager hat diese Blutgruppe. Das heißt, ihr müsst so schnell wie möglich einen kompatiblen Spender auftreiben. Ich habe allerdings keine Ahnung, wie Sie das in der kurzen Zeit schaffen wollen.«

Die Chefin kaute angespannt auf ihrer Unterlippe. »Zur Blutgruppenbestimmung brauchen Sie auf jeden Fall Blut des potentiellen Spenders?«

Die zweite Frau nickte. »Zehn Milliliter Blut genügen, um alle erforderlichen Parameter zu bestimmen.«

Plötzlich meldete sich Hale zu Wort. »Mir ist da ein Gedanke gekommen.«

Die Chefin sah ihn auffordernd an. »Also …?«

Hale beeilte sich, seine Idee zu erläutern.

Am Ende seiner Schilderungen unterbrach ihn der Chirurg. »Natürlich, das ist es! Eine bessere Möglichkeit, einen Spender zu finden, werden wir auf die Schnelle nicht bekommen!«

Die Miene der Chefin hellte sich etwas auf. »Sehr gut, Hale! Sehen Sie zu, dass Sie an die Daten herankommen. Sobald Sie eine Person mit einer kompatiblen Blutgruppe gefunden haben, geben Sie sofort Bescheid. Sie werden dann den Spender umgehend herbeischaffen.« Sie sah ihn durchdringend an. »Sollten Sie hierbei wieder versagen, landen Sie im Lager.«

Hale wusste, dies war tödlicher Ernst.

Simon Kerner schlüpfte in sein T-Shirt und ließ es locker über die kurze Sporthose fallen.

Steffi räkelte sich im Bett und warf dabei einen beiläufigen Blick auf ihre Armbanduhr. »Schatz, wir sind in einem Wellnesswochenende und du stehst um sieben Uhr auf!« Ihre Stimme klang verschlafen und ein wenig vorwurfsvoll. »Ich hätte lieber noch etwas gekuschelt …«

Kerner lachte und bückte sich, um seine Laufschuhe zuzubinden. »Steffi Burkard, wir haben die halbe Nacht gekuschelt und das war Wellness pur, aber jetzt muss ich was für die Fitness tun. Du wolltest doch auch mitkommen. Wo bleiben deine guten Vorsätze?«

»Stell mir bitte vor dem Frühstück keine solch schwierigen Fragen«, schnurrte sie und zog sich die Bettdecke über den Kopf, um sie sofort wieder ein Stück anzuheben. »Wie lange wirst du weg sein? Ich vermisse dich jetzt schon.«

»Eine gute Stunde, dann freue ich mich auf ein gemeinsames reichhaltiges Frühstück.« Er ging zum Bett, kniete sich mit einem Bein darauf, zog schnell die Bettdecke weg und gab ihr einen Kuss auf den nackten Po. »Bis später!«

»Du bist gemein«, brummelte sie, aber Kerner war schon aus dem Zimmer. Kurz darauf verließ er das Grundstück der Klinik. Kerner wollte einige Kilometer auf den Waldwegen des *Todwaldes* zurücklegen. Locker lief er los. Anfänglich gingen seine Gedanken ihre eigenen Wege, bis sie sich immer mehr vom Rhythmus seiner fast lautlosen Bewegungen einfangen ließen und in eine Art Trance mündeten, die ihn völlig abschalten ließ.

Nach einer Dreiviertelstunde hatte er den Punkt erreicht, an dem er umkehren wollte. Er blieb stehen und machte einige Dehnübungen. Gerade als er zurücklaufen wollte, hörte er in der Ferne durch den Wald ein Motorengeräusch. Der Klang kam aus der Richtung des *Ruhehains* und war in gleichbleibender Lautstärke zu hören. Verdammt, da fuhr doch schon wieder jemand durch den *Todwald!* Spontan entschied sich Kerner der Sache auf den Grund zu gehen. Er verließ den eingeschlagenen Weg und rannte quer durch den Wald in Richtung des Geräusches. Leider war das Fortkommen durch herumliegende Äste und Bäume erschwert, so dass er nicht so flott vorankam, wie erforderlich gewesen wäre. Zehn Minuten später stieß er schwer atmend auf den bekannten befestigten Waldweg, den das Fahrzeug offenbar wieder benutzt hatte. Er lauschte. Das Motorengeräusch war noch zu hören, wurde aber schnell leiser. Kerner spurtete kurz entschlossen hinterher. Vielleicht konnte er noch einen Blick auf das Kennzeichen des Wagens erhaschen, bevor dieser die Asphaltstraße erreichte. Als Simon Kerner einige hundert Meter weiter auf die Straße stürmte, hörte er in der Ferne das Motorengeräusch verklingen. Wütend trat er gegen einen herumliegenden Ast. Das wäre die Gelegenheit gewesen! Enttäuscht drehte er sich um und joggte gemächlich zur Klinik zurück. Nach dem Wochenende mit Steffi würde er sich gezielt um dieses Mysterium kümmern. Eine gute halbe Stunde später kam Kerner völlig durchgeschwitzt bei der Klinik an. Den Ärger war er beim Laufen losgeworden. Auf dem Parkplatz vollführte er zum Abschluss einige Dehnübungen. Dabei musterte er beiläufig die abgestellten Fahrzeuge. Ein Großteil der Stellplätze war mit teuren Limousinen und Sportwagen belegt. Kerner musste grinsen. Sein grobschlächtiger Defender stach deutlich als Underdog heraus. Ein Kleinwagen fuhr an ihm vorbei und parkte auf einem abgegrenzten Areal, das dem Klinikpersonal vorbehalten war. Die Fahrerin, Frau Dr. Steinbrenner, die Klinikleiterin, hatte es offenbar sehr eilig. Im Vorbeifahren hatte sie ihm kurz zugenickt. Hastig überquerte sie nun den Platz und verschwand durch einen Seiteneingang.

Kerner betrat die Wellnessabteilung der *Spessart-Beautyworld*. Er musste dringend unter die Dusche! Steffi war bereits angezogen und las gerade in der Hausinfo. Als sie Kerners verschwitztes T-Shirt sah, rümpfte sie die Nase. »Schatz, du riechst streng«, stellte sie fest, »und ich habe Hunger.«

»Gib mir zehn Minuten«, erwiderte Kerner und eilte ins Bad. Zwanzig Minuten später betraten sie den Frühstücksraum der Wellnessabteilung. Er war gut besucht, aber sie fanden trotzdem einen schönen Platz am Fenster mit Blick auf den Park und den Wald. Kerner war gerade dabei, seinen Teller am Buffet zu füllen, als er von hinten angesprochen wurde.

»Das darf jetzt aber nicht wahr sein!«, rief eine weibliche Stimme, die Kerner bekannt vorkam. »Herr Dr. Kerner! Das hätte ich jetzt nicht gedacht, dass ich *Sie* hier antreffen würde!« Rechtsanwältin Helsing-Wiesmann stand, ebenfalls mit einem Teller bewaffnet, hinter ihm und lächelte ihn an. »Das ist aber ein netter Zufall! Gönnen Sie sich auch etwas Luxus und Entspannung?«

»Hallo, Frau Helsing-Wiesmann«, erwiderte Kerner freundlich, innerlich aber stöhnte er. Konnte man denn nirgendwo hingehen, ohne auf berufliche Kontakte zu stoßen? »Meine Lebensgefährtin hatte Geburtstag und dieses Wellnesswochenende war ein Geschenk.«

»Ah, Sie sind in Begleitung …« Er glaubte ein leichtes Bedauern in ihrer Stimme zu hören. »Na, dann wünsche ich Ihnen noch einen erholsamen Aufenthalt.« Sie wandte sich dem Buffet zu. Er fragte sich insgeheim, warum diese Frau immer so angezogen war, als würde sie gleich vor Gericht auftreten. Alle Gäste des Hauses waren mehr oder weniger leger gekleidet, Helsing-Wiesmann stach deutlich heraus.

Simon Kerner marschierte mit seinem Teller zurück zum Tisch. Steffi sah ihn mit einem spitzbübischen Lächeln an.

»Das haben wir gerne, kaum eine Sekunde aus den Augen und schon flirtest du mit gut aussehenden Damen. Sollte ich da vielleicht etwas wissen?«

Kerner blies seine Backen auf. »Schatz, da musst du dir

wirklich keine Gedanken machen. Das ist eine bekannte Rechtsanwältin, wir haben häufig beruflich miteinander zu tun.« Er goss sich eine Tasse Kaffee ein.

»Du hättest mal sehen sollen, wie sie dir nachgesehen hat. Glaub mir, die Lady ist scharf auf dich. Das sagt mir mein weiblicher Instinkt.« Sie streichelte ihm über die Hand und sah ihm tief in die Augen. »Ich kann's ja verstehen.«

Simon Kerner verdrehte die Augen. »Was du dir immer einredest.«

Nach dem Frühstück genossen die beiden eine Ganzkörpermassage, die sie eine Stunde beschäftigte. Steffi wurde danach eine kosmetische Behandlung zuteil und Kerner vertraute sich den sanften Händen einer Fußpflegerin an. Danach wollten sie bis zum Mittagessen einen ausgiebigen Spaziergang durch den *Todwald* machen.

Kerner, der mit seiner Anwendung früher fertig war, zog im Apartment seine Wanderschuhe an und schlenderte anschließend in das Atrium, um dort auf Steffi zu warten. Aus Langeweile ließ er sich auf einer der Sitzgruppen nieder und vertiefte sich in einen ausführlichen Prospekt über die zahlreichen Möglichkeiten moderner Schönheitschirurgie. Erstaunlicherweise gab es auch ein mehrseitiges Angebot für Männer. Plötzlich hörte Kerner aus Richtung des Eingangs zur Schönheitsabteilung die Stimmen zweier Frauen. Da der Brunnen seine Sicht auf den Bereich verstellte, rutschte er auf der Bank etwas zur Seite, um besser sehen zu können. Es handelte sich um Dr. Steinbrenner und Rechtsanwältin Helsing-Wiesmann, die sich sehr intensiv unterhielten. Gestikulierend redete Helsing-Wiesmann auf die Direktorin ein. Kerner hatte den Eindruck, als wären die beiden näher miteinander bekannt. In dem Augenblick kamen Stimmen vom Haupteingang und fünf Personen betraten die Eingangshalle. Die Klinikchefin und die Anwältin unterbrachen daraufhin ihr Gespräch und verschwanden im Klinikbereich. Die Ankömmlinge erkundigten sich am Empfang, wo heute im Haus die Blutspendeaktion stattfinden würde. Die Empfangsdame erläuterte ihnen den Weg und sie marschierten ebenfalls in Richtung Klinikbereich.

Fünf Minuten später kam Steffi. Zu Kerners Verwunderung war sie nicht umgezogen.

»Na, hast du es dir anders überlegt?«, wollte er wissen. »Wir wollten doch etwas laufen.«

Steffi wies zum Eingang. »Simon, hast du schon mal rausgeschaut? Draußen braut sich ein schweres Gewitter zusammen. Der Himmel ist total schwarz.«

»Mist«, ärgerte sich Kerner. »Und was jetzt?«

»Was hältst du davon, wenn wir ein gutes Werk tun und zum Blutspenden gehen? Die Aktion findet doch heute hier statt. Ich wollte das schon immer mal machen, hab es dann aber doch immer wieder irgendwie aus den Augen verloren.«

»Gute Idee«, gab Kerner zurück. »Ich habe früher, als ich noch beim Bund war, regelmäßig gespendet, es dann aber vernachlässigt. Ich glaube sogar, mein Blutspenderausweis steckt in meinem Geldbeutel. Du musst dich beim ersten Mal allerdings darauf einstellen, dass es etwas länger dauert, weil sie erst deine Blutgruppe feststellen müssen.«

»Prima«, freute sich Steffi, »dann melde ich uns mal an. Wir haben ja Zeit.«

Sie eilte zum Empfang.

Draußen fielen die ersten dicken Tropfen und in der Ferne grollte der Donner.

Kurz nach Mitternacht saßen der Chirurg und die beiden Frauen über den Auswertungsbögen der Blutspendeaktion.

Das Labor hatte wirklich Mammutarbeit geleistet, um die Spenden auszuwerten. Langsam glitt Hofmanns Finger an der Liste der siebenunddreißig Spender entlang. Bei jeder Person waren die detaillierten Daten verzeichnet. Plötzlich verharrte der Finger des Arztes bei einem Namen. In der Spalte für die Bezeichnung der Blutgruppe war 0 eingetragen.

Die Chefin stieß die Luft aus. »Na endlich!« Sie sah Hofmann durchdringend an. »Ich werde umgehend Hale verständigen. Ist im Lager Platz?«

Die zweite Frau nickte.

»Dann kommt jetzt Hale zum Einsatz. Diesmal darf uns kein Fehler unterlaufen.« Es lag da eine bedrohliche Kälte in ihrer Stimme, die Hofmann einen eisigen Schauer über den Rücken jagte.

33

Ludwig Bernauer, der vermeintlich geistig etwas minderbemittelte Mitarbeiter des Bestattungsinstituts *Ewiger Frieden,* schlich sich vom Hof der Firma. Ludwig war keineswegs beschränkt. Es war ihm nur gelungen, sich entsprechend dümmlich zu verhalten, um seine Ruhe zu haben. Gerade hatte er wieder einmal genug gesehen. Keine dieser Lieferungen, die seit einigen Jahren in unregelmäßigen Abständen von diesen beiden schwarz gekleideten Typen gebracht wurden, war ihm entgangen. Anfänglich hatte er sich darüber tatsächlich keine Gedanken gemacht. Womöglich waren das Anlieferer von Kliniken, die den Leichentransport selbst durchführten. Auch das Geschäft mit den »gebrauchten« Särgen, das sein Chef betrieb, war ihm egal. Irgendwann hatte ihn dann aber doch die Neugierde gepackt. Als sein Chef eines Tages außer Haus war, konnte sich Ludwig nicht mehr zurückhalten und öffnete einen Sarg, der für den Transport in das Krematorium vorgesehen war und den sein Chef vorbereitet hatte. Der Inhalt verpasste ihm einen heftigen Schock. Das also war das Geheimnis seines Chefs. Schnell schraubte er den Sargdeckel wieder zu. Zuhause, in seiner kleinen Wohnung in Gemünden, setzte er sich dann in eine Ecke und grübelte vor sich hin.

Ludwig Bernauer war vorbestraft und hatte bereits mehrmals wegen kleinerer Delikte gesessen. Zuletzt war er wegen sexueller Nötigung einer Minderjährigen zu fast vier Jahren verurteilt worden. Natürlich eine völlig ungerechtfertigte Strafe, weil ihn die kleine Schlampe so lange gereizt hatte, bis er ihr an die Wäsche ging. Die letzten eineinhalb Jahre waren ihm dann wegen guter Führung auf fünf Jahre zur Bewährung ausgesetzt worden. Ein Umstand, den er dem Bestatter bei der Einstellung nicht verschwiegen hatte. Zwergauer hatte das aber erstaunlicherweise nicht gestört.

Ludwig hatte ein massives Knasttrauma. Noch immer wachte er in der Nacht schweißgebadet auf, weil er Geräusche hörte. Schritte, die ihm im Knast angezeigt hatten, dass seine Zellenkollegen kamen, um sich mit Gewalt über ihn herzumachen. Diese Erlebnisse, nicht der Freiheitsentzug, hatten Ludwig kuriert. Niemals wollte er dorthin zurück. Ihm war klar, dass das, was Zwergauer da trieb, im höchsten Maße kriminell war. Wenn der Bestatter irgendwann aufflog, war mit Sicherheit auch er, Ludwig, wegen Beihilfe zu dieser Sauerei mit dran. Niemals würde ihm ein Richter glauben, dass er von den »Nebeneinkünften« seines Arbeitgebers nichts mitbekommen hatte. Schon lange hatte er sich überlegt, wie er aus dieser Misere herauskam. Er gab sich keinen Illusionen hin. Zwergauer hatte sich mit dem Teufel eingelassen. Diese Typen waren Killer und er würde, falls sie seiner nicht mehr sicher sein konnten, als Beipack in einem der Särge für das Krematorium landen. Ludwig wurde aufgerieben zwischen der Angst vor dem Knast und der Furcht vor den Mördern. Jetzt war wieder eine Lieferung gekommen. Zum x-ten Male kam er bei der Frage, was er tun sollte, zu keinem Ergebnis.

Olaf Zwergauer verfluchte den Tag, an dem er sich diesen Mördern ausgeliefert hatte. Immer öfter brachten sie ihm Leichen, die er beseitigen sollte. Mittlerweile steckte er so tief in diesem mörderischen Geflecht, dass es für ihn kein Zurück mehr gab. Das war ihm klar. Heute erst hatten sie ihm wieder die Leichen eines Mannes und einer jüngeren Frau gebracht. Sie hatten sich zuvor telefonisch angemeldet, so dass er vor ihrer Ankunft Ludwig auf einen Besorgungsgang schicken konnte. Die Anlieferung am Tag war kein Problem, da es die Bewohner von Wiesthal gewohnt waren, dass Verstorbene zu den unterschiedlichsten Zeiten in das Bestattungsunternehmen gebracht wurden. Die beiden Lieferanten halfen ihm beim Verräumen der Leichen in die Kühlfächer, dann drückten sie ihm einen Umschlag mit Geld in die Hand.

»Sieh zu, dass sie möglichst schnell verschwinden«, forderte Konrad, der Schwabe. »Es kann sein, dass in den nächsten Tagen wieder eine Lieferung kommt.«

Zwergauer legte seine Stirn in Sorgenfalten. »Da gibt es ein kleines Problem …«

Der Schwabe musterte ihn finster. »Was für ein Problem? Ich kann mir nicht vorstellen, dass es bei dem vielen Geld, das du bekommst, irgendein Problem gibt. Haben wir uns verstanden? Du hast zu funktionieren! Falls nicht, landest du eines Tages selbst in einem deiner Särge.«

Zwergauer hob abwehrend die Hände. »Nein, nein! Ich tu ja, was ihr wollt. Aber es gibt wirklich ein Problem, das ich nicht ändern kann. Im normalen Geschäft herrscht leider eine Flaute. Seit Tagen ist kein Mensch mehr verstorben, wodurch mir natürlich auch die Aufträge fehlen. Wenn niemand da ist, der legal eingeäschert werden muss, kann ich auch niemand beipacken. Versteht ihr?« Er rieb sich nervös die Hände.

»Dann musst du sie halt ein paar Tage liegen lassen. Du hast doch ein krisensicheres Gewerbe. Gestorben wird immer. Stell dich nicht so an! … und vergiss meine Worte nicht.« Er schlug dem Bestatter auf die Schulter, dass der fast in die

Knie ging, dann verließen die beiden die Firma. Zwergauer wischte sich den Angstschweiß von der Stirn. Das Kuvert mit dem Geld ließ er in seiner Brusttasche verschwinden, dann ging er in sein Büro zurück. Kaum hatte er sich in seinem Sessel niedergelassen, läutete das Telefon. Eine tränenreiche Stimme erklärte ihm, dass vor einer Stunde die Großmutter der Familie verstorben sei und er doch bitte kommen möge. Zehn Minuten später schob Zwergauer erleichtert mit Ludwigs Hilfe einen Sarg in den Leichenwagen und sie fuhren zu der angegebenen Adresse. Als die Kinder der Verstorbenen mitteilten, die Oma wollte eingeäschert werden, machte Zwergauers Herz einen Freudensprung. Nach Erledigung der erforderlichen Formalitäten luden die beiden die Großmutter in ihr Fahrzeug und brachten sie in die Firma. Noch in der gleichen Nacht rief die Verwaltung des Klinikums Aschaffenburg bei ihm an und teilte ihm mit, dass er einen verstorbenen Patienten abholen solle. Auch dessen Hinterbliebene wollten die Einäscherung. Auf diese Weise war sichergestellt, dass er die beiden inoffiziellen Toten verschwinden lassen konnte.

Zu dem Zeitpunkt hatte Zwergauer noch keine Ahnung, welche Probleme auf ihn zukommen würden. Als er zwei Tage später die beiden Verstorbenen zur Kremierung anmelden wollte, erhielt er die Bandansage, dass die Verbrennungsöfen einer Generalüberprüfung unterzogen würden und für eine Woche keine Einäscherungen stattfinden konnten. Jetzt geriet er doch ins Schwitzen. Das nächstgelegene Krematorium, das in Frage kam, lag in Hessen. Das Land Hessen forderte jedoch in seinen Bestattungsvorschriften vor der Kremierung eine zweite Leichenschau. Das bedeutete, dass der Sarg vor der Verbrennung noch einmal zu öffnen war. Einzig in Bayern war eine zweite Leichenschau staatlicherseits nicht vorgesehen. Nur hier konnte er dieses Geschäft praktisch risikofrei betreiben. Wenn er jetzt ein weiter entfernt gelegenes bayerisches Krematorium auswählen würde, konnte das dort zu Fragen führen, da die hessische Verbrennungsanstalt für ihn erheblich näher lag. Es würde ihm wohl nichts anderes übrig bleiben, als die beiden Leichen so lange liegen zu lassen, bis das Aschaffenburger Krematorium wieder arbeitete. Sein Magen krampfte sich zusammen. Hoffentlich ging das gut.

Er ging zur Kühlanlage und stellte die Temperatur für die beiden Kälteboxen, in denen die beiden frischen Lieferungen lagen, zwei Grade kälter. Dann schloss er sie ab. Zurück in seiner Wohnung legte er den Umschlag mit dem Geld in einen Wandtresor, dann setzte er sich auf seine Couch und goss sich einen Whisky ein. Sein Blick blieb an einer Fotografie hängen, die seinen verstorbenen Vater vor seinem ersten Leichenwagen zeigte. Eine Aufnahme, die zur Zeit der Gründung des Instituts *Ewiger Frieden* entstanden war. Sein Vater würde sich im Grab umdrehen, wenn er wüsste, wie sehr sein Sohn den Karren in den Dreck gefahren hatte. Zwar hatte er in der Zwischenzeit seine Spielschulden weitgehend abgetragen, aber die Organisation würde ihn sicher nicht mehr aus der kriminellen Umklammerung entlassen. Er sah im Augenblick keinen Ausweg. Er kippte den Whisky hinunter und goss sich gleich noch ein zweites Glas ein. Was, wenn er die Flucht nach vorne antrat und sich der Polizei stellte? Er schüttelte den Kopf. Diese Gedanken musste er sofort aus seinem Kopf verbannen. Die Organisation würde ihn mit Sicherheit auf der Stelle töten. »Bis dass der Tod uns scheidet«, fiel ihm ein. Eine schreckliche Option, die ihm aber keiner abnehmen konnte. Beim dritten Glas des hochprozentigen Getränks versank er völlig in Selbstmitleid.

34

Simon Kerner hatte sich heute im Büro ziemlich geärgert. Das Wellnesswochenende mit Steffi lag zwar erst einen Tag zurück, aber der Alltag hatte ihn schon wieder voll in den Krallen. Nachdem am Nachmittag nichts Größeres mehr anlag, verließ er das Büro gegen sechzehn Uhr und fuhr nach Hause. Er wollte ins Revier fahren und sich wieder an der Grenze zum *Todwald* ansetzen. Irgendwann musste er doch diesen geheimnisvollen Fahrer erwischen. Steffi würde heute erst viel später nach Hause kommen, weil sie ihren Vater auf einer Versammlung begleiten musste. Kerner würde ihr eine Nachricht hinterlassen. Da er gleich wieder wegfahren wollte, fuhr er den Defender nicht wie gewohnt in die Garage, sondern ließ ihn unabgeschlossen vor dem Haus auf der Straße stehen.

Der Mann, der hinter den Randsträuchern des nahen Waldrandes gewartet hatte, verwarf blitzschnell seine ursprüngliche Planung. Eigentlich hatte er sein Opfer im Haus überwältigen wollen, jetzt disponierte er um. Mit wenigen Schritten war er am Defender, öffnete die hintere Tür und kroch in den Fußraum hinter den Vordersitzen.

Simon Kerner kam kurze Zeit darauf jagdlich gekleidet aus dem Haus. Das Jagdgewehr in der Hülle legte er in den Kofferraum des Wagens. Die anderen Jagdutensilien befanden sich in einem Rucksack, den er stets im Wagen mitführte. Am Gürtel im Holster trug er den obligatorischen Revolver und das Jagdmesser. Zwischenzeitlich hatte die Vorfreude auf die Jagd die Oberhand über seine schlechte Laune gewonnen. Leise summend schwang er sich hinter das Steuer seines Wagens. Bis zum Ansitz war noch Zeit. Er hatte sich eine Brotzeit eingepackt, die er vor der Jagdhütte verzehren wollte. Zügig fuhr er durch Partenstein, bis er den Stichweg erreichte, der den Hang hinaufführte und in weiten Serpentinen die Spessarthöhe erreichte, wo auf einer Lichtung Kerners Jagdhütte stand. Als er den Wagen vor der Hütte langsam ausrollen ließ, überkam ihn urplötzlich das körperliche Gefühl drohender Gefahr. Eine Sensitivität, die ihm während seiner Zeit als Offizier und Zeitsoldat in einer Spezialeinheit der Bundeswehr häufig gewarnt hatte. Eine Eigenschaft, die ihm bis heute nicht ganz abhanden gekommen war. Er fühlte die Bedrohung jetzt ganz nahe. Da er die Gefahr nicht erkennen konnte, entschied er sich für eine überraschende Aktion, die einen potentiellen Gegner verwirren sollte. Als der Defender fast zum Stillstand gekommen war, riss er überraschend mit der Rechten die Handbremse nach oben, öffnete mit der linken Hand die Wagentür und warf sich dagegen, während seine Rechte zum Revolver griff. Im Fallen erahnte er hinter sich eine Bewegung. Gleichzeitig fühlte er am rechten Arm eine Berührung und dann einen heftigen Schlag. Während er stürzte, fuhr ein harter Stromstoß durch seinen Körper und seine Hand erlahmte. Auf der Erde aufschlagend, gelang es ihm, sich halbwegs abzurollen. Es waren tausendfach geübte Bewegungsabläufe, die Bestandteil seiner unwillkürlichen Motorik geworden waren. Während er katzengleich aus der Rollbewegung heraus auf die Füße kam, sah er den Mann, der den Rücksitz des Defenders mit einem Sprung verließ und sich mit einem Elektroschocker auf ihn stürzte, um sein Werk zu beenden. Da Kerners rechte Hand noch immer wie gelähmt war, griff er mit der Linken nach dem Jagdmesser am Gürtel. Er schaffte es gerade noch, das Messer zu ziehen, dann war der Mann heran. Im Sprung presste dieser ihm den Schocker gegen die Brust und löste aus. Durch die Wucht seines eigenen Angriffs vorangetrieben, rammte er sich dabei selbst die Messerspitze in den vorgestreckten Unterarm. Während Kerner durch den Schock gelähmt auf den Boden fiel, ließ der Mann mit einem heiseren Schrei das Gerät fallen. Verzweifelt wehrte sich Kerner innerlich gegen die aufkommende Bewusstlosigkeit. Zur Wehrlosigkeit verdammt, musste er zusehen, wie der Mann mit wutverzerrtem Gesicht eine Pistole aus dem Gürtel zog und auf ihn anlegte. So sieht also das Ende aus, dachte Kerner mit kühler Rationalität, die ihn fast noch mehr verwunderte als ihn die Bedrohung durch die Waffe erschreckte.

»Du verdammter Hund!«, stieß der Mann hervor und durchbrach damit das Schweigen des bisherigen Kampfes. Man konnte sehen, dass er sich nur mit äußerster Willensanstrengung beherrschte, nicht abzudrücken. Schließlich ließ er die Pistole sinken.

»Du kannst von Glück reden, dass du noch gebraucht wirst«, fauchte er und steckte die Waffe in das Gürtelholster zurück. Dabei konnte Kerner sehen, wie ihm Blut von der Hand tropfte. Die Messerspitze musste ziemlich tief eingedrungen sein. Er registrierte auch den schwäbischen Akzent seines Widersachers.

In dem Augenblick kniete der Mann neben ihm nieder, zog mit der Linken eine Spritze aus der Jackentasche, entfernte den Schutz der Nadel und packte Kerners rechten Arm. Er streifte den Hemdsärmel zurück und stach die Nadel in seine Armbeuge. Kerner gab knirschende Laute von sich, konnte sich aber trotz aller Willensanstrengung nicht dagegen wehren. Schon nach Sekunden überkam ihn lähmende Müdigkeit und es schwanden ihm die Sinne. Langsam entspannte sich sein Körper.

Konrad erhob sich. Mit gehässiger Stimme stieß er hervor: »Es wird mir eine besondere Ehre sein, dich später über den Jordan zu schicken.«

Er warf die leere Spritze zur Seite, dann zog er vorsichtig sein Jackett aus und betrachtete wütend seinen blutdurchtränkten Hemdsärmel. Die Messerspitze war einige Zentimeter tief in den Unterarm eingedrungen. Der Kerl hier war ein anderes Kaliber als die Spender, die sie bisher beschafft hatten. Er hatte ungewöhnlich schnell reagiert. Er musste zusehen, dass er möglichst schnell verbunden wurde. Schnell entwaffnete er den bewusstlosen Mann, dann griff er mit der gesunden Hand zum Handy und rief Thorsten an, der einige Kilometer entfernt mit dem Rettungswagen wartete. Mit knappen Sätzen schilderte er ihm sein Problem und beschrieb ihm den Weg zu der Jagdhütte. Nachdem er sich mit einem Blick vergewissert hatte, dass der Mann völlig außer Gefecht war und von ihm keine Gefahr mehr ausging, öffnete er den Kofferraum des Defenders. Der Verbandskasten wurde von zwei Klammern an der Innenseite des Kofferraums festgehalten. Durch die Bewegung begann die Wunde heftig zu schmerzen. Mit zusammengebissenen Zähnen öffnete er das Behältnis und entnahm ihm ein Verbandspäckchen. Konrad hatte mit der Versorgung von Verletzungen durchaus seine Erfahrungen. Mit den Zähnen riss er das Päckchen auf und verband sich die Wunde. Anschließend beugte er sich über den betäubten Mann und durchsuchte ihn nochmals gründlich. Sein Handy schaltete er aus und warf es mit einer schnellen Bewegung ins Unterholz. Dann wartete er. Nach einer Weile hörte er das Geräusch eines näher kommenden Motors.

»Was war los?«, wollte Thorsten mit einem Blick auf den Verband wissen, nachdem er den Rettungswagen abgestellt hatte.

»Ich habe das Schwein mit dem Schocker nicht richtig erwischt und er konnte noch ein Messer ziehen. Der Kerl ist schnell und gefährlich!«

Thorsten zog erstaunt die Augenbrauen in die Höhe. Er wusste, wie schnell und kompromisslos sein Kamerad reagieren konnte. Sie schnallten Kerner auf der Trage fest und verluden ihn in das Rettungsfahrzeug. Dann zeigte Thorsten mit einem fragenden Blick auf den Defender.

»Den lassen wir einfach hier stehen. Sollen sie sich doch den Kopf darüber zerbrechen, was hier geschehen ist.«

Er warf Kerners Messer und den Revolver in den Kofferraum, dann knallte er die Hecktür zu. Anschließend setzten sich die beiden in den Rettungswagen und fuhren weg. Ihr Ziel war nur wenige Kilometer entfernt.

Steffi kam ziemlich erschöpft kurz nach neunzehn Uhr aus der Physiopraxis. Ihren kleinen Polo parkte sie, wie gewohnt, vor dem Haus. In der Küche fand sie einen Zettel vor, wonach Simon auf der Jagd war. Seufzend stellte sie sich vor den offenen Kühlschrank. Sie war ziemlich hungrig und hatte keine Lust zu warten, bis ihr Freund aus dem Wald nach Hause kam. Sie wärmte sich einen Auflauf vom Vortag auf, dann setzte sie sich zum Essen vor den Fernseher. Als sie gesättigt war, machte sie es sich auf der Couch bequem.

Als Simon Kerner kurz vor Mitternacht noch nicht zurück war, wurde Steffi langsam etwas unruhig. Selbst wenn er draußen aufgehalten worden wäre, hätte er ihr doch zumindest eine SMS geschickt. Ihr Mobiltelefon zeigte jedoch keine Nachricht an. Eine halbe Stunde später rief sie ihn an.

Es ging jedoch nur die Mailbox dran. Als um ein Uhr immer noch keine Nachricht von Simon Kerner eingegangen war, hielt es sie nicht mehr aus. Sie zog sich robuste Kleidung und Schuhe an, schnappte sich eine Taschenlampe und fuhr zur Jagdhütte.

Als im Scheinwerferlicht das reflektierende Nummernschild des Defenders auftauchte, atmete sie auf. Die Lichtung vor der Hütte lag jedoch verlassen da, die Fensterläden waren geschlossen. In ihrem Bauch zog sich etwas zusammen. Steffi ließ den Motor des Polo laufen und ging im Licht der Scheinwerfer auf den Defender zu. Das Fahrzeug war nicht abgeschlossen, der Zündschlüssel steckte im Schloss. Sie eilte zur Hecktür und öffnete sie. Als sie die Jagdwaffe, den Revolver, das Messer und den offenen Verbandskasten dort liegen sah, durchfuhr sie ein heißer Schrecken. Niemals würde Simon diese Dinge im offenen Wagen liegen lassen, dazu war er im Umgang mit Waffen viel zu sorgfältig.

Sie knipste ihre Taschenlampe an und leuchtete einen dunklen Fleck an, der im Schwellenbereich der Hecktür zu erkennen war. Zaghaft berührte sie mit den Fingerspitzen die dunkle Substanz. Es gab keinen Zweifel, das war Blut! Vielleicht von einem Wildtier, das Simon erlegt hatte? Schnell rannte sie zur Hütte und leuchtete den vorderen Bereich ab. Die Tür war ordnungsgemäß mit dem Schloss gesichert. Der Haken, an dem Kerner nach einer erfolgreichen Jagd seine Beute eine Weile zum Ausbluten aufhängte, war ebenfalls leer.

Vor Erregung zitternd stand Steffi auf der Lichtung vor der Hütte und war ratlos. Hektisch leuchtete sie den Bereich um den Defender ab. An einer Stelle war ebenfalls Blut zu erkennen. Dicht dabei zeigte sich im Lichtstrahl eine leere Einwegspritze. Jetzt war sie sich sicher, dass hier etwas ganz

Schlimmes vorgefallen sein musste. Als sie sich wieder etwas gefangen hatte, wählte sie erneut die Nummer von Kerners Handy. Wieder nur die Mailbox. Daraufhin wählte sie die Nummer eines Jagdkollegen von Simon, von dem sie hoffte, er könne etwas wissen. Sie hatte ihn offensichtlich aus dem Tiefschlaf geholt, denn es dauerte einen Moment, bis er Steffis Anliegen verstand, dann erklärte er ihr, er habe Simon seit fast einer Woche nicht mehr gesprochen. Da sie nicht mehr weiterwusste, griff sie nach der letzten Möglichkeit und wählte die Nummer von Eberhard Brunner. Obwohl es schon sehr spät war, nahm der Kriminalbeamte sofort ab.

»Brunner!«, meldete er sich. Simons Freund wirkte sehr gestresst. Mit sich überschlagender Stimme schilderte sie Brunner die Sachlage.

»… ich habe wirklich keine Ahnung, wo Simon sein kann«, schloss sie. »Aber eins ist sicher, es muss etwas vorgefallen sein. Seine Waffen liegen im Defender, und am Fahrzeug sowie am Boden ist Blut. Außerdem wurde der Verbandskasten benutzt und auf der Erde liegt eine gebrauchte Einwegspritze. Simon ist wie vom Erdboden verschluckt. Ich habe wirklich Angst!«

Brunner zögerte einen Moment, dann erwiderte er: »Ich habe gerade einen anonymen Hinweis erhalten, wonach im Main-Spessart-Bereich ein schlimmes Verbrechen begangen worden sein soll. Die Sache ist brandeilig. Wir fahren gerade los, um dem Hinweis nachzugehen, deshalb kann ich im Augenblick leider nicht helfen. Ich verspreche dir aber, dass ich mich, wenn wir diese Sache erledigt haben, noch heute Nacht bei dir melde. Vom Einsatzort Wiesthal bis zu eurer Jagdhütte ist es ja nicht weit. Lass bitte vor Ort alles so, wie du es angetroffen hast, damit keine Spuren verwischt werden. Ich werde dir von unterwegs eine Streife schicken, da-

mit du sicher bist. – Es tut mir leid, dass ich dir im Augenblick nicht schneller helfen kann. Tschüs.« Er legte auf.

Völlig verzweifelt stand Steffi vor der Jagdhütte und fühlte sich total hilflos. Wo war Simon? Eine gute halbe Stunde
später traf die Streife bei ihr ein.

35

Eberhard Brunner tat es sehr leid, Steffi nicht helfen zu können. Dieses plötzliche Verschwinden von Simon Kerner beunruhigt ihn ebenso. Aber die aktuelle Sache hatte absolute Priorität. Er hatte die leise Stimme des Anrufers, der vor wenigen Minuten von der Einsatzzentrale an sein privates Handy durchgestellt worden war, noch immer im Ohr. Normalerweise wurden außerhalb der Dienstzeit keine Gespräche an Beamte durchgestellt. Schon gar nicht, wenn der Anrufer anonym bleiben wollte, und noch dazu kurz vor Mitternacht. Der Beamte in der Einsatzzentrale war aber ein alter Hase und hatte angesichts des merkwürdigen Verhaltens des Anrufers das Gefühl gehabt, der Anruf sei wichtig. Brunner seinerseits nahm das Gespräch an, weil er hoffte, der Anrufer würde ihm etwas über den Verbleib von Johanna sagen. Von ihr hatte er bis jetzt nichts gehört, was ihn sehr besorgt machte. Als ihm der unbekannte Mann mitteilte, im Beerdigungsinstitut *Ewiger Frieden* in Wiesthal im Spessart würden illegal Leichen beiseite geschafft, läuteten bei Brunner alle Alarmglocken. Heute seien wieder zwei Tote zur Beseitigung angeliefert worden, erklärte der Mann.

»Ich kann das mit meinem Gewissen nicht mehr vereinbaren«, hatte er zum Schluss mit brüchiger Stimme erklärt und aufgelegt.

Brunner wanderte unruhig im Wohnzimmer auf und ab. Wegen eines anonymen Anrufers würde ihm kein Richter einen Durchsuchungsbescheid ausstellen, auch wenn die Beschuldigung ziemlich real klang. Wenn allerdings »Gefahr in

Verzug« gegeben war, konnte er als Polizeibeamter auch ohne richterlichen Beschluss vorgehen. Brunner war bereit, das Risiko einzugehen. Möglicherweise war der Hinweis eine erste Handhabe in den Fällen der verschwundenen Obdachlosen. Er würde dort anklopfen, womöglich ergab sich dann aus der Situation die Notwendigkeit, weiter vorzugehen. Sein Laptop stand auf dem Wohnzimmertisch. Schnell gab er den Namen des Beerdigungsinstituts in die Suchmaschine ein. Geschäftsinhaber war ein Olaf Zwergauer. Brunner griff zum Telefon und rief seinen Stellvertreter, Kriminalhauptkommissar Kauswitz, an. Zum Glück war der Beamte noch wach. Kerner schilderte ihm kurz den Sachverhalt und fragte Kauswitz, ob er bereit wäre, ihn zu begleiten. Der Kollege überlegte nicht lange und sagte zu. Brunner schnallte seine Dienstwaffe an den Gürtel, dann fuhr er mit seinem Privatauto los, um Kauswitz abzuholen.

Die Fahrt über die schmalen Landstraßen durch den Spessart dauerte in der Nacht nur eine gute Stunde. Das Beerdigungsinstitut *Ewiger Frieden* lag am Rande von Wiesthal in einer Senke. Soweit dies im Scheinwerferlicht zu beurteilen war, umgab das Areal ein alter Baumbestand. Das größere, L-förmige Gebäude im Bungalowstil hatte mehrere Schaufenster, in denen Särge, Urnen und Grablaternen ausgestellt waren. Dahinter erkannte man ein zweistöckiges Haus, das offenbar Wohnzwecken diente. In einem der Fenster war noch eine schwache Beleuchtung zu erkennen.

Brunner schaltete den Motor aus, das Licht erlosch. Sie stiegen aus und schlossen die Autotüren möglichst leise. Durch die Bäume fuhr eine frische Brise. Als hätte es in einem virtuellen Drehbuch gestanden, begann in der Nähe ein Waldkauz zu rufen.

»Wie wollen wir vorgehen?«, fragte Kauswitz mit gedämpfter Stimme, während er den Sitz seiner Dienstwaffe kontrollierte. Brunner hatte ihn während der Fahrt informiert.

»Frontalangriff, würde ich sagen. Wir probieren es mit Überrumpelungstaktik.«

»Alles klar«, gab Kauswitz zurück. Dann marschierten die beiden entschlossen auf das Wohnhaus zu. Als sie sich dem Eingang näherten, schaltete sich eine Außenbeleuchtung ein, offenbar von einem Bewegungsmelder gesteuert. Es gab zwei Klingelknöpfe. Der unterste war mit »Büro« beschriftet, der obere mit »Zwergauer«. Brunner sah seinen Kollegen an. Der nickte. Eberhard Brunner drückte den oberen Klingelknopf. Über dem Knopf war das Gitter einer Sprechanlage zu erkennen. Eine ganze Zeit lang geschah gar nichts, dann ging im oberen Stock hinter einem weiteren Fenster das Licht an und es knackte in der Sprechanlage.

»Ja?« Die Stimme klang verwaschen.

»Grüß Gott, Herr Zwergauer, hier Brunner. Entschuldigen Sie bitte die späte Störung, aber wir müssten Ihre Hilfe in Anspruch nehmen … unser Opa ist vor einer Stunde verstorben …«

Brunner war auf die Schnelle nichts Besseres eingefallen. Es blieb einen Moment still, dann kam die Antwort: »Einen Moment bitte, ich komme runter.« Die Sprechanlage verstummte. Wie es aussah, waren dem Bestatter derartige nächtliche Störungen nicht fremd.

»Der Kerl ist doch besoffen«, flüsterte Kauswitz, auf die undeutliche Aussprache Zwergauers eingehend. Brunner zuckte mit den Schultern.

Eine Minute später wurde im Treppenhaus das Licht angemacht und sie hörten Schritte. Die beiden Beamten zogen ihre Dienstausweise.

Simon Kerner kam erstaunlich zügig zu Bewusstsein. Sein Verstand wehrte sich gegen das lähmende Gefühl, im eigenen Körper gefangen zu sein. Die Erinnerung kam wie eine Woge über ihn. Seine Zunge war pelzig. Er schluckte hart. Es dauerte, bis er so viel Speichel gesammelt hatte, dass dieser Vorgang einigermaßen schmerzfrei wurde. Langsam öffnete er die Augen. Er lag auf einer Art Trage und war festgeschnallt. Die Unterlage übertrug unregelmäßige Erschütterungen. Seine Ohren nahmen das Geräusch eines Motors wahr. Über sich sah er den weißen Stoff eines Autodachs. Es gab eine diffuse Beleuchtung, die von einer schwachen Deckenlampe irgendwo im Wageninneren kam. Das Fahrzeug war anscheinend ein Transporter. An den Seiten befanden sich Fenster, die mit Farbe undurchsichtig gemacht waren. Trotzdem konnte er sehen, dass es draußen noch hell war. Wie es aussah, war seit seiner Überwältigung noch nicht allzu viel Zeit vergangen. Kerner sah im Geiste das Gesicht seines Entführers vor sich und durchlebte im Zeitraffer die Szene des Angriffs, insbesondere den lähmenden Schlag des Elektroschockers. Die Erregung, die ihn erfasste, vertrieb die letzten Schleier der Betäubung. Kerner erinnerte sich, dass man ihm nach dem Elektroschock etwas gespritzt hatte, vermutlich ein Betäubungsmittel, um ihn außer Gefecht zu setzen. Er drehte den Kopf, damit er hinter sich sehen konnte. Zwischen dem Fahrerraum und dem Bereich, in dem er lag, befand sich eine geschlossene Wand, in der sich ein kleines Fenster befand. Kerner lauschte. Aus dem Fahrerraum kam dumpfes Stimmengemurmel. Als der Typ ihn überwältigt hatte, war er alleine gewesen, offenbar hatte er jetzt aber Verstärkung bekommen.

Fieberhaft grübelte Kerner darüber nach, weshalb man ihn entführt hatte. Schlagartig fielen ihm die Fälle der aufgefundenen Leichen ein, die man mit einem Narkosemittel getötet hatte, und er dachte an die entnommenen Nieren. Bei dem Gedanken wurde ihm ganz schlecht! Kerner dachte an das Verhalten seines Entführers, der sich trotz seiner wilden Wut über den Messerstich zurückgehalten hatte. Was hatte er gesagt? Er solle froh sein, dass er noch gebraucht würde? Kerners Puls begann zu jagen. Konnte es sein, dass er in die Fänge von Organhändlern gefallen war? Verdammt, wie kam er aus dieser Misere wieder heraus? Er zwang sich zu kühlem Denken. Im Augenblick gingen seine Entführer sicher davon aus, dass er betäubt war. Sie konnten ja nicht wissen, dass er eine Art Resistenz gegenüber gängigen Narkosemitteln hatte. Schon als junger Mensch gab es beim Zahnarzt Probleme, wenn er bei einer Behandlung örtlich betäubt werden sollte. Man musste ihm, wie der Zahnarzt sagte, die Dosis für einen Elefanten spritzen, um ihn einigermaßen schmerzfrei zu bekommen. Später bei der Bundeswehr war dieses Phänomen noch deutlicher zu Tage getreten. Als er bei einem Spezialeinsatz am Oberschenkel eine Schussverletzung erhielt und deswegen operiert werden sollte, wachte er zum Schrecken seines Operateurs während der Narkose auf. Auch hier musste während der OP eine sehr starke Dosis eines anderen Narkosemittels nachgespritzt werden, um ihn wieder ins Land der schmerzfreien Träume zu schicken.

Kerner versuchte sich zu bewegen. Die Gurte, die ihn hielten, sollten ihn so auf der Trage fixieren, dass er während der Fahrt nicht herunterfallen konnte. Eine stabile Fesselung sah anders aus. Wie es schien, verließen sich seine Entführer völlig auf die Wirkung des Betäubungsmittels. Plötzlich wurde das Fahrzeug unruhig, sie bewegten sich über unebenen Untergrund. Durch die Klimaanlage verteilte sich im

Wagen vertrauter Geruch. Waldluft! Er riskierte eine gewagte Vermutung. Konnte es sein, dass das Fahrzeug über den Waldweg im *Todwald* gelenkt wurde? Kerner zog seine Arme unter dem Gurt hervor, der über seinen Oberkörper führte, und löste die Schließe. Gleiches machte er mit dem mittleren Gurt über seinem Becken und der Bindung an den Unterschenkeln. Schnell legte er sich wieder hin. Wenn einer der Männer durch das Fenster nach hinten blickte, sollte er den Eindruck haben, dass Kerner noch betäubt war.

Starke Kopfschmerzen stellten sich ein. Wahrscheinlich die Nachwirkungen der Narkose. Wenn seine Vermutungen zutrafen, würde die Fahrt nicht mehr lange dauern. Fieberhaft dachte er darüber nach, wie er die beiden Typen überwältigen konnte. Wenn er das Überraschungsmoment nutzte, konnte das gelingen. Während seiner Bundeswehrzeit war er im waffenlosen Kampf bestens ausgebildet worden und hatte diese Fähigkeiten auch als Zivilist weiterhin trainiert. Die Muskulatur seines rechten Armes schmerzte zwar von dem Elektroschock, aber das war keine wesentliche Beeinträchtigung. Das Problem war, dass seine Gegner Schusswaffen mit sich führten. Um mit ihnen fertig zu werden, war es erforderlich, dicht an sie heranzukommen. Das ging nur mit Täuschung.

Plötzlich blieb der Wagen stehen, der Motor lief im Leerlauf weiter. Dann erklang das Surren eines starken Elektromotors. Der Transporter bewegte sich ein Stück, dann blieb er wieder stehen. Der Motor erstarb. Durch die blinden Scheiben war künstliches Licht zu erkennen. Wieder hörte er den Elektromotor. Verdammt, wo war er bloß? Offenbar ging es abwärts. Befand er sich etwa in einem Aufzug? Bewegungslos blieb er auf der Trage liegen. Die Gurte hatte er so über sich gelegt, dass bei flüchtiger Betrachtung der Eindruck entstand, er wäre noch festgeschnallt. Kerner konzentrierte sich. Ihm blieb nur, zu warten, bis sie die Türen öffneten, um ihn herauszuziehen, dann aber musste er regelrecht explodieren!

Die Abwärtsbewegung stoppte mit einem Ruck. Plötzlich wurde der Motor wieder gestartet. Niemand hatte zu ihm hereingesehen. Mit mäßiger Geschwindigkeit rollten sie offenbar durch eine Art Tunnel. Jetzt konnte es nicht mehr lange dauern. Kerner machte sich bereit. Er kauerte sich am unteren Ende der Trage hinter die Tür. Nach kurzer Überlegung löste er lautlos die Arretierungen der Rollbahre. Angespannt wartete er.

36

Die beiden Kriminalbeamten hörten den Schlüssel im Schloss, dann wurde die Haustür geöffnet. Der Mann, der ihnen gegenüberstand, sah aus, als käme er mit seinem schwarzen Anzug direkt aus dem Bett. Seine Haare standen wirr vom Kopf ab. Eine Alkoholfahne wehte deutlich vor ihm her. Etwas verlegen kämmte er mit den Fingern durch die Frisur, was aber von wenig Erfolg gekrönt war.

»Herr Zwergauer?«, vergewisserte sich Brunner. Als der Mann nickte, hielten ihm beide Beamten ihre Dienstausweise vors Gesicht.

»Kriminalhauptkommissar Brunner. Dies ist mein Kollege Kauswitz«, erklärte Brunner förmlich und sehr bestimmt. »Wir sind von der Mordkommission Würzburg und müssen Sie sprechen.«

»Ja ... wieso ... Mordkommission? Ich verstehe nicht ...«

Trotz der Alkoholisierung des Mannes waren sie sicher, dass er sie verstanden hatte.

»Wir haben einen ernst zu nehmenden Hinweis erhalten, dass Sie hier in Ihrem Beerdigungsinstitut illegal Leichen beseitigen«, fiel Brunner knallhart mit der Tür ins Haus. »Wir fordern Sie auf, uns auf der Stelle Ihre Leichenräume zu zeigen. Wie viele Verstorbene haben Sie im Augenblick hier?«

Brunners Worte kamen so schnell und stakkatoartig, dass Zwergauer regelrecht überfahren wurde. Im bleichen Licht der Außenbeleuchtung erschien sein Gesicht so wächsern wie das einer Leiche.

»Aber ... aber was soll das?« Sein Versuch des Widerstandes wurde von einem heftigen Würgen erstickt. Einen Augenblick später erbrach er sich in den Hausflur.

Brunner und Kauswitz sahen sich angewidert an. Der Bursche war völlig fertig. Brunner blieb jedoch unnachgiebig. »Also los, führen Sie uns jetzt in Ihren Kühlraum. Wir möchten gerne die im Augenblick hier ruhenden Verstorbenen und die dazugehörenden Papiere sehen. Wenn alles seine Ordnung hat, sind wir in einer halben Stunde wieder weg.«

Zwergauer machte keine Anstalten, der Anweisung Folge zu leisten. Wankend stützte er sich an der Wand ab und wischte sich mit dem Jackettärmel über den Mund.

»Also los jetzt!«, knurrte Kauswitz mit scharfem Ton. »Wir haben nicht die ganze Nacht Zeit! Oder wollen Sie sich uns körperlich widersetzen?«

»Nein, ich meine, ja, ja, ich … ich mach ja schon«, brachte der Bestatter hervor und wedelte fahrig mit den Händen herum. »Ich hole nur … den Schlüssel.«

Kauswitz sah Brunner an, dann erklärte er: »Ich komme mit, damit Sie sich nicht verlaufen.«

Während Brunner unten wartete, stieg sein Kollege mit Zwergauer die Treppe hoch, um den Schlüssel zu holen, wobei er den Bestatter mehrmals stützen musste, weil er unsicher wankte. Einige Zeit später betraten sie über einen Verbindungsgang im Keller die Geschäftsräume des Instituts und durchquerten das Sarglager.

»Weiter!«, forderte Brunner ungeduldig, als Zwergauer kurz stehen bleiben wollte. Schließlich schloss er eine weitere Tür auf und betätigte einen Lichtschalter. Der Aufbereitungsraum wurde in gleißendes Licht getaucht. Die Einrichtung und die Atmosphäre erinnerte Brunner stark an den Sektionssaal des Instituts für Rechtsmedizin. Der Raum war kühl, der Geruch ähnlich antiseptisch.

Kauswitz legte Zwergauer eine Hand auf die Schulter und drückte leicht.

»Na los, der Kühlraum …!«

»Die Verstorbenen liegen in eigenen Kühlkammern.«, erklärte Zwergauer widerstrebend und deutete mit der Hand in eine Richtung. Dort waren mehrere Klappen in der Wand zu erkennen.

»Wie viele … Tote haben sie im Augenblick hier?«, wollte Brunner wissen und machte einige Schritte vorwärts.

Zwergauer zögerte kaum merklich. »Zwei.«

»Legen Sie uns die Papiere, insbesondere die Totenscheine vor und dann öffnen Sie.« Er wies in Richtung der Klappen.

Der Bestatter holte einen Ordner aus einem der Regale und schlug die letzten beiden Sterbeurkunden auf. Kauswitz warf einen Blick darauf. Zwergauer näherte sich langsam den ersten beiden Kühlschranktüren und öffnete sie. Mit einer schwungvollen Bewegung zog er die beiden Rollbahren heraus, auf denen zwei zugedeckte menschliche Körper lagen. Langsam zog der Bestatter die Papierdecken zurück.

»Das hier ist Alfons Reger, neunundsiebzig Jahre alt, Schlaganfall. Die andere ist Regina Amthor, vierundfünfzig Jahre, Krebs.« Er wies auf die Schildchen, die am großen Zeh einer jeden Leiche befestigt waren und deren Beschriftung mit den Vorgangsnummern in den Sterbepapieren übereinstimmte.

»… und was ist in den anderen drei Kühlboxen?«, wollte Kauswitz wissen.

»Die sind leer«, kam es schnell von Zwergauer zurück. Zu schnell, wie Brunner fand.

»Wir dürfen doch mal sehen…«, erklärte er und versuchte die anderen drei Boxen zu öffnen. Die nächstgelegene war tatsächlich leer. Die nächsten beiden waren verschlossen.

»Aufmachen!«, befahl Kauswitz.

»Tut mir leid«, gab der Bestatter zurück, »aber den Schlüssel hat mein Mitarbeiter versehentlich mit nach Hause genommen.« Er wand sich wie ein getretener Wurm.

»Erzählen Sie keinen Mist«, gab Brunner zurück. »Was glauben Sie, wie schnell wir Ihren Mitarbeiter mit einer Streife herbringen lassen können? Los jetzt!«

Mit zitternden Händen fingerte Zwergauer einen Schlüsselbund aus seiner Hosentasche. Nach mehreren Versuchen schaffte er es, die Türen zu öffnen. In den Boxen waren menschliche Füße zu erkennen.

»… und was ist das hier?« Brunners Stimme war scharf und seine Augen durchbohrten den Bestatter, dem urplötzlich dicke Schweißperlen auf der Stirn standen.

»Das … das sind zwei … Neuzugänge, da bekommen wir die Papiere erst morgen.«

»Holen Sie sie raus!«, befahl Brunner energisch.

»Meinen Sie wirklich?« Zwergauer wand sich. »Die beiden sind kein schöner Anblick.«

»Jetzt machen Sie schon! Wir sind einiges gewöhnt.« Kauswitz verlor langsam die Geduld.

Mit quälender Langsamkeit zog der Bestatter erst die eine und dann die andere Rollbahre aus der Kühlung. Auch diese beiden Körper waren bedeckt. Zwergauer zog erst das eine Tuch zurück, darunter kam ein verwahrloster, mittelalter Mann zum Vorschein. Sofort entdeckten die beiden Kriminalbeamten den Verband um das eine Bein. Unter dem zweiten Tuch kam, ebenfalls nackt, eine junge Frau zum Vorschein. An beiden Leichen waren keine Nummern befestigt. Brunner machte einige Schritte nach vorne, um das Gesicht der Toten zu sehen. Als er die junge Frau näher betrachtete, wich ihm plötzlich alle Farbe aus dem Gesicht und er taumelte. Kauswitz fasste ihn schnell am Arm, um ihn zu stützen.

»Was ist los? Geht es dir nicht gut?«

Doch Brunner hörte ihn nicht. »Mein Gott! Das kann doch nicht sein!« Er schrie regelrecht. »Das gibt es doch nicht!« Er beugte sich nochmals über das Gesicht der Toten. Sie war gelblich bleich, aber ihre Züge wirkten entspannt, fast friedlich. Es gab keinen Zweifel!

»Das ist …« Ein trockenes Schluchzen entrang sich seinem Mund. »Das ist … Johanna … Meine Freundin Johanna … Sie ist tot.« Seine Stimme erstarb und er sank auf die Knie.

Kauswitz erkannte, hier war etwas Schreckliches geschehen!

Zwergauer hatte die Reaktion des Polizisten mit Verwunderung zur Kenntnis genommen. Schlagartig wusste er, dass er jetzt richtig im Dreck steckte. Offenbar kannte der Kommissar die Tote. Da würden keine Ausreden helfen. Ohne zu überlegen, zog er sich langsam in Richtung Tür zurück. Er musste weg! Einfach irgendwie weg! Wenn er es bis zu seinem Auto schaffte …

Brunner richtete sich langsam auf. Der Schock lähmte ihn und der plötzliche Schmerz zerriss ihm fast das Herz. Er war zu keinem klaren Gedanken fähig. Das alles war doch ein schrecklicher Albtraum! Wie kam Johanna hierher? Seine Fingerspitzen fuhren über ihr auch im Tod noch liebliches Gesicht und fühlten die Kälte. Die Tränen, die ihm haltlos übers Gesicht liefen, spürte er nicht.

Kauswitz, der sich nur ungefähr zusammenreimen konnte, was seinem Chef da widerfahren war, sah aus den Augenwinkeln heraus eine Bewegung im Raum. Der Kriminalbeamte fuhr hastig herum und entdeckte den Bestatter, der gerade verschwinden wollte.

»Hiergeblieben!«, donnerte er, macht drei schnelle Schritte und packte Zwergauer am Arm. Er nahm ihn in einen Polizeigriff und zwang ihn zu den Toten zurück.

Mit tränennassem Gesicht drehte sich Eberhard Brunner langsam herum. Mit dem Jackettärmel wischte er sich über das Gesicht, dann bohrten sich seine Augen in das Gesicht Zwergauers. Sein Blick war so voller Wut und Verzweiflung, dass der Bestatter sich immer kleiner machte.

Plötzlich schossen Brunners Hände nach vorne und krallten sich in der Jacke des Mannes fest. Kauswitz hatte unwillkürlich losgelassen. Mit einem Ruck zog Brunner Zwergauer zu sich heran und schrie mit sich überschlagender Stimme: »Du gottverdammtes Schwein, sag mir auf der Stelle, wie diese Frau hier in deinen Leichenkeller kommt, oder ich breche dir jeden einzelnen Knochen in deinem Körper!«

Der Bestatter hing in seinen Fäusten wie ein nasser Sack und brachte vor Schreck keinen Ton heraus. Kauswitz stand etwas ratlos daneben. Wie sollte er diese losbrechende Urgewalt bremsen?

Als Zwergauer nur sinnloses Gestammel hervorbrachte, hob ihn Brunner mit einer erstaunlichen Leichtigkeit von den Füßen und zerrte ihn zu einem der Präparationstische. Mit Schwung warf er den Mann auf die Metallplatte, griff sich eines der bereitliegenden großen Skalpelle und hob es drohend in die Höhe.

»Ich schwöre bei Gott, ich werde dir den Hals durchschneiden, wenn du nicht endlich dein verdammtes Maul aufmachst!« Seine Stimme überschlug sich.

»Ja … bitte … ja ich werde Ihnen alles sagen …«, wimmerte Zwergauer. »Bitte nicht!«

Jetzt konnte Kauswitz nicht mehr anders und schritt ein.

»Eberhard, bitte«, sagte er scharf und fiel ihm in den

Arm, der das Messer hielt. »Mach nichts, was du hinterher bereust. Was er unter Drohung aussagt, können wir nicht gegen ihn verwenden. Das weißt du doch!«

Eberhard Brunner erwachte wie aus einer Trance. Er sah seinem Kollegen ins Gesicht, dann senkte sich sein Blick auf das Messer und den verzweifelten Bestatter. Langsam legte er das Skalpell zur Seite.

»Ich höre«, forderte er mit völlig veränderter Stimme und ließ Zwergauer los. Kauswitz merkte aufatmend, dass Brunner sich wieder einigermaßen im Griff hatte. Mit schlotternden Gliedern richtete sich der Bestatter wieder auf. Er versuchte verzweifelt ein wenig von Brunner abzurücken, was ihm aber nicht gelang, weil direkt hinter ihm Kauswitz stand. Mit rauer Stimme fuhr Brunner fort: »Du Stück Dreck bist am Ende, wie ein Mensch nur am Ende sein kann. Es gibt für dich zwei Möglichkeiten: Entweder du sagst uns alles über diese Leichenbeseitigung und deine Hintermänner … oder … wir geben morgen ein Interview, in dem wir bekannt geben, dass ein Bestatter aus Wiesthal in miese Geschäfte mit Leichenentsorgung verstrickt ist. Ich würde keinen Cent darauf verwetten, dass du den nächsten Tag überlebst. Du hast die Wahl …«

Was dann in den nächsten zehn Minuten aus dem völlig zusammengebrochenen Mann heraussprudelte, trieb selbst den abgehärteten Kriminalbeamten kalte Schauer über den Rücken.

»Festnehmen!«, befahl Brunner mit unnatürlicher Kälte, als Zwergauer verstummte und regelrecht zusammenbrach. Kauswitz zog die Handschellen hervor. »Wir müssen noch heute Nacht gegen diese Verbrecher vorgehen. Wir brauchen das Sondereinsatzkommando und alle Kräfte, die zur Verfügung stehen. Sie sollen den zuständigen Richter aus dem

Bett schmeißen und sich sofort einen Durchsuchungsbefehl ausstellen lassen.« Kauswitz griff zum Handy, doch Brunner sah ihn bittend an.

»Kannst du das bitte draußen erledigen? Ich … ich benötige noch einen Augenblick für mich alleine.«

Kauswitz warf Brunner einen prüfenden Blick zu.

»Mach dir keine Sorgen, ich habe mich wieder im Griff«, sagte er leise. »Nimm aber bitte dieses … Schwein mit, ich kann den Kerl nicht mehr sehen, sonst muss ich kotzen.«

Kauswitz packte Zwergauer am Arm und bugsierte ihn hinaus. Draußen setzte er ihn in den Pkw und schloss ihn am Haltegriff fest, dann telefonierte er.

Als Brunner mit der Leiche von Johanna Siedler alleine war, brach die brüchige Mauer seiner Selbstbeherrschung zusammen. Weinend stand er neben der Rollbahre und hielt die kalte Hand seiner Freundin in der seinen. Er konnte einfach nicht verstehen, wieso der Körper, den er noch vor Tagen warm und liebevoll in den Armen gehalten hatte, jetzt tot und kalt vor ihm lag.

37

Plötzlich klang es, als ob sich der Transporter in einer Halle befinden würde, womöglich in einer Tiefgarage. Der Motor erlosch, Autotüren schlugen. Dann hörte Kerner mehrere Stimmen. Einzelheiten konnte er allerdings nicht verstehen. Wie es aussah, wurden sie bereits erwartet. Die Menschen näherten sich der rückwärtigen Tür, hinter der Kerner lauerte. Das Türschloss wurde ruckartig geöffnet und die Türflügel schwangen zurück. Im gleichen Augenblick packte Kerner die Rollbahre an einem der Gurte und riss sie mit Wucht ins Freie. Die Bahre schoss durch die Tür und traf mit Wucht gegen menschliche Körper. Heisere Schreie der Überraschung ertönten, was Kerner jedoch nur am Rande zur Kenntnis nahm.

Wie von der Feder geschnellt, sprang er aus dem Wagen und stürzte sich kompromisslos und mit voller Kraft auf die nächststehende Person. Es handelte sich um den Typen mit dem Schocker. Mit einem blitzschnellen, extrem harten Karateschlag gegen den Kehlkopf brachte er den völlig überrumpelten Mann zu Fall. Würgend und nach Luft ringend griff sich der Mann an den Hals. Kerner hatte ihm den Kehlkopf zertrümmert. Wie eine Katze warf er sich herum und griff den zweiten Kerl an. Der stand zwei Meter entfernt und versuchte, eine Schusswaffe aus dem Gürtel zu ziehen. Kerner traf ihn mit einem wuchtigen Kick in die Seite und brachte ihn zum Taumeln. Sofort setzte Kerner nach und traf ihn mit dem Ellbogen an der Schläfe. Der Mann brach wie ein gefällter Baum zusammen. Breitbeinig, sprungbereit und mit erhobenen Fäusten drehte sich Kerner um die eigene Achse, auf der Suche nach dem nächsten Gegner. Der erste röchelte mit herausquellenden Augen. Sein Gesicht war bereits blau angelaufen. Kerner beachtete ihn nicht. Er wusste, der Schlag war tödlich. Der dritte Mann, in einem weißen Arztkittel, der von der Trage getroffen und gegen die Betonwand des Raumes geschleudert worden war, unternahm keinen Versuch, sich zu wehren. Mit abwehrend erhobenen Händen kniete er am Boden und riss entsetzt die Augen auf. Blitzschnell entriss Kerner dem zweiten Entführer seine Schusswaffe und schwenkte sie in angespannter Körperhaltung herum.

Der Schlag auf den Hinterkopf kam völlig überraschend. Mit einem ächzenden Laut brach Simon Kerner wie vom Blitz getroffen zusammen. Die Waffe entfiel seinen Händen. Er war ausgeschaltet.

»Muss man denn alles selber machen!«, stellte die Chefin wütend fest. Als Kerner die Wagentür aufgeschlagen hatte, war sie reaktionsschnell zwischen zwei geparkte Fahrzeuge gesprungen und schlug im geeigneten Moment mit einem kleinen Feuerlöscher, der an der Wand gehangen hatte, zu.

»Hofmann, untersuchen Sie den Spender, ob alles in Ordnung ist. Hoffentlich habe ich nicht zu fest zugeschlagen. Ich hoffe für euch, dass seine Gesundheit nicht beeinträchtigt ist.« Dem mittlerweile verstummten Konrad schenkte sie keinen Blick. Thorsten kämpfte sich gerade stöhnend auf die Beine.

Der Chirurg stürzte vor und zog ein Stethoskop aus der Manteltasche. Hastig hörte er den Niedergeschlagenen ab.

»Alles in Ordnung«, gab er zurück. »er hat nur eine Platzwunde. Wir müssen ihn in den Vorbereitungsraum schaffen, damit ich ihn ordnungsgemäß narkotisieren kann. Los,

Thorsten, greifen Sie mit an, damit wir die Sache möglichst schnell über die Bühne bringen können.«

Noch völlig benommen taumelte Thorsten heran.

»Was ist mit Konrad?«, wollte er wissen und wies auf seinen leblos daliegenden Kumpanen.

»Kollateralschaden«, gab die Chefin knapp zurück. »Wenn wir den Mann nach oben geschafft haben, räumen Sie ihn weg.«

Während der Mediziner und Thorsten Kerner zurück auf die Liege hievten, eilte sie voraus und drückte den Rufknopf. Es war jetzt ihre Aufgabe, Familie Falkeis davon zu verständigen, dass erneut ein kompatibler Spender für ihren Sohn gefunden worden war. Während der Lift nach oben fuhr, betrachtete sie den Spender mit gemischten Gefühlen. Der Mann besaß im Landkreis Main-Spessart eine gewisse Prominenz und sein Verschwinden würde in der Öffentlichkeit wesentlich höhere Wellen schlagen als der Verlust eines Obdachlosen. Sie riss sich zusammen, Sentimentalität konnte sie sich in diesem Geschäft nicht leisten.

Während der Fahrt mit dem Lift befragte Dr. Hofmann Thorsten nach den Umständen der Gefangennahme des Spenders, insbesondere wollte er wissen, weshalb der Mann so schnell wieder aufwachen konnte.

Thorsten, der unter dem Eindruck des Todes seines Kameraden stand und zudem fürchterliche Kopfschmerzen hatte, erklärte mürrisch, der Mann habe die übliche Dosis des Narkosemittels erhalten und sei betäubt gewesen.

Diese Aussage gab Dr. Hofmann sehr zu denken. Normalerweise hätte die Dosis noch geraume Zeit anhalten müssen. Konnte es sein, dass der Mann eine gewisse Resistenz gegenüber *Propopholium*, dem verwendeten Narkotikum, besaß? Der Mediziner wusste, dass es immer wieder einmal

278

derartige Fälle von Narkoseintoleranz gab. Sicherheitshalber würde er die Anästhesistin bitten, ein anderes Narkotikum einzusetzen. Das hätte ihm gerade noch gefehlt, wenn der Spender während der Transplantation aufwachen würde.

Kerner wurde in den Vorbereitungsraum geschoben, auf ein Krankenhausbett gehoben und Thorsten entledigte ihn seiner Kleider. Als er dabei recht rücksichtslos an dem Bewusstlosen herumzerrte, knurrte Dr. Hofmann ihn unfreundlich an. Wütend warf Thorsten ihm einen bösen Blick zu, riss sich dann aber zusammen. Er wusste, dass er den Typen, der seinen Kameraden auf dem Gewissen hatte, nach der Operation beseitigen musste. Keiner würde sich dafür interessieren, wenn er in diesem Fall einmal von der gewohnten Praxis des schnellen, leisen Tötens abwich.

Noch während Dr. Hofmann dem Bewusstlosen einen Zugang legte, kam die Anästhesistin herein, die ihm bei den Transplantationen auch assistierte. Die beiden berieten sich einen Moment, dann spritzte sie dem noch immer bewusstlosen Kerner eine angemessene Dosis eines alternativen Narkosemittels. Der Überwachungsmonitor, an den Kerner angeschlossen wurde, zeigte die für Narkosen übliche Reduzierung der Vitalanzeichen.

Die andere Frau saß mittlerweile im Apartment der Familie Falkeis und informierte sie über die bevorstehende Transplantation.

»Dr. Hofmann wird gleich vorbeikommen und Alexander noch einmal untersuchen. Dann bekommt Ihr Sohn von ihm in Vorbereitung der Narkose ein Beruhigungsmittel, um seine Aufregung zu mildern.«

Der Banker ließ sie keinen Moment aus den Augen. Da der erste Transplantationstermin geplatzt war, war Falkeis äußerst angespannt.

»Sie müssen sich wirklich keine Sorgen machen«, fuhr sie fort. »Es ist alles bestens gerichtet. Der Spender ist optimal geeignet.«

»Ich kann für Sie nur hoffen, dass Ihnen nicht noch ein Fehler unterläuft ...« Der Banker brauchte ihr die Folgen eines Versagens nicht näher zu erläutern.

»Wie lange wird die OP dauern?«, fragte Frau Falkeis mit leicht zittriger Stimme.

»Gehen Sie einfach mal von mehreren Stunden aus«, gab die Frau zurück. »Anschließend kommt Alexander auf die Intensivstation. Dort wird er rund um die Uhr überwacht. Seien Sie unbesorgt, wir haben hier, wie Ihnen bereits erläutert, alle medizinischen Möglichkeiten zur Verfügung, die erforderlich sind, um Ihren Jungen bestens zu versorgen. – Haben Sie weitere Fragen?«

»Ich wünsche eine halbstündliche Information zum Stand der Operation«, forderte Falkeis.

»Das geht selbstverständlich in Ordnung«, erklärte sie geduldig. »Ich werde Sie höchstpersönlich auf dem Laufenden halten.«

Sie verließ das Apartment. Draußen lehnte sie sich einen Moment gegen die Wand. Hoffentlich ging nichts mehr schief.

Der Operationssaal entsprach allen Anforderungen, die man an eine derartige medizinische Einrichtung stellen musste. Der einzige Unterschied zu einer öffentlichen Klinik bestand darin, dass das Operationsteam aus nur zwei Personen bestand. Aus verständlichen Gründen wollte man den Kreis der Beteiligten so klein wie möglich halten. Die Anästhesistin hatte sich bereits steril gemacht. Der Spender war vorbereitet. Er lag auf dem Bauch auf einem Operationstisch, der parallel zu dem zweiten Tisch stand, auf dem der Empfänger liegen würde. Die Entnahmestelle war rasiert und desinfiziert, der gesamte Körper mit einem Tuch abgedeckt, das nur den eigentlichen Operationsbereich frei ließ. Im Augenblick war die Anästhesistin mit dem Spender alleine. Das alternative Narkosemittel, das sie einsetzte, schien gut zu wirken. Sie ging zur Seite und betätigte den Startknopf eines CD-Players. Gleich darauf ertönte das beruhigende Hornkonzert Nr. 4 in Es-Dur von Mozart. Hofmann war ein Mozartenthusiast. Der Chirurg hielt sich noch beim Empfänger auf, der jeden Moment eintreffen würde. Die Narkose für Alexander war bereits vorbereitet. Alle paar Minuten überprüfte die Ärztin den Stand der Narkose des Spenders. Bis jetzt war alles unauffällig. Sie warf einen Blick auf die große Uhr über der Tür. Fünf Uhr dreißig. Es wurde Zeit, dass sie anfingen. In diesem Augenblick ging die Tür auf und Dr. Hofmann schob das Bett mit Alexander herein. Wie die Ärztin sehen konnte, befand er sich in einer Art Dämmerzustand. Das Beruhigungsmittel wirkte. Hofmann schob das Bett neben den Operationstisch und beide hoben den Patienten darauf. Sie legten ihn auf den Bauch und die Anästhesistin bereitete den Patienten vor. Währenddessen schob Dr. Hofmann das Bett wieder hinaus und machte sich im Vorraum steril.

Kerner hatte das Gefühl, als würde er in einer trägen Masse schweben. Seine Umgebung war finster, er konnte nichts sehen. Hektisch versuchte sein Gehirn, die Arbeit aufzunehmen. Verzweifelt sandte es Befehle aus, aber es war ihm nicht möglich, sich zu bewegen. Irgendwo im Nirgendwo hörte er sphärische Klänge. Dann waren da menschliche Stimmen, die wie durch Watte in seinen Verstand eindrangen. Langsam kam sein Ich-Gefühl zurück. Kerner erinnerte sich. Die Rückblicke schossen wie Blitze durch seinen Kopf. Man hatte ihn entführt und durch den *Todwald* in den *Ruhehain* gebracht. Über einen Lift war er in einer Tiefgarage gelandet. Da war der Kampf. Zwei Gegner hatte er ausgeschaltet. Dann war da nur noch Finsternis. Sein Gehirn befahl ihm zu schreien, aber seine Stimmbänder versagten ihm den Dienst. Sein Gehirn verlangte: Steh auf und lauf! Aber das Muskelrelaxan, das man ihm gespritzt hatte, sorgte dafür, dass er sich nicht bewegen konnte. Endlich verstand er Worte: »Wie sieht es aus? Schläft der Empfänger?«

»Von mir aus kann es losgehen.«

»Haben wir für alle Fälle genügend Blutkonserven vorrätig?«

»Es ist für alle Eventualitäten vorgesorgt.«

»Sehr gut, dann setze ich erst einmal den Schnitt beim Spender.«

Kerner hörte leises metallisches Klappern und er verstand. Er sollte bei vollem Bewusstsein aufgeschnitten werden, um eine Niere zu entnehmen! Panik griff nach seinem Verstand. Sein Gehirn schrie tonlos, sein Verstand befand sich an der Schwelle des Wahnsinns.

Die Anästhesistin warf erneut einen Blick zum Überwachungsmonitor des Spenders. Erschrocken schrie sie auf.

»Halt, warten Sie! Der Monitor zeigt an, dass die Herzfrequenz und der Blutdruck des Spenders extrem angestiegen sind! Verflixt, das gibt es doch nicht, er wacht auf!«

»Ja verdammt noch einmal, dann machen Sie doch was!«

Dr. Hofmann hatte gerade mit dem Skalpell den ersten oberflächlichen Schnitt gesetzt. Mit einem Tupfer entfernte er das austretende Blut, um das Operationsfeld gut einsehbar zu halten. Seine Hand schwebte über der Wunde, bereit, in die Tiefe zu gehen, um die linke Niere freizulegen.

Die Anästhesistin stach eine Nadel in einen Zugang und drückte eine weitere Dosis des Narkotikums in die Vene. Ihr Blick ruhte dabei auf dem Monitor. Langsam reduzierte sich der Herzschlag des Spenders.

»Mein Gott, mit der Dosis kann man jeden Bären betäuben. Noch einen Moment, dann können Sie weitermachen.«

Brunner unterdrückte unter Aufbieten aller Selbstbeherrschung seine persönlichen Gefühle. Zum Trauern würde er später Zeit finden. Jetzt funktionierte er nur noch mit der Präzision einer Maschine. Dank der umfassenden Aussage des Bestatters war Brunner über die wesentlichen Einzelheiten des Systems der illegalen Transplantationspraktiken in der *Spessart-Beautyworld* informiert. Durch Zwergauer wusste er, dass dort irgendwo Menschen gewissermaßen auf Vorrat gefangen gehalten wurden, um sie irgendwann als Spender zu benutzen. Zwergauers perfide Aufgabe war es gewesen, die Überreste zu beseitigen. Brunner verbot sich, die Dimension des Verbrechens emotional an sich herankommen zu lassen. Es war höchste Eile geboten. Weil der Zugang laut dem Bestatter über die Aussegnungshütte des *Ruhehains* führte, errichtete Brunner die Einsatzzentrale in einem Bus auf einer nahe gelegenen Lichtung im *Todwald*.

Auf einer genauen Karte suchte er den Waldweg, der nach den Angaben Zwergauers zur Aussegnungshalle führte. Nach der Aussage des Bestatters gab es dort einen befahrbaren Gang, der zum unterirdischen Teil der *Beautyworld* führte, in dem sich die illegale Transplantationseinrichtung befand. Der Zugriff würde zeitgleich über den offiziellen Eingang der *Beautyworld* und über den geheimen Zugang in der Aussegnungshalle erfolgen. Aufgrund Brunners Anordnung sollte das gesamte Personal der Klinik festgenommen werden, da man im Augenblick nicht die Spreu vom Weizen trennen konnte. Zu diesem Zweck waren Polizeibusse angefordert worden, in denen die verhafteten Menschen abtransportiert werden konnten. Von den Patienten der Klinik wollte man zunächst nur die Personalien festhalten. Da man mit bewaffnetem Widerstand rechnete, standen zwei Notärzte und vier Rettungswagen in Bereitschaft.

Der Zugriff sollte um Punkt sechs Uhr beginnen, jeweils eine Gruppe des SEK vorneweg, Beamte der Mordkommission hinterher. Kauswitz leitete den Zugriff über den Haupteingang.

Um sechs Uhr gab Brunner, der die Gruppe führte, die von der Aussegnungshalle her vorging, über Funk das Zeichen zum Einsatz.

»Zugriff!«

Bis zu diesem Zeitpunkt hatten sich die beiden Einsatzkommandos im Wald verborgen, um nicht von den Kameras erfasst zu werden. Brunners Leute stürmten zum großen Metalltor im Anbau. Zwei Beamte brachten an den Scharnieren kräftige Sprengladungen an. Nachdem alle in Deckung gegangen waren, sprengten sie die schweren Torflügel, die mit Wucht nach außen kippten. Die Männer versammelten sich im Aufzug. Die Sprengkraft war so bemessen gewesen, dass sie die Elektronik des Lifts nicht beschädigte. Alle passten in die Kabine. Mit einem Ruck hielt der Aufzug ein Stockwerk tiefer. Mit schussbereiten Waffen rannten sie in den Gang und die SEK-Leute sicherten. Da es keinen Widerstand gab, hasteten sie im Laufschritt weiter und erreichten wenig später die Tiefgarage. Brunner ließ zwei Mann zur Sicherung der geparkten Fahrzeuge zurück. Neben einem weiteren

Aufzug befand sich auch ein Treppenaufgang. Über die Treppe drangen sie in das nächste Stockwerk vor und betraten den Flur. Von diesem gingen eine Reihe Zimmertüren ab. Brunner gab ein paar kurze Anweisungen und die SEK-Beamten stürmten der Reihe nach die Räumlichkeiten. Zwei Zimmer waren leer. Als die Spezialeinheit den dritten Raum einnehmen wollte, fielen dumpfe Schüsse. Zwei helle, kurze Feuerstöße aus Maschinenpistolen antworteten.

»Sicher!«, rief einer der Männer. Brunner eilte hin und warf einen Blick hinein. Es handelte sich offenbar um ein Büro. Hinter einem Schreibtisch saß in sich zusammengesunken ein Mann. Auf seiner Brust zeigte sich ein sich rasch vergrößernder Blutfleck. Einer der Beamten legte zwei Finger an die Halsschlagader, dann zuckte er mit den Schultern.

»Exitus«, erklärte er knapp, dann zog er dem Toten eine Pistole aus der Hand.

Neben dem Schreibtisch lag verkrümmt ein weiterer Mann. Auch ihn hatte ein Feuerstoß aus der Maschinenpistole eines SEK-Mannes getroffen. Er war ebenfalls tot. Neben ihm lag ein Revolver auf dem Teppichboden.

Brunner verließ das Zimmer. Draußen war Geschrei zu hören. Er rannte zu einem weiteren Raum, der mittlerweile gestürmt worden war. Erstaunt betrat Brunner ein komfortables Apartment, in dem ein Mann und eine Frau mit geschockten Mienen auf einer Couch saßen. Zwei SEK-Männer standen mit Maschinenpistolen vor ihnen. Der Mann hielt die Hände hoch.

»Wer sind Sie? Ihre Papiere bitte!«, befahl Brunner knapp.

»Bitte, Sie dürfen das nicht! Mein Sohn wird gerade operiert!«, rief die Frau geradezu panisch.

»Halt doch den Mund!«, fuhr der Mann sie scharf an.

»Du hast mir gar nichts zu sagen!«, schrie sie mit sich

überschlagender Stimme. Zu Brunner gewandt: »Mein Sohn erhält gerade eine neue Niere. Sie dürfen da nicht stören, sonst muss er sterben!« Sie machte Anstalten, sich auf Brunner zu stürzen. Ein SEK-Beamter stellte sich ihr in den Weg und stieß sie auf die Couch zurück.

»Festnehmen!«, forderte Brunner knapp, dann hastete er aus dem Apartment. Es war offenbar gerade eine Operation im Gange. Hoffentlich war noch etwas zu retten.

Die Anästhesistin gab Dr. Hofmann ein Zeichen. »Sie können jetzt weitermachen.« Plötzlich hob sie erschrocken die Hand. »Haben Sie das auch gehört? Es klang wie Schüsse!« Wegen der Musik war das Geräusch nur undeutlich zu hören.

Der Chirurg senkte die Hand mit dem Skalpell. In diesem Augenblick flog die Tür zum OP mit einem lauten Krachen auf und eine Gruppe schwarz gekleideter, maskierter Männer stürmte mit vorgehaltenen Waffen herein. Auf den Einsatzhelmen und den Schutzwesten war die Aufschrift »Polizei« zu erkennen.

»Was zum Teufel …«, brachte Dr. Hofmann hervor, dann war einer der Männer bereits bei ihm und schlug ihm mit dem Lauf seiner Waffe so auf den Unterarm, dass ihm das Skalpell entglitt.

»Hände hoch und an die Wand!«, kommandierte der Beamte scharf und gab Dr. Hofmann einen Stoß. Dabei riss er ihm den Mundschutz vom Gesicht.

Die Anästhesistin war wie paralysiert. Auch ihr wurde die Gesichtsmaske entfernt und man befahl ihr, mit erhobenen Händen zur Wand zu treten.

Nun betrat Brunner mit Pistole in der Hand den OP und warf einen schnellen Blick auf die beiden menschlichen Körper, die sich unter den sterilen Tüchern abzeichneten. Sofort hatte er erfasst, dass eine der zugedeckten Personen eine offene Operationswunde hatte. Die andere Person schien noch unberührt zu sein. Beide waren offenbar narkotisiert.

»Wir brauchen sofort den Notarzt«, kommandierte Brunner, und zu den beiden Ärzten gewandt: »Ich verhafte Sie wegen Beihilfe zum Mord, Organhandel, Entführung und noch einigen anderen Delikten. Abführen!«

Die SEK-Männer legten den beiden Handschellen an und führten sie aus dem Operationssaal. Der zwischenzeitlich eingetroffene Notarzt sah sich mit staunenden Blicken im Raum um.

»Jetzt bin ich sprachlos. Soweit ich das beurteilen kann, handelt es sich hier um einen vollständig eingerichteten, modernen Operationssaal. Wie es aussieht, sollte hier gerade eine Nierentransplantation durchgeführt werden.« Mit kritischer Miene betrachtete er die offene Wunde des einen der betäubten Körper.

»Hier muss schnellstens ein richtiges OP-Team her, das die Wunde schließt und die Narkose der beiden überwacht.« Er warf einen Blick auf die Überwachungsmonitore. »Aktuell scheint keine Lebensgefahr zu bestehen. Ich werde das Klinikum Aschaffenburg anrufen und um Hilfe bitten. Beide Patienten sind im Moment nicht transportfähig. Ich bleibe so lange hier, bis die Kollegen eintreffen.« Er verließ den Raum und telefonierte.

Beim Verlassen des OP-Saals blieb Brunner plötzlich stehen. Er wollte noch einen Blick auf die Gesichter der beiden Patienten werfen, die vollständig mit Tüchern abgeschirmt waren. Er lüftete die Abdeckung. Das eine war ein junger Mann, offenbar der Sohn der Frau aus dem Apartment. Als er in das andere Gesicht blickte, stockte ihm der Atem.

»Simon …«, stöhnte er, »… um Gottes willen …« Wie um alles in der Welt kam sein Freund Simon hierher? Wie es aussah, sollte er hier als Spender ausgeschlachtet werden. Offenbar waren sie gerade in letzter Sekunde gekommen. Schleppend verließ Eberhard Brunner den OP. Er stand kurz vor dem Zusammenbruch. Erst der Tod seiner Freundin Johanna und jetzt auch noch sein Freund Simon Kerner. Er konnte nicht mehr. Schwer atmend lehnte er sich gegen die Wand. So fand ihn Kauswitz, der ihn besorgt am Arm fasste.

»Eberhard, was ist los? Kann ich dir helfen?«

Mit stockender Stimme erzählte Brunner seinem Kollegen, was er im OP angetroffen hatte. Kauswitz war ebenfalls tief betroffen. Brunner atmete einige Male tief durch, um den Schock in den Griff zu bekommen. Schließlich gelang es ihm, sich zusammenzureißen. Der Einsatz musste zu Ende gebracht werden.

»Wie lief es bei dir?«, fragte er konzentriert.

Kauswitz sah ihn prüfend an, dann berichtete er: »In der Klinik lief alles wie geplant. Wir sind auf keinen Widerstand gestoßen. Die paar Securityleute haben keine Schwierigkeiten gemacht. In der chirurgischen Abteilung der Klinik gibt es einen getarnten Durchgang zu diesem Trakt hier.« Er wandte sich ab und winkte Brunner, ihm zu folgen. »Da ist aber noch etwas. Komm bitte mal mit.« Zwei Türen weiter führte Kauswitz seinen Chef in einen weiteren Raum. »Schau dir das an. Hier liegen drei Personen, alle in einer Art künstlichem Koma, wie der Notarzt festgestellt hat. Das ist offensichtlich das Vorratslager für Spendernieren. Einfach pervers!«

Brunner schüttelte den Kopf. Sein Verstand weigerte sich, das alles zu begreifen.

Die Frau, die sich Roosen nannte, näherte sich kurz vor sieben Uhr dem Gebäude der *Spessart-Beautyworld-Klinik* über den offiziellen Zufahrtsweg. Vor wenigen Stunden hatte sie das Haus für einige Zeit verlassen, da sie zuhause einige Dinge zu erledigen hatte. Sie fuhr dabei das Auto, das sie immer benutzte, wenn sie als Roosen auftrat. Nach einer Kurve konnte sie ein Stück vor sich das große Tor sehen. Abrupt trat sie auf die Bremse. Der Wald aus blauen Blinklichtern der zahlreichen Einsatzfahrzeuge war nicht zu übersehen. Sie stieß einen hässlichen Fluch aus, dann wendete sie und gab Gas. Hastig zog sie die Perücke vom Kopf und entfernte die Wangenpolster. Für sie gab es keinen Zweifel, die Organisation war aufgeflogen. Für diesen Fall hatte sie vorgesorgt. Sie stellte das Fahrzeug in Aschaffenburg auf einem gemieteten Parkplatz ab. Dort würde sich in der nächsten Zeit niemand darum kümmern. Dann eilte sie zu ihrer Wohnung und schlüpfte wieder in ihre bürgerliche Existenz.

Noch am gleichen Tag konnte sie in den Abendnachrichten sehen, dass der Polizei ein harter Schlag gegen den illegalen Organhandel gelungen war. Festgenommen wurde die Leiterin der *Spessart-Beautyworld*, Dr. Steinbrenner, die bei den illegalen Transplantationen als Anästhesistin fungierte, und ein gewisser Dr. Hofmann, der im wirklichen Leben als Dr. Hutterer, Chefarzt im Klinikum Aschaffenburg, arbeitete. Steinbrenner wurde als Chefin der Organisation betrachtet, schwieg zu diesem Vorwurf aber eisern. Die Beweislage gegen die beiden war jedoch erdrückend. Einige Helfer wurden bei der Festnahme in Notwehr erschossen. Außerdem verhaftete man einen Mitarbeiter des Krematoriums Aschaffenburg, der zusammen mit einem Bestatter aus dem Landkreis Main-Spessart mitgeholfen hatte, die Mordopfer spurlos zu beseitigen.

Frau Roosen überlegte lange, dann entschloss sie sich, einstweilen ihr bürgerliches Leben weiterzuführen. Keine der Personen, die in dieser Sache verwickelt waren, kannte ihre wahre Existenz. Schnitter, dieser Idiot, der damals mit zum Führungszirkel gehörte, hatte versucht, hinter ihr Inkognito zu kommen. Das hatte ihm bedauerlicherweise das Leben gekostet. Niemand hätte Verdacht geschöpft, wenn dieser Kretin von Leichenbestatter ihn nicht im Main entsorgt hätte.

Sie fühlte sich hier sicher. Später, wenn etwas Gras über die Angelegenheit gewachsen war, würde sie sich ganz geordnet ins Ausland verabschieden.

Epilog

Eine Woche später war Simon Kerner aus dem Krankenhaus entlassen worden. Die Wunde am Rücken war gut verheilt, weitere gesundheitliche Folgen waren nicht zu erwarten. Da Steffi regelrecht traumatisiert war, war er mit ihr für zwei Wochen nach Frankreich an den Atlantik gefahren. Jetzt saß er schon seit zwei Wochen wieder am Schreibtisch. Die staatsanwaltschaftliche und gerichtliche Aufarbeitung dieses Falles würde in Würzburg stattfinden. Er war Zeuge. Gleich nach seiner Heimkehr erfuhr er, dass sich der Bestatter Olaf Zwergauer in der Untersuchungshaft in seiner Zelle erhängt hatte. Ludwig Bernauer, der Mitwisser, war der anonyme Informant, der die Sache ins Rollen gebracht hatte. Im Prozess würde er als Kronzeuge auftreten und deshalb vermutlich mit einem blauen Auge davonkommen.

Die *Spessart-Beautyworld-Klinik* war vom Mutterkonzern geschlossen worden. Man distanzierte sich ausdrücklich von den illegalen Vorgängen in dieser Einrichtung, von denen man selbstverständlich keine Kenntnis hatte.

Eberhard Brunner hatte sich nach der Aufklärung des Falles Urlaub genommen und war in die Karibik geflogen. Er brauchte Abstand, um den Verlust von Johanna zu verarbeiten. In dieser Zeit wollte er entscheiden, ob er die Leitung der Mordkommission weiter ausüben wollte.

Dr. Steinbrenner behauptete bei den Vernehmungen, eine Frau Roosen sei die Chefin der Gruppe gewesen. Sie sei nur als Mitläuferin zu betrachten, die zur Mitarbeit erpresst worden war. Die Staatsanwaltschaft betrachtete diese Ausführungen als Schutzbehauptung, da von dieser ominösen Frau Roosen keine Spur zu finden war. Dr. Steinbrenner wurde angeklagt, ihr drohte lebenslängliche Freiheitsstrafe.

Dr. Hutterer sollte ebenfalls vor Gericht gestellt werden. Die Behauptung seiner Komplizin, eine Frau Roosen habe die Führung der Organisation gehabt, konnte er aber nicht bestätigen, da er in der Untersuchungshaft einen Schlaganfall erlitt und in ein tiefes Koma fiel. Ob und wann er daraus erwachen würde, konnten die Ärzte nicht beantworten.

Alexander Falkeis erhielt zwei Monate später die Niere eines jungen Afrikaners eingepflanzt, der sich gegen die Summe von 50.000 US-Dollar bereiterklärte, ein Organ zu spenden.

Einige Wochen später

Simon Kerner erhob sich vom Schreibtisch und trat ans Fenster. Wenn er längere Zeit sitzen musste, verspannte sich noch immer sein Rücken, dort wo die Narbe saß, das einzige Andenken an den Versuch, ihm eine Niere zu rauben.

Unten auf der Friedenstraße erkannte er Rechtsanwältin Helsing-Wiesmann, die offenbar gerade das Gericht verlassen hatte. Mit dem für sie typischen elastischen Gang näherte sie sich ihrem Sportwagen, einem Cabriolet, dessen Verdeck wegen des schönen Wetters geöffnet war. Kerner konnte sich nicht helfen, diese Frau strahlte eine ungeheure Erotik aus, der man sich als Mann einfach nicht entziehen konnte. Als sie sich hinter das Steuer gleiten ließ, wanderte ihr Blick hinauf zu seinem Fenster. Sie lächelte und winkte ihm zu. Kerner hob grüßend die Hand.

Helsing-Wiesmann steckte den Zündschlüssel ins Schloss, dann richtete sie mit den Fingern ihre Frisur. Dieser Simon

Kerner übte eine erstaunliche Faszination auf sie aus. Das war ihr schon lange nicht mehr passiert, dass ein Mann sie so fesselte. Sie wusste, hinter der Fassade des biederen Direktors verbarg sich eine animalische Kraft, die sie sehr ansprach. Schon lange passte ein Mann nicht mehr so gut in ihr Beuteschema.

Sie schreckte aus ihren Gedanken auf, weil ihre Beifahrertür aufgerissen wurde und sich ein junger, dunkelhäutiger Mann schwungvoll in die Polster fallen ließ.

»Was fällt Ihnen ein …«, fuhr sie ihn an.

Er drehte sich ihr zu. »Hallo, Frau Roosen, ich soll Ihnen die besten Wünsche und eine gute Höllenfahrt von Herrn Falkeis ausrichten.« Beiläufig registrierte sie seinen fremdländischen Akzent.

Ehe ihr erstaunt geöffneter Mund noch einen Ton herausbrachte, gab die schallgedämpfte Waffe in der Hand des Mannes zwei hustende Töne von sich und auf dem weißen, tief ausgeschnittenen Kostüm von Frau Helsing-Wiesmann erschienen in Höhe ihres Herzens zwei sich schnell vergrößernde rote Flecken. Ihr Kopf fiel nach vorne auf das Lenkrad.

Der Mann stieg aus und schlenderte ohne Hast die Friedenstraße entlang, an deren Ende ihn ein großer Wagen mit arabischem Kennzeichen und dem Aufkleber *CD – Corps Diplomatique* aufnahm.

Simon Kerner stand am Fenster wie gelähmt. Sein Verstand wollte das, was er gerade mit ansehen musste, einfach nicht akzeptieren. Schließlich riss er sich aus seiner Erstarrung, sprang ans Telefon und wählte hastig den Notruf.

Dieser packende **erste Spessart-Thriller**
von Günter Huth entführt uns in die Welt
der fränkischen Mafia. Wird Oberstaatsanwalt Simon Kerner deren Machen-
schaften aufdecken können? Oder wird
er selbst zum Opfer? Und was bedeutet
das geheimnisvolle Lächeln des Mannes
in der Strandbar am Great Barrier Reef?

Günter Huth
Blutiger Spessart

3. Auflage
271 Seiten
Klappenbroschur
ISBN 978-3-429-03554-9
12,95 Euro [D]

echter

GÜNTER HUTH

Blutiger
Spessart

Ein Simon Kerner Thriller

echter
Mainfranken Krimi

Eine Rabenkrähe mit ausgestochenen
Augen, ein Toter, dem in die Augen
geschossen wurde – Simon Kerner
kann sich zunächst keinen Reim auf
diese Vorgänge machen. Für die Aufklärung bleibt ihm nicht mehr viel
Zeit, denn der Killer kommt ihm
immer näher und treibt dabei ein
perverses Katz-und-Maus-Spiel.

GÜNTER HUTH
Das letzte
Schwurgericht

Ein Simon Kerner Thriller

echter
Mainfranken Krimi

Günter Huth
Das letzte Schwurgericht

304 Seiten
Klappenbroschur
ISBN 978-3-429-03680-5
12,95 Euro [D]

echter

Bibliografische Information der Deutschen Nationalbibliothek

Die Deutsche Nationalbibliothek verzeichnet diese Publikation
in der Deutschen Nationalbibliografie; detaillierte bibliografische
Daten sind im Internet über <http://dnb.d-nb.de> abrufbar.

1. Auflage 2015
© 2015 Echter Verlag GmbH
www.echter-verlag.de

Umschlaggestaltung: wunderlichundweigand.de
Umschlagfotos: © Francey/shutterstock.com,
© andreiuc88/shutterstock.com
Lektorat: Monika Thaller, Würzburg
Druck und Bindung: Pustet, Regensburg

ISBN 978-3-429-03798-7 (Print)
ISBN 978-3-429-04794-8 (PDF)
ISBN 978-3-429-06210-1 (ePub)